La jouvencelle et le chevalier

NICOLE LOCKE

La jouvencelle et le chevalier

Traduction française de
JULIETTE FUHS

Les Historiques

HARLEQUIN

Collection : LES HISTORIQUES

Titre original :
THE MAIDEN AND THE MERCENARY

HARPERCOLLINS FRANCE
83-85, boulevard Vincent-Auriol, 75646 PARIS CEDEX 13
Service Lectrices — Tél. : 01 45 82 47 47 - www.harlequin.fr
ISBN 978-2-2804-5422-3 — ISSN 1159-5981

Composé et édité par HarperCollins France. Achevé d'imprimer en juin 2021.
par CPI Black Print - Barcelone - Espagne
Dépôt légal : juillet 2021.

MIXTE
Papier issu de sources responsables
FSC® C159065

Pour limiter l'empreinte environnementale de ses livres, HarperCollins France s'engage à n'utiliser que du papier fabriqué à partir de bois provenant de forêts gérées durablement et de manière responsable.

Chapitre 1

France, 1297

Biedeluue s'essuya la bouche sur sa manche et ferma un œil pour fixer la pile de gobelets qui s'élevait sur la table bien garnie. La foule bruyante et son adversaire se battaient pour avoir un meilleur point de vue, la bousculant au passage. Elle leva son verre bien haut et clama :

— Mes hanches ne bougeront pour personne !

Tous reculèrent joyeusement.

— Oh ! moi, je vais les faire bouger, tes hanches !

Galen cligna un œil, puis l'autre, plus lentement. Essayait-il de faire un clin d'œil ? Ah, en fait, il essayait seulement de voir à travers le brouillard de l'*ale*, tout comme elle.

— Essayer de faire bouger mes hanches en étant ivre est le meilleur moyen de rencontrer l'infortune, fit-elle remarquer. Voyons déjà comment tu t'en sors avec ton… gobelet.

— Comme s'il pouvait connaître une telle bonne fortune ! cria Tess depuis les fours à pain.

Quelqu'un se mit à applaudir cette sortie et en un instant tous, depuis le saucier jusqu'au tournebroche, clamèrent leur approbation. Les cuisines étaient certes toujours animées d'ordinaire mais, en cet instant, même les seuils des portes étaient bondés.

Soudain, Biedeluue perçut un vacarme à sa droite, et la foule se tourna comme un seul homme vers l'origine du bruit. Elle n'en fit rien. Tout mouvement brusque aurait été une grave erreur. Combien de coupes d'*ale* avait-elle bues ? Pas assez pour se sentir aussi mal… Certes, elle avait cessé de compter à la vingtième. Elle se fiait à la foule qui pariait pour tenir les comptes de leur jeu de boisson. Toutefois, elle n'en était pas à son coup d'essai en la matière.

Elle étrécit les yeux pour tenter de fixer son regard vacillant sur la pyramide de gobelets devant elle. Combien y en avait-il. Vingt ? Vingt-cinq ?

Ce qui signifiait que son adversaire de jeu, Galen, en avait aussi bu vingt-cinq. Maudit soit-il ! Il venait d'avaler la vingt-sixième et il plaçait le gobelet en haut de sa propre tour. Avec sa taille immense et ses bras deux fois plus larges qu'auparavant… et deux fois plus nombreux. Quatre bras quand elle n'en avait que deux ? Quel avantage injuste !

— Pas d'aide ! dit-elle à Henry qui posait une main dans le dos de Galen pour l'aider à rétablir son équilibre.

L'interpellé leva aussitôt les mains en l'air, et elle hocha la tête à son adresse, satisfaite. Pas pour longtemps, hélas. Ce seul mouvement la fit vaciller, et elle recouvra l'équilibre de justesse. Si Galen tombait le premier, elle gagnait. S'il renversait sa tour avant elle, elle gagnait. Et si elle gagnait…

Elle gagnerait ! Il le fallait ! Ce n'était pas un gringalet comme lui qui lui ferait mordre la poussière ! Elle n'avait certes pas beaucoup de talents dans la vie, mais vider des litres d'*ale* sans ciller était l'un d'eux. Alors maintenant que les enjeux étaient énormes, elle n'allait pas flancher !

Un haut-le-cœur la surprit alors que ses pensées s'égaraient vers de sombres contrées. Elle cligna les paupières furieusement et s'obligea à fixer la pile qu'elle avait stupidement construite trop étroite à la base. Maintenant, elle devait placer un nouveau gobelet tout en haut.

Rien de plus facile… Rien dans ce pari n'était difficile. Elle avait joué à ce jeu mille fois. Ce n'était pas un malaise aussi incompréhensible que passager qui la ferait échouer. Poser le gobelet sans rien renverser, boire le prochain et battre Galen le brasseur qui n'avait, de source fiable, jamais perdu un seul défi de boisson depuis sa tendre enfance, c'était un sacré défi.

Cependant, elle pouvait gagner, pour la bonne raison qu'elle non plus n'avait jamais perdu un jeu de boisson depuis qu'elle savait marcher, or, elle était plus âgée que Galen. En fait, elle était plus âgée qu'une bonne partie des domestiques qui officiaient dans les cuisines de Warstone. Notamment les femmes. Les servantes de son âge étaient toutes installées au village, avec une ribambelle d'enfants.

Biedeluue avait fait de son mieux pour éviter ce sort funeste, parce qu'elle se méfiait comme de la peste des hommes. Non qu'ils soient tous désagréables, évidemment. Il y en avait même de tout à fait passables, comme Henry ou Galen. Seulement, elle savait d'expérience que la plupart n'hésitaient pas à profiter de la moindre faiblesse pour satisfaire leurs pulsions égoïstes, à commencer par ceux de son village natal qui avaient sans scrupule manipulé une pauvre fille que son père avait abandonnée, ainsi que ses quatre frères et sœurs, avec leur mère trop faible pour les faire survivre.

Il n'était pas question de créer une famille bien à elle, jamais ! En revanche, elle était prête à tout pour celle qu'elle avait déjà. Biedeluue ne s'était jamais épargné aucune peine pour les siens. Autrefois, après des heures passées au champ, elle rentrait aider sa mère à la cuisine et soignait les bleus et les bosses de ses plus jeunes frères et sœurs. Et, quand cela n'avait plus suffi, elle était partie trouver de quoi gagner de l'argent plus loin et envoyait à sa mère tout ce qu'elle pouvait pour l'aider.

Tous ses frères et sœurs, à l'exception de la plus jeune, Margerie, étaient encore installés dans leur village près de Lyon. Ils avaient besoin d'elle, et elle faisait de son mieux pour les aider. Toujours.

Aussi, quand elle avait reçu de Margerie un bout de parchemin déchiré où elle se disait en danger et la suppliait de prévenir leurs frères de venir à son secours, Biedeluue n'avait pas hésité. Malgré toutes les souffrances qu'elle avait endurées pour le bien de sa famille, l'idée de ne pas pouvoir sauver Margerie lui était une douleur bien plus grande encore. Elle avait toujours dû la protéger, dès son plus jeune âge de la concupiscence des villageois qui étaient bien trop fascinés par l'exceptionnelle beauté de Margerie. Et, maintenant, ce message ! Écrit dans une telle hâte qu'elle avait eu toutes les peines du monde à le déchiffrer. Il n'était même pas signé mais son authenticité ne faisait aucun doute : elle reconnaîtrait entre mille les jolis arrondis de Margerie.

Voilà deux semaines, elle était parvenue à trouver du travail dans la forteresse de Warstone et elle avait gagné la confiance des serviteurs. Comment venir en aide à sa sœur qui était piégée entre ces murs, à présent ? Depuis qu'elle était ici, elle ne l'avait toujours pas vue ni ne lui avait parlé.

Et si elle n'était pas là ? Non, c'était impossible ! C'était la forteresse en titre de Ian de Warstone. Dans chaque pierre, elle pouvait reconnaître la richesse, la puissance et la malice de cet homme qu'elle n'avait jamais rencontré mais qui lui donnait la chair de poule. Dire que Margerie avait été tellement fière d'attirer l'attention de ce grand seigneur ! À chacune des lettres dans lesquelles sa petite sœur lui parlait de cet homme, Biedeluue avait frémi d'horreur, comme si son instinct l'avait prévenue du danger.

Hélas, inutile d'espérer ; sa sœur était nécessairement entre ces murs. Biedeluue avait eu un indice de poids pour s'en convaincre : Jeanne, l'une des femmes de chambre, s'était plainte que si leur maîtresse continuait de pleurer sans cesse, aucune eau de rose ne parviendrait à rendre leur beauté à ses yeux lavande tout enflés. Des yeux lavande… Margerie était la seule à avoir des yeux de cette couleur. Elle était là, piégée et terrifiée. Si proche et… Non, elle ne devait pas laisser ces sombres pensées prendre le dessus ! Biedeluue avala une nouvelle gorgée d'*ale* amère et fit disparaître ses soucis avec.

— Si tu as besoin de vomir, tu as un gobelet juste dans ta main ! l'avertit Henry, moqueur.

— Ou d'autres… devant toi…, ajouta Galen d'une voix pâteuse.

Elle s'efforça de se concentrer malgré son étourdissement. Galen devait s'effondrer, et vite ! Elle reporta son attention sur les gobelets pleins à sa gauche. Avec un soupir écœuré, elle vida d'un trait celui qu'elle tenait à la main.

— J'ai été envoyé accomplir de nombreuses missions, mais c'est de loin la plus folle et la plus stupide, déclara Louve.

— Au moins, ce n'est pas la plus dangereuse, répondit Balthus de Warstone. Cela nous laisse un peu d'espoir.

Louve allongea ses rênes mais sa monture frappa du pied. De toute évidence, l'animal ressentait son malaise et celui de ses hommes. L'attente ne faisait qu'accroître leur nervosité. L'attente… et le fait de savoir que s'ils allaient plus loin, certains d'entre eux mourraient.

C'était pourtant une journée relativement paisible après celles, épuisantes, au cours desquelles il avait fallu chevaucher en rassemblant hommes et provisions. Cela leur avait pris bien plus longtemps qu'il n'aurait fallu, aussi, le temps qu'ils parviennent sur le terrain de leur mission, ils avaient été attaqués par le froid et la pluie.

À présent, Louve devait trouver le moyen d'entrer dans cette forteresse réputée imprenable afin d'obtenir une information qui mettrait fin à des guerres meurtrières ou, au moins, neutraliser l'homme qui détenait ces secrets essentiels : Ian de Warstone, le frère aîné de Balthus.

— Quand j'ai dit « folle », cela impliquait de fait qu'elle était dangereuse.

Balthus haussa les épaules.

— Comment pourrais-je deviner les implications de tes paroles quand tu emploies des termes aussi vagues ?

Louve se contenta d'ignorer la pique. Depuis le début du voyage, au départ de Troyes, Balthus lui avait clairement fait comprendre qu'il ne voulait pas de sa compagnie. En cela, il était tout à fait comme le reste de sa famille : incapable d'accepter la moindre proposition d'amitié.

— J'ai appris à toujours rester vague au contact de ton frère Reynold.

— Frère avec lequel j'ai passé encore moins de temps qu'avec toi dans toute mon existence, déclara Balthus avec ce sourire désarmant derrière lequel il avait appris à cacher ses émotions.

Louve pouvait néanmoins entendre à la fois l'accusation et la curiosité dans la voix du jeune homme. Hélas, même s'il avait eu des heures devant lui, Louve aurait eu bien du mal à décrire correctement Reynold, le second des quatre frères Warstone et l'homme qui l'avait engagé comme mercenaire. Chacun à leur façon, Balthus et Reynold étaient impénétrables et, s'il ne connaissait pas encore Ian, il ne doutait pas qu'il en serait de même.

Au fil des ans, pourtant, Reynold était devenu un ami, quoiqu'il persiste à le nier. Quelle ironie qu'il puisse appeler un tel homme son ami alors qu'il était aussi l'ennemi juré de son unique autre ami, Nicholas de Mei Solis ! Quant au jeune Balthus, ce dernier avait beau feindre une distance moqueuse avec le reste du monde, Louve pouvait presque sentir le lourd manteau de solitude dans lequel il devait vivre. Il avait fini par s'attacher au jeune homme, et c'était un souci de plus.

Les multiples intrigues de la famille Warstone l'avaient mené jusqu'à la forteresse de Ian pour y accomplir la mission que Reynold avait passé des années à mettre au point : empêcher sa propre famille d'obtenir le pouvoir qu'elle convoitait.

Leur richesse et leur puissance pouvaient faire et défaire des rois, pourtant, ce n'était jamais assez. Lord et Lady Warstone, les parents des quatre frères, étaient véritablement diaboliques. Ce couple infernal se haïssait, et ils ne s'alliaient que pour mieux vaincre leurs ennemis… Jusqu'à ce que Reynold brise cette dangereuse alliance et se retourne contre eux.

Des quatre frères, il n'en restait plus que trois. Guy, le plus cruel, était mort. Tous avaient grandi ennemis les uns des autres. Reynold et Balthus s'étaient finalement alliés contre leur frère aîné, mais le nombre ne jouait pas forcément en leur faveur dès lors qu'il était question de Ian, sans doute le plus retors des Warstone. D'après son expérience, cependant, ils étaient tous diaboliques à leur façon et bien plus proches de caractère qu'ils n'auraient aimé l'admettre : ils partageaient tous l'avidité, l'arrogance et une intelligence prodigieusement agaçante par exemple…

Louve peinait encore à s'expliquer comment il s'était retrouvé au milieu de ce chaos, alors qu'il n'avait pas une goutte de sang noble et qu'il était initialement bien plus doué avec les registres qu'avec les armes. Lui qui rêvait d'un lopin de terre et d'une femme aimante, comment diable avait-il pu se retrouver entraîné dans cette conspiration ? La réponse était tristement évidente : pour l'argent. Il devait gagner de quoi acquérir cette vie paisible qui lui faisait tant envie, et mercenaire était le moyen le plus rapide d'y parvenir.

— Pourquoi me fixes-tu ? demanda Louve en sentant peser sur lui le regard attentif de Balthus.

— Tu es devenu étrangement silencieux tout à coup et tu as les yeux rivés sur ce tronc d'arbre depuis une bonne minute. Je m'inquiète car je te confie ma vie en te suivant, vois-tu.

Était-il en train de perdre pied ? D'après les choix qu'il avait faits, c'était une question pertinente… D'abord, quitter le domaine de Mei Solis où il coulait des jours heureux pour devenir l'un des mercenaires de Reynold, puis accepter une mission avec un autre Warstone qu'il ne connaissait pas. Oui, il devait vraiment être fou !

Quelques mois auparavant, Balthus avait approché Reynold pour lui proposer une alliance contre Ian. Louve avait assisté à toute la scène et connaissait parfaitement les enjeux. Il avait donc accepté les conséquences de ses choix en toute connaissance de cause. Les alliances entre fous n'étaient pas franchement sûres… Pourtant, Louve avait accepté de suivre les deux frères alliés.

Warstone[1]. Leur nom seul disait leur dureté de cœur et leur esprit guerrier.

— Ton frère est trop rusé pour engager un fou, répliqua-t-il avec morgue.

— Comment pourrais-je le savoir quand tu ne me dis rien de lui ?

— Tu sauras de lui ce qu'il voudra bien te dire lui-même.

Balthus eut ce rire moqueur qui l'agaçait et l'émouvait tout à la fois :

— Tu as passé des années à son service et tu ne peux pas partager une seule information ?

— Pas si je veux garder ma tête sur mon cou. Reynold n'apprécierait guère que je fasse des confidences à son propos. Si tu es tellement curieux, cherche toi-même les réponses à tes questions.

Tout comme son aîné, Balthus était doté d'une curiosité peu commune et refusait toute offre d'amitié, ce qui ne l'empêchait pas, comme Reynold, de posséder un certain sens de l'humour et une loyauté solide. Ces étranges mélanges dans leurs caractères fascinaient Louve autant qu'ils le hérissaient.

— Maudit sois-tu, gronda Balthus, tu sais parfaitement combien je suis curieux à son propos.

— Eh bien, ces questions tiendront tes pensées occupées. C'est bien mieux que l'espoir dont tu parlais tout à l'heure. Nous n'avons que faire de l'espoir, il n'a jamais maintenu personne en vie. La curiosité, si.

Balthus haussa une épaule impatiente.

— L'espoir, c'est toujours mieux que cette attente interminable. J'ai apprécié le voyage jusqu'ici parce que, au moins, nous chevauchions à vive allure et que je t'ai presque battu à la course. Maintenant j'ai froid, et le temps n'avance plus.

— Je croyais que tu détestais nos paris parce que tu perds à chaque fois, fit remarquer Louve avec un sourire.

1. En anglais, *war* signifie « guerre ». *Stone* signifie « pierre ».

— Tout le monde perd face à toi, maugréa-t-il. Il n'empêche, je déteste cette attente encore davantage.

— C'est seulement que tu n'aimes pas payer tes hommes quand il n'y a pas de profit facile à la clé.

— Qui aimerait cela ? Et puis cela nous a pris bien trop de temps de tous les rassembler.

— Nous ne pouvions pas utiliser les hommes de Reynold. Il nous fallait de nouveaux mercenaires pour espérer le succès contre Ian.

— Peut-être, mais maintenant mes poches sont vides.

Balthus était habitué à un train de vie luxueux. Or, il allait devoir s'habituer à vivre pauvrement, ce qui était une perspective plutôt réjouissante à vrai dire.

— Il va te falloir faire avec les écus qui m'ont été remis par Reynold, je le crains. Les plans changent souvent, que veux-tu…

— Nous avons reçu son message à peine un jour après notre départ de Troyes. Je persiste à croire que mon frère était trop lâche pour nous demander de nous jeter dans la gueule du loup en face…

Louve ne pouvait certes pas blâmer Balthus d'essayer de lui soutirer des renseignements, toutefois, la tactique était trop évidente. Il ne fit même pas mine de répondre.

— Tu ne me diras rien de plus, n'est-ce pas ? soupira le jeune homme. Tu étais différent à Troyes. Pour commencer, tu parlais. Et je crois même t'avoir vu sourire… une fois.

En effet, il était sans nul doute différent à Troyes ou à Mei Solis. Assez logiquement, plus il prenait de risques, plus son humour naturel disparaissait. Il n'y avait rien de léger ou de drôle dans la promesse qu'il avait faite de protéger Balthus de Warstone au prix de sa vie. Face à cette sombre forteresse, comment ne pas songer qu'il pourrait bien trouver entre ces murs sa propre tombe ?

— Si tu t'inquiètes des finances, répondit-il, je suis certain qu'une bonne partie de ta fortune se trouve à l'intérieur de cette forteresse. Tu pourrais aussi bien avancer jusqu'aux portes et aller saluer ton frère. Après tout, tu es un Warstone au même titre que lui.

— En effet, un Warstone que Ian a essayé d'éliminer, alors merci pour cette suggestion, toutefois, je préfère décliner.

— Ian ne sait sans doute pas que tu es informé de sa trahison.

— Et alors ? Je devrais apparaître à sa porte pour lui rappeler que je suis bel et bien en vie ?

— Dans ce cas, tu en conviendras, il ne te reste plus qu'à suivre mon plan…

— Avec lequel je suis tout autant en désaccord.

— Je ne vois pas quelles autres options nous avons. Nous n'avons rien appris en observant les roulements des gardes : les horaires changent sans cesse, et ils sont très souvent relevés. Nous savons par ailleurs que tous les hommes de la forteresse s'entraînent.

— Ian devra bien quitter cette maudite forteresse un jour. Sa femme et ses fils n'y sont pas. Il voudra les voir

— Ce qui impliquerait qu'il soit un époux et un père aimant à qui sa famille manque. Étant donné ton histoire familiale, permets-moi d'en douter. D'ailleurs, plus personne n'a de nouvelles de son épouse et de ses enfants depuis des années. Et puis Ian n'est pas reparu hors de sa forteresse depuis qu'il a tué Eude devant les portes de Troyes. Il sait qu'il risque trop à s'exposer désormais.

Mentionner Eude lui laissait toujours un goût de cendres dans la bouche. Les Warstone et leurs guerres faisaient bien trop de victimes innocentes. Il était là pour faire cesser ce carnage une bonne fois pour toutes, il ne devait pas l'oublier.

— Me diras-tu enfin pourquoi tes frères et toi êtes aussi déterminés à vous entre-tuer ? demanda-t-il, plus pour distraire son chagrin que parce qu'il espérait une véritable réponse.

— Reynold et moi n'essayons pas de nous entre-tuer.

— Pour le moment.

— Je lui prouverai ma loyauté et à toi aussi, par la même occasion.

Malgré l'air farouche du jeune homme, Louve conservait quelques doutes. Cela dit, ses années comme mercenaire avaient achevé de briser sa confiance dans la nature humaine. Il avait depuis bien longtemps perdu foi en l'humanité. C'était sans doute ce qui expliquait qu'au lieu de trouver une femme qui l'accepterait tel qu'il était, il se retrouvait à espionner une forteresse imprenable et à comploter pour anéantir son possesseur.

— Ce ne sont que des mots, répliqua Louve avec lassitude. Tu devrais le savoir mieux que personne, ajouta-t-il en jetant un regard entendu sur la main bandée du jeune homme.

Celui-ci leva son bras gauche en affirmant :

— Cela ne signifie rien du tout. Il ne peut exister de loyauté forcée.

— Dans ce cas, pourquoi la garder bandée ? Pourquoi ne pas montrer ce que ta mère t'a fait au nom de cette même loyauté ?

— Ce bandage me sert seulement à me souvenir, en tout lieu et en tout temps, rien de plus.

La mère de Balthus, une femme déterminée à mettre en échec son propre époux et même le roi d'Angleterre, avait l'habitude discutable d'exiger de ses fils qu'ils tiennent leur main gauche au-dessus d'une flamme pour lui prouver leur loyauté. La blessure de Reynold avait guéri en ne laissant qu'une cicatrice, pour Balthus, en revanche, impossible de savoir ce qu'il en était car il n'ôtait jamais son bandage.

— Est-ce que la plaie guérit ?

— Quelle importance ? Ma main gauche ne me sert pas quand je dois me battre à l'épée.

— Jusqu'au jour où ton bras droit sera blessé, alors tu deviendras parfaitement inutile sur le champ de bataille. Donc je me préoccupe grandement de savoir si la brûlure guérit.

— Dois-je encore prouver ma valeur au combat, Louve ? La fois dernière, je retenais ma force, je te l'ai dit.

— Ce n'est rien de plus que de la bravade. La seule chose dont je sois certain c'est que, moi, je retenais ma force. Et je ne m'inquiète pas seulement de te savoir inapte au combat. Mais pourras-tu communiquer par gestes si ta main droite est invalide ?

— C'est parfaitement inutile…

— Pas si nous nous retrouvons coincés dans une pièce sans pouvoir parler. Nous aurons peut-être besoin de nous séparer pour prendre la forteresse et, dans ce cas, il faudra bien en informer l'autre sans que notre ennemi se doute de quoi que ce soit.

— Encore faudrait-il que tu parviennes à pénétrer dans la forteresse de Ian, de toute façon, s'impatienta Balthus.

— J'en ai bien l'intention.

— Et comment comptes-tu t'y prendre, exactement ?

— Figure-toi que je n'ai pas toujours été mercenaire. Je faisais autre chose avant que Reynold ne m'engage.

— Gérer ton lopin de terre ? demanda Balthus avec son habituelle nonchalance méprisante.

Pas le sien, mais celui de Nicholas, son ami d'enfance. Même si Louve avait amassé de l'argent par ce biais, il lui en fallait davantage pour acquérir une terre pour sa propre descendance.

— Méprise tant que tu voudras mon métier d'intendant, mais mon expérience est bien la seule chose qui permettra de sauver cette mission. Je rejoins la forteresse en demandant du travail et j'y pénètre alors qu'aucun de tes mercenaires ne l'aurait pu. Alors, aussi ridicule que soit mon passé à tes yeux, il nous sera bien utile en l'occurrence.

— Tes talents, passés ou présents, ne nous seront d'aucune utilité quand ils te couperont la gorge.

— Pourquoi m'attaqueraient-ils ? Ian ne m'a jamais vu, il ne sait pas qui je suis. Pas plus que tes parents.

— Crois-moi, ils le sauront ! Ils savent toujours !

Louve ne put retenir un frisson d'appréhension. Ces mêmes mots, mélange de fatalisme et de désespoir, il les avait souvent entendus dans la bouche de Reynold…

— Très bien. Ils savent… Alors Ian me coupera la gorge,

ou alors, il me laissera entrer… par jeu. Dans les deux cas, quel autre choix avons-nous ? Aucun.

— Admettons qu'ils te laissent entrer. Alors quoi ?

— Je me mets en quête de ce mystérieux parchemin que Ian aurait en sa possession d'après les dires de Reynold.

— S'il existe, il ne sera pas simplement laissé à la vue de tous ! Et s'il n'existe pas…

— Dans ce cas, je trouverai le moyen de faire parler Ian ou bien je te l'amènerai, et tu pourras le torturer à loisir comme vous, Warstone, adorez le faire, lâcha-t-il avec impatience.

Balthus leva les yeux au ciel :

— Pourquoi est-ce que je me donne la peine d'argumenter avec toi ? Tu es mort, ou c'est tout comme. D'ailleurs, je me demande bien pourquoi tu te préoccupes tant de ce prétendu trésor dont personne n'a entendu parler à part Reynold.

— Nous ne savons pas si personne d'autre n'en a entendu parler, rectifia-t-il. Ian a sans doute deviné lui aussi s'il est en possession du parchemin. Et vos parents doivent connaître son existence, eux aussi. S'ils savent pour le Joyau des Rois et pour le parchemin et qu'ils font le lien… Tu as bien conscience qu'un tel trésor ne doit en aucun cas tomber entre les mains de Ian ou de tes parents.

— Il faut être fou pour courir ainsi après des chimères, décréta Balthus. Ce qui fait vraiment la différence, c'est l'or.

— Non, le vrai pouvoir se trouve bien davantage dans celui qui maîtrise la légende. La fiction est bien plus puissante que n'importe quel trésor matériel. Raison pour laquelle ta famille veut mettre la main dessus, de même que le roi d'Angleterre, alors qu'ils n'ont nul besoin de davantage d'or. Seulement, la légende ne tient que si quelque chose la soutient : en l'occurrence le Joyau des Rois.

Louve avait du mal à croire que le destin du royaume tenait à une légende, et pourtant, c'était le cas. Au cours des dernières années, le Joyau des Rois, une gemme émeraude dont les pouvoirs prétendument magiques étaient réputés égaler ceux d'Excalibur, avait refait surface par le biais des intrigues des Warstone. La légende voulait que celui qui détiendrait le joyau posséderait l'Écosse. Vraie ou pas, l'histoire justifiait l'ambition du roi de mettre la main dessus. Et comme les Warstone voulaient surpasser le roi, ils la convoitaient également.

Fin érudit, Reynold avait étudié la pierre précieuse, qui se trouvait selon toute vraisemblance cachée dans le manche creux d'une dague, et il était certain qu'il fallait voir une autre signification dans le poignard. L'arme et la gemme pouvaient indiquer le chemin vers des richesses si incroyables qu'elles pourraient mettre tous les monarques d'Occident à genoux. Reynold ne voulait pour rien au monde que qui que ce soit mette la main sur un tel trésor. Et sur ce point, Louve ne pouvait que l'approuver.

— Nous devons récupérer le joyau, la dague et tous les messages écrits qui pourraient mener au trésor, s'il existe. Nous sommes venus jusqu'ici pour repartir au moins avec le parchemin que Ian a caché quelque part. Nous ne pouvons pas laisser les Warstone obtenir davantage de puissance et de richesse.

Balthus maugréa :

— Une pierre, une légende et nous voilà à essayer de percer les murs d'une forteresse pour un misérable morceau de parchemin sans avoir la moindre stratégie pour en sortir.

— Nous avons au moins un plan pour entrer. Nous sommes d'accord ?

— Non, nous ne sommes pas d'accord, mais nous sommes résolus, n'est-ce pas ?

Louve retint un sourire. Il n'était toujours pas certain de pouvoir se fier à Balthus, mais force était de constater que la nonchalance moqueuse du jeune homme ne manquait pas de panache.

Chapitre 2

Biedeluue ravala une imprécation. Pour la première fois de sa vie, elle n'était pas heureuse de sa petite taille, pas plus qu'elle n'appréciait la généreuse poitrine qu'elle était d'ordinaire fière d'avoir héritée de sa grand-mère. Aujourd'hui, tout cela ne lui servait à rien.

Elle faisait au moins deux têtes de moins que Galen qui aurait pu nettoyer la poussière du plafond s'il l'avait voulu. Il était aussi mince qu'un balai et, à l'heure qu'il était, il aurait dû être assommé par les quantités d'*ale* qu'ils avaient avalées.

Biedeluue étrécit le regard, suspicieuse. Les cinq jambes qu'elle lui voyait vacillaient toutes. Ce ne serait plus long maintenant. Tout ce qu'elle avait à faire, c'était tenir encore quelques instants. Mal à l'aise dans son corsage trop serré, elle tenta de dégager un peu ses seins. Si seulement ils avaient pu disparaître, juste le temps qu'elle vienne à bout de cette tour de gobelets !

— Tu as besoin d'aide avec ces deux mignons ? gloussa Henry.

La voix à son oreille la fit sursauter, et elle réagit brusquement en envoyant son bras en arrière.

— Aïe !

— C'est ce qui se passe quand tu surprends quelqu'un, se défendit-elle alors qu'il se frottait le côté de la tête.

— Mais, enfin, je n'ai pas bougé de cette place depuis tout à l'heure, Biedeluue !

— Tu étais trop près, voilà tout !

S'il la poussait encore une fois, elle allait vraiment le tuer !

— Bien sûr que je me tiens près ! Comment veux-tu que je garde les autres à bonne distance de toi, sinon ? s'exclama-t-il.

Plusieurs ricanements retentirent dans la foule. Biedeluue envoya son coude dans le ventre de Henry pour faire bonne mesure :

— Peut-être que tu devrais te trouver quelqu'un pour te retenir, toi. Si tu approches davantage, qui sait ce qui adviendra ? À nous deux, nous risquerions de rouler !

La foule éclata de rire et Henry, qui était bien en chair, tout comme elle, recula, piqué au vif. Malgré l'atroce vertige qui la faisait tanguer, Biedeluue lui adressa un sourire bon enfant.

Elle ne connaissait tous ces gens que depuis deux semaines, et ce genre de jeux l'aidait à s'intégrer au milieu de personnes qui se connaissaient toutes depuis leur naissance. Or, elle avait besoin de devenir leur amie. Ils devaient la croire honnête, joviale, ce qu'elle était d'ailleurs par nature, et sans arrière-pensée, ce qu'elle était beaucoup moins en l'occurrence, parce que sa sœur…

Oh ! inutile de se perdre à nouveau dans les méandres de sa pensée ! Les gobelets ! Elle devait se concentrer sur ces maudits gobelets. Biedeluue s'approcha de la table comme une idée se formait dans son esprit. Elle adressa à l'assemblée un sourire rayonnant quoique vacillant et s'exclama :

— Regarde et pleure, Galen !

La foule rugit de plaisir.

Entrer dans la forteresse avait été un jeu d'enfant. Louve ne portait sur lui aucune arme, et tout dans ses vêtements comme dans son attitude traduisait la pauvreté et l'humilité du serviteur. Rien ne le distinguait des autres villageois qui habitaient les chaumières à l'extérieur des murs.

C'était ainsi qu'il avait approché les cinq gardes qui surveillaient la poterne. Lorsqu'il leur avait dit qu'il cherchait du travail, ils avaient éclaté de rire, mais celui le plus à droite était redevenu sérieux - trop vite, d'ailleurs, ce qui l'avait instantanément mis sur ses gardes : avaient-ils pour ordre d'accueillir tout homme étranger dans le cas où il s'agirait d'un espion de Reynold ? Comme Louve l'observait, l'homme émit un ricanement et lui indiqua d'aller trouver l'intendant.

Lorsque Louve approcha ce dernier après avoir demandé son chemin, l'intendant parut aussitôt suspicieux. Alors il prit soin de garder les yeux humblement baissés et il voûta un peu plus les épaules.

D'après son expérience, les intendants de châteaux étaient souvent tout aussi arrogants que leurs seigneurs. Non sans raison d'ailleurs : ils géraient à la fois les finances et le ravitaillement d'un domaine. Ils devaient absolument tout superviser, depuis la tenue des registres de comptes jusqu'aux récoltes d'orge nécessaires pour que le brasseur puisse produire de l'*ale* en quantité suffisante.

De fait, le tempérament de celui-ci ne semblait guère porté à la compassion, or, Louve ne pouvait plus s'avachir davantage ni rendre sa voix moins menaçante tandis qu'il répondait aux questions d'usage.

Toutefois, malgré son agitation évidente, l'intendant se montra bientôt plus aimable. En vérité, il semblait… oui, reconnaissant de le voir arriver. Certes, Louve connaissait bien les tâches harassantes d'un intendant, et son expertise était rare, néanmoins, son instinct lui souffla que quelque chose clochait quand il se vit proposer la position de cellérier. Dans une forteresse de cette taille, c'était là un poste de première importance : il serait chargé de vérifier les provisions et servirait en quelque sorte de second à l'intendant.

Malgré sa méfiance, Louve accepta aussitôt. Tout dans cette mission était dangereux, de toute façon. Et puis, s'il s'agissait d'un piège, c'était une raison de plus d'avancer sans frémir. Il n'était pas devenu si adroit dans les complots des Warstone en reculant devant leurs jeux.

Par ailleurs, le cellérier avait notamment pour tâche de gérer la grande salle, les cuisines et les denrées du cellier. Il n'avait certes pas accès aux coffres ni à la chambre aux épices mais, grâce au lourd porte-clés que l'intendant lui confierait bientôt, il pourrait se rendre dans quasiment toute la forteresse sans éveiller les soupçons.

Surtout, il aurait ainsi accès à Ian de Warstone. Après des semaines à élaborer des stratégies, à analyser cette mission sous tous les angles, rien ne l'avait encore amené si près du but. Raison pour laquelle il était hors de question de laisser quoi que ce soit se mettre en travers de son chemin. C'était sa dernière mission, celle qui lui permettrait de gagner tout l'argent dont il avait besoin, mais surtout le pouvoir qui lui manquait encore.

Aussi, quand l'intendant lui fit signe de rejoindre les cuisines, Louve entra dans les pièces fraîches avec l'assurance d'un homme en charge, prêt à asseoir son autorité auprès des autres serviteurs.

Aussi, la scène qu'il découvrit en entrant le pétrifia sur place. Louve n'avait jamais vu un tel chaos de toute sa vie. Et ce n'était pas peu dire venant d'un homme qui avait passé des années sur les routes et dans des auberges miteuses, où il lui était même arrivé, après avoir passé la soirée à boire, de se réveiller au petit matin avec deux femmes dans son lit, horrifié de découvrir qu'il s'était effondré, inconscient, avant même que les choses sérieuses aient commencé.

Cette mésaventure avait évidemment fait le tour de ses camarades, et Louve avait fait l'objet de constantes plaisanteries pendant au moins une année. Il n'en avait jamais pris ombrage. En telle compagnie, il avait bien vite appris que seules les plaisanteries aidaient à déjouer les angoisses des nuits sombres et des missions dangereuses. Aussi n'était-il pas étranger à l'humour et l'espace d'un instant, il se laissa emporter par l'atmosphère joyeuse qui résonnait entre les murs. Il vit les gobelets empilés, il sentit l'odeur caractéristique de l'*ale* éventée, il prit la mesure des visages rougis par l'ivresse ou simplement exaltés par la gaieté de ces moments de frivolité volés aux corvées du jour.

Cependant, Louve ne se laissa pas entraîner. À une époque de sa vie aujourd'hui lointaine, il aurait participé à la liesse générale, plus aujourd'hui. Désormais, une telle frivolité pouvait le mener tout droit à la mort. Il ne pouvait pas se permettre la moindre erreur.

Plus de quarante serviteurs étaient réunis là, à chanter et boire dans un vacarme infernal alors qu'on était au milieu de la matinée. Des chaises étaient tombées à terre, et sur les tables s'élevait le cauchemar de tout intendant, et par conséquent le sien : des pyramides de gobelets qui risquaient de tomber et de se briser à tout instant. Si l'intendant arrivait et découvrait cette débâcle, Louve ne verrait rien de plus de la forteresse, il serait remercié et reconduit à la porte aussi simplement qu'il y était entré. En tant que cellérier, c'était à lui de faire régner l'ordre dans les cuisines.

— Cessez immédiatement !

L'ordre retentit dans la pièce avec la violence d'un coup de tonnerre. L'autorité qui en émanait doucha dans l'instant toute la jovialité de la salle. Tous s'immobilisèrent, Biedeluue y compris, hélas au pire moment, car elle avait posé un genou sur la table, l'autre pied au-dessus du sol, un bras tendu vers le sommet de sa pyramide, l'autre main, poisseuse d'*ale*, agrippée à la table.

Elle sut, sans l'ombre d'un doute, qu'elle allait tomber. La chute était inévitable, et son premier instinct l'incitait à se laisser tomber en avant sur la table. La majeure partie de son poids était appuyée dessus, et c'était nettement moins loin que le sol. Mais les gobelets ! S'écrouler sur eux, cela revenait à se laisser tomber sur des dagues hors de prix. Alors, dans un effort désespéré, elle projeta le bras qui tenait encore le gobelet vers l'arrière afin d'entraîner le poids de son corps vers le sol.

Ensuite vinrent les cris. Elle reconnut la voix autoritaire de tout à l'heure qui lançait un juron, celle de Tess, affolée, et le baryton caractéristique de Henry. Puis elle perçut l'odeur âcre du vomi tandis que Galen rendait ce qu'il avait avalé.

Biedeluue avait conscience de tout cela comme si elle était hors de son corps. Elle vit ses doigts relâcher inexorablement leur emprise sur la timbale et elle prit conscience avec un sentiment d'horreur impuissante de la direction que celle-ci prenait. Soudain, Henry se dressa, le bras tendu pour tenter de détourner la trajectoire de l'objet, hélas, ses doigts parvinrent seulement à l'effleurer, de sorte que le gobelet ne frappa que le côté de la pyramide de Galen. Une première chope tomba, puis une deuxième, une troisième…

Alors son champ de vision changea, et elle comprit que le sol se rapprochait dangereusement. Biedeluue ferma les yeux pour se préparer à la douleur. Sa tête heurta violemment une épaule et deux bras se refermèrent autour de sa taille. Son corps ploya contre celui qui la retenait jusqu'à ce que ses pieds glissent lamentablement sur le sol. Oubliant en un instant qu'elle aurait pu sérieusement se faire mal en s'écrasant au sol, Biedeluue songea avec colère que son atterrissage maladroit était entièrement le fait de celui qui la maintenait.

Elle allait dire sa façon de penser au perturbateur !

Elle se retourna d'un seul mouvement pour se retrouver face à un torse incroyablement puissant dont les hardes qui le recouvraient ne pouvaient cacher la splendeur et elle planta un index accusateur dans un ventre aussi dur que plat :

— Comment osez-vous ?

Les bras se resserrèrent autour d'elle, et ses seins se pressèrent contre les muscles saillants alors que sa paume s'écrasait entre leurs deux corps.

— Est-ce que vous arrivez à tenir debout ?

Biedeluue leva son regard embrumé vers l'ombre d'une mâchoire inconnue.

— D'où venez-vous ?

— Apportez une chaise, ordonna-t-il en ignorant sa question, de cette même voix autoritaire par laquelle le malheur était arrivé.

Elle tenta de s'écarter cependant, il ne la laissa pas faire.

— Laissez-moi !

— Une chaise, tout de suite ! Enlevez-moi celui-ci des cuisines, nettoyez le désordre qu'il a mis. Vite ! Toi et toi, rangez les timbales dans l'armoire avant qu'il y ait davantage de dégâts. Et toi, occupe-toi de l'*ale*. Faites-moi disparaître ce chaos. Toi aussi, là. Et, vous, dépêchez-vous de nettoyer le sol. Sans oublier la farine ! Si ce n'est pas fait dans l'instant, je la nettoierai avec vos carcasses.

Dans l'instant, tous se mirent en mouvement. Ils obéissaient comme si ce type à la mâchoire sculpturale et au torse glorieux avait la moindre autorité sur eux. Stupéfaite, Biedeluue observa cet étranger qui prétendait régenter les cuisines.

— Eh ! Attendez un peu, articula-t-elle avec difficulté. Vous n'avez aucune autorité ici. C'est une affaire... privée. Nous nous occupons d'affaires de la première importance pour le seigneur. Vous n'avez rien à faire là.

— Asseyez-vous ! ordonna-t-il.

D'où venait cette chaise ? Oh Seigneur, sa tête était tellement douloureuse...

— Vous, asseyez-vous, répliqua-t-elle stupidement.

— Femme...

L'avertissement avait été prononcé d'une voix basse et chaude qui fit courir un long frisson dans son dos. Ce n'était pas de la peur. Ça non ! Alors qu'est-ce que c'était ?

La curiosité la poussa à lever le regard plus haut, et elle découvrit que le visage de l'inconnu était aussi incroyable que son torse sculptural. Abasourdie, elle détailla du regard les longs cils noirs, les sourcils bien dessinés, le nez droit et la petite cicatrice, juste sous l'œil gauche, qui ne demandait qu'à être embrassée, et puis le bleu de ses iris, si... bleu. Et tellement d'yeux... Pourquoi fallait-il qu'il ait tant de magnifiques yeux de ce bleu exceptionnel quand le reste de l'humanité n'en avait que deux ! C'était tellement injuste !

— Vous êtes même trop ivre pour vous asseoir, n'est-ce pas ? demanda-t-il avant de jeter un regard dans la salle. Qui est responsable de cette femme ?

— Maintenant que vous avez été engagé, c'est vous, lança la voix de l'intendant.

Biedeluue eut envie de gémir. Pas l'intendant ! L'homme contrôlait absolument tout dans la forteresse, y compris son emploi. Or, il ne fallait pas qu'elle perde sa position si elle voulait venir au secours de sa sœur ! Hélas, son ventre se soulevait.

— Je crois que je vais être malade, souffla-t-elle.

Il n'était pas là depuis une heure et déjà Louve avait des soucis à ne plus savoir qu'en faire. Pour l'heure, toutefois, le plus important se résumait à cette femme impossible qui venait de mettre à sac les cuisines, son autorité, et qui était, malgré la teinte grisâtre que son teint arborait à présent, d'une beauté à couper le souffle.

Si ça n'avait pas été le cas, il aurait réagi tout à fait autrement. Pour commencer, il l'aurait relâchée depuis longtemps au lieu de la tenir ainsi serrée contre lui, comme un jeune puceau qui viendrait de découvrir la sensation d'une poitrine de femme pour la première fois. Il n'aurait pas galamment exigé un siège où l'asseoir comme un chevalier servant. Et il ne serait certainement pas encore en train de la maintenir sur pieds alors que son supérieur levait sur eux un sourcil impérieux et menaçant.

Louve retint l'instinct qui l'incitait à se redresser de toute sa stature pour rabaisser l'orgueil de l'intendant. Pour l'heure, il n'était pas un guerrier. Alors il voûta les épaules. Ce faisant, la femme vacilla, il n'était qu'un domestique d'un statut inférieur. Et son unique choix se résumait à ceci : soit il soutenait la femme et révélait ainsi sa force véritable, soit…

Retenant un juron, Louve laissa chuter la fascinante ensorceleuse.

Chapitre 3

Biedeluue allait envoyer son poing dans la figure parfaite de l'étranger. Dès que sa tête arrêterait de tourner et son derrière de l'élancer douloureusement. Oui, elle allait se relever, saisir une timbale et la fracasser contre le visage de l'impudent.

En attendant, elle percevait des cris. Ceux de l'intendant, furieux, et ceux de Tess qui tentait stupidement de prendre sa défense. Il fallait qu'elle se relève, seulement, ses pieds refusaient de fonctionner. Pourquoi allaient-ils dans des directions opposées ?

Les pieds de l'étranger étaient fermes et plantés dans le sol, eux. Lui gardait le silence. Il pouvait bien se taire, à présent qu'il les avait tous mis dans l'embarras ! Il était venu mettre le chaos avant de lancer des ordres en tous sens, mais à présent que l'intendant était arrivé, on ne l'entendait plus !

Oh Seigneur ! Sa tête… Elle avait besoin d'une chaise, bien sûr ! Comme elle rampait vers le siège pour s'y agripper, l'étranger siffla :

— Ne bougez pas !

Pour qui la prenait-il ? Pensait-il qu'elle allait rester sur le sol où il l'avait laissé tomber ! Elle ouvrait la bouche pour protester lorsque l'intendant la prit de vitesse :

— Écoutez-moi bien, cellérier, commença l'intendant en s'approchant, menaçant, je ne… Aaaah !

Biedeluue perçut le bruit d'une chute, le grincement des pieds de table et l'atroce cliquetis des timbales qui s'effondraient.

L'étranger poussa un juron, pressa une main sur son épaule pour l'obliger à rester au sol et se jeta sur elle. Les gobelets tombèrent tout autour d'eux dans un vacarme effroyable.

Enfin, le silence revint, un silence si assourdissant qu'il n'annonçait rien de bon pour personne. L'étranger se releva vivement, elle péniblement, et avant qu'elle ait pu s'asseoir, elle se retrouva à genoux face aux rotules de l'intendant. Elle ne pouvait plus rejoindre la chaise, juste derrière lui, elle ne pouvait plus ramper à l'écart parce que les coupes brisées jonchaient le sol. De toute façon, si elle bougeait, elle allait être malade pour de bon.

D'une voix blanche, l'intendant articula :

— Je sais que je dois garder…

Comme il s'interrompait brusquement, l'étranger demanda :

— Vous devez quoi ?

Son ton humble et docile n'avait rien à voir avec celui qu'il avait employé plus tôt pour leur donner à tous des ordres. Ses jambes puissantes ne paraissaient pas dociles, elles non plus.

— Attendez, commença-t-elle, il…

— Peu importe ! coupa l'intendant qui parut soudain étrangement jovial. Je vais remédier à la situation. Oh oui, j'ai trouvé la solution parfaite !

— Suis-je… remercié, monsieur ?

Encore ce ton pacificateur ! Quel imposteur ! Des pieds comme ceux-là n'avaient rien d'inoffensif, et ces jambes étaient faites pour arpenter les champs de bataille et renverser des forteresses ! Elle devait les prévenir du danger ! Elle devait alerter tout le monde !

— Il n'est pas…

— Bien au contraire, répondit l'intendant sans prendre garde à elle. Vous aurez plus à gérer dès aujourd'hui ! Je vais devoir partir pour obtenir de nouveaux gobelets.

Il y eut un silence indécis. Biedeluue attendit comme les autres, circonspecte. L'intendant venait-il réellement de déclarer qu'il partait ? Non, c'était son esprit embrumé par l'*ale* qui devait la tromper…

— N'avez-vous pas de potiers ? murmura l'étranger comme s'il avait entendu la même absurdité qu'elle.

— Un seul, et il ne peut pas faire les timbales que notre seigneur préfère. Non, ces gobelets brisés m'obligent à prendre la route pour un long moment. Vous êtes responsable de la situation, mettez-y bon ordre. Votre arrivée tombe donc à point nommé !

L'étranger resta muet. Elle aussi. L'intendant venait bien d'annoncer devant tous les serviteurs qu'il partait alors que le seigneur était en résidence dans la forteresse et que les cuisines étaient sens dessus dessous. D'ordinaire, il n'appréciait pas de trouver une seule miette oubliée sur une table… Biedeluue avait beau chercher, elle ne voyait pas une seule explication rationnelle à la scène qui se déroulait sous ses yeux.

L'intendant semblait heureux que tous les gobelets se soient brisés. Elle n'y comprenait plus rien. Et pour ne rien arranger elle avait la sensation que des poignards lui transperçaient le crâne.

— Vous voulez dire que vous me laissez à mon poste ? répéta l'étranger.

Ne venait-il pas de poser la question ?

— Tout à fait, puisque je dois partir.

— Sir, ne voulez-vous pas m'instruire des procédures en cours à la forteresse ? Me présenter au personnel ? Peut-être également me laisser les clés correspondant aux pièces nécessaires à mes tâches en votre absence ?

— Oh ! non, non, tout cela est inutile, cellérier. Vous m'avez présenté vos antécédents, et je ne doute pas que vous conveniez tout à fait pour ce rôle. Je dois partir au plus tôt.

Il s'interrompit soudain pour s'éclaircir la gorge :

— Je ne devrais même pas être ici alors qu'il y a tant de gobelets à remplacer. En mon absence, je vous laisse la charge de l'intendance. Et faites quelque chose de ça !

Un doigt maigre se planta dans la joue de Biedeluue, et elle la frotta. Sur ce, l'intendant quitta la pièce, et un silence stupéfait accompagna son départ.

Biedeluue en arrivait à croire qu'elle avait dû s'endormir les yeux ouverts à cause de ce silence, jusqu'à ce que l'étranger murmure :

— Il y a quelque chose qui ne va pas dans cette histoire…

Elle était bien d'accord pour une fois ! L'intendant n'avait jamais cette démarche légère et il n'était certainement jamais heureux d'apprendre que quelque chose était cassé ! Même un malheureux bol de cuisine ébréché suffisait à le mettre en rage. Il en avait déjà fait le reproche à certains pendant des jours.

Et qui avait entendu parler de cette histoire de gobelets particuliers pour le seigneur ? Pourquoi personne ne l'avait-il prévenue qu'ils étaient si difficiles à trouver et qu'ils devaient être réservés à l'usage du maître ?

Oh ! sa tête la faisait tellement souffrir ! Tout allait mal. Affreusement mal…

Rien de tout cela ne serait arrivé si l'intendant n'était pas tombé. Mais, surtout, aucun de ces malheurs ne se serait déclenché sans l'arrivée de l'étranger !

— Levez-vous immédiatement, lança-t-il justement d'un ton sévère. Je refuse d'être responsable de vous une minute de plus, alors déguerpissez !

Il refusait ! Elle avait une sérieuse revanche à prendre sur cet inconnu qui avait tout ruiné et se permettait de la prendre de haut !

Elle trouva enfin l'appui de la chaise et se releva laborieusement avant de secouer ses jupes pour affronter la suite. L'affronter et la vaincre, parce que, quoi qu'ait prévu l'étranger la concernant, elle ne pouvait le laisser faire. La vie de Margerie en dépendait.

Oui, elle allait se tirer de ce mauvais pas. Après tout, elle s'était souvent tirée de situations plus périlleuses, dont, pour la plupart, elle était responsable.

Si seulement il n'était pas arrivé, ou simplement plus tard ! Quelques verres de plus et Galen aurait été hors d'état. Il n'aurait plus fallu qu'un bon coup de ménage et une journée de repos pour retrouver la santé en interrogeant autour d'elle des gens ivres qui auraient plus facilement révélé les informations dont elle avait besoin.

Elle ne savait toujours pas quand le seigneur de Warstone dormait, quand il rendait visite à sa maîtresse, quand il quittait la forteresse… Elle n'avait pas pu poser de questions sans éveiller les soupçons alors qu'elle venait d'arriver. Aussi comptait-elle sur l'ébriété générale pour qu'ils se confient à elle sans méfiance.

Oui, tout était sous contrôle avant qu'il n'arrive et ne gâche tout !

— Sir, j'exige une explication, déclara-t-elle.

La plupart des jeunes servantes auraient accepté sans broncher leur renvoi, mais elle était trop vieille et trop aguerrie pour cela. Elle avait appris, grâce à l'expérience, que la meilleure manière d'affronter les épreuves de la vie, était de se montrer offensive. Voilà comment elle parvenait à avancer. Face à cet homme, elle n'agirait pas autrement. Même s'il était incroyablement… beau, avec ses yeux bleus et brillants, ses immenses cils, sans même parler de ses lèvres…

— Vous exigez une explication, articula-t-il lentement.

Des lèvres pleines qui éveillaient en elle un brusque désir de l'embrasser. Et cette légère fossette sur la joue qui accentuait son charme dangereux… Y en avait-il une seconde sur l'autre joue ?

Biedeluue cligna les paupières pour tenter de clarifier sa vision, hélas, il serrait tellement les mâchoires qu'il était impossible de se prononcer…

— Madame !

Rappelée à l'ordre, Biedeluue leva les yeux vers son regard qui s'était assombri. Venait-il de l'attaquer verbalement ? Elle ne serait pas en reste !

— Vous entrez ici sans vous faire annoncer ! Mesurez-vous le chaos que vous avez causé ?

— Que j'ai causé ?

Devant ses traits tendus, elle se sentit presque intimidée. Elle aurait même pu avoir un peu peur, s'il ne s'était pas contenté de répéter stupidement tout ce qu'elle disait. Il était peut-être exceptionnellement beau, mais c'était un simple d'esprit…

— Le chaos, confirma-t-elle lentement pour qu'il comprenne bien. Vous êtes entré dans les cuisines en criant, ce qui a surpris tout le monde. C'est pour cela que les timbales sont tombées.

— Ce sont mes cris qui ont causé leur chute ? répliqua-t-il en haussant le ton. Mes cris ?

Elle leva les mains devant elle en signe d'apaisement. Il était peut-être simple, néanmoins il n'en était pas moins grand et fort… Encore que… Il se tenait tellement voûté. Quel dommage qu'il ne se tienne pas droit, il aurait été beau à couper le souffle. Oh ! c'était bien une deuxième fossette qu'elle venait d'apercevoir ! Deux fossettes ! Comment une femme pouvait-elle résister à un tel charme ?

— Répondez ! ordonna-t-il.

— Vous répondre… ?

— Madame, je viens de vous demander si vous étiez la cuisinière.

Comment ? Il ne lui avait rien demandé de tel ! Il n'était pas seulement idiot, il était aussi menteur ! Et s'il était également violent ? Elle devait se tenir sur ses gardes. Il était arrivé en criant et en donnant des ordres, la violence venait juste après, en général…

— Elle n'est pas la cuisinière. Le maître queux, c'est lui, là, celui qui somnole au coin du feu, intervint une petite voix aiguë dans son dos.

Le petit roux ! Comment s'appelait-il déjà ? Il était aussi malicieux qu'amusant. Elle n'avait pas encore pu apprendre le prénom de chacun. Mais ce n'était pas le plus préoccupant pour l'heure. Ce qui l'inquiétait bien davantage, c'était que des enfants puissent être victimes de cet homme. Elle devait l'apaiser, et vite, si elle ne voulait pas que les plus jeunes assistent à une scène perturbante.

— Prenez ce que vous voulez et repartez d'où vous venez, dit-elle, conciliante.

— Retourner d'où je viens ? répéta-t-il sans même jeter un regard vers l'âtre auprès duquel Queux sifflait en dormant. Un enfant a plus de bon sens que vous, madame.

Biedeluue détestait que l'on manque de respect aux enfants en les prenant pour des idiots. Elle haïssait ceux qui s'en prenaient à eux et s'en moquaient quand ils étaient différents. Cet homme était peut-être un simple d'esprit, mais il méritait une petite leçon avant de quitter les lieux !

— Bien sûr que les enfants ont du bon sens ! Ils savent faire des phrases, eux, au lieu de répéter stupidement !

— Biedeluue !

La mise en garde de Tess la surprit. Aussitôt, son cœur se réchauffa en songeant que l'aide cuisinière était toujours prête à prendre sa défense et à la protéger depuis son arrivée. Cela ne lui était jamais arrivé auparavant. Elle s'intégrait facilement où qu'elle aille, mais quand ses pitreries finissaient par la faire renvoyer, personne n'élevait la voix pour la défendre. Aussi ressentait-elle une pointe de remords à l'idée de tromper Tess sur les raisons de sa présence à la forteresse de Warstone.

— Que fait le maître queux à dormir dans ce coin ? intervint l'étranger.

Il lui parut encore plus menaçant qu'un instant plus tôt : ses yeux lançaient des éclairs, et les muscles de sa mâchoire lui donnèrent la chair de poule.

— Il est toujours comme ça, précisa le gamin avec bonne humeur.

Ne voyait-il pas le danger ? Et ce pauvre Matthieu qui parvenait enfin à prendre un peu de repos malgré le tumulte, serait-il lui aussi puni pour dormir au lieu de travailler ? Le pauvre cuisinier avait tant souffert depuis la perte de son fils, il méritait un peu de répit.

Le regard de l'inconnu s'assombrit encore. Ses poings se serrèrent, et Biedeluue comprit ce que cela signifiait. Aussitôt, elle écarta les bras et se redressa :

— Tess, fais sortir le petit, je vais le retenir.

Louve regarda la folle qui se tenait devant lui. Il ne lui avait guère fallu longtemps pour prendre la mesure du chaos qui régnait dans les cuisines. Cependant, cette femme élevait le désordre à un degré qu'il n'avait encore jamais vu de sa vie. Elle était certes ivre, mais là…

— Madame, que faites-vous encore ?

Elle agitait les bras devant lui en se balançant dangereusement d'un pied sur l'autre. Seigneur ! Tout chez elle était une distraction. Absolument tout.

Depuis sa chevelure dont il ne parvenait pas à décider si elle était blonde ou châtaine, à ses yeux qui hésitaient entre le bleu et une nuance qu'il ne connaissait pas - ce n'était ni du vert ni du marron, mais quelque chose qui tirait vers le violet, une couleur de pierre précieuse, qui, ajoutée au bleu donnait un résultat tout à fait… indéterminé.

Oui, tout chez cette femme était… dans l'entre-deux. À l'exception de son corps. Ce corps… C'était comme si Dieu avait façonné la femme avant de poursuivre son œuvre en ajoutant à chaque fois quelque chose qui la rendait plus incomparable. À commencer par ses lèvres pulpeuses, ou la vallée nacrée de sa gorge, le délié de ses doigts qui contrastait merveilleusement avec ses poignets arrondis d'une chair douce et satinée.

Lorsqu'elle s'appuya maladroitement à la chaise, les jambes flageolantes, tout son corps ondula sensuellement. Louve dut détourner le regard pour ne pas perdre à son tour l'équilibre.

Et voilà qu'elle se lançait dans une danse improbable devant lui, bougeant tout son corps avec cette même grâce sensuelle qui le fascinait, comme si… elle tentait de le bloquer !

— Je ne ferai aucun mal à un enfant ! s'exclama-t-il, indigné.

— C'est ce qu'ils disent tous, rétorqua-t-elle.

— Qui dit cela ?

Louve peinait à agencer ses idées. Plus rien n'avait de sens. L'intendant avait quitté la forteresse. Aucun intendant n'agirait de la sorte ! Il devait réfléchir posément à ce mystère, mais cette femme l'empêchait de penser.

— Comme si vous ne le saviez pas ! Toujours des paroles trompeuses avant que le premier coup parte. Alors je suis là, si vous voulez frapper ! Si la violence est votre seule…

Soudain, l'exaspération prit le dessus. Outré par les accusations qu'elle venait de formuler, il saisit l'un de ses poignets délicats, puis l'autre, et les emprisonna tous deux près de son cœur qui battait violemment.

Cette femme complètement ivre était d'une franchise et d'une pureté qui l'exaspéraient et forçaient dans le même temps son admiration.

Sous son emprise, elle se raidit, mais il ne la laissa pas s'échapper. Il riva ses yeux aux siens jusqu'à ce qu'elle cesse de cligner les paupières comme si elle peinait à garder une vision stable. Alors, il articula lentement pour qu'elle comprenne chaque syllabe :

— Je ne fais pas de mal aux enfants.

Elle tenta de se libérer, et un léger son passa ses lèvres. Ses yeux s'élargirent de trouble, de méfiance, de peur aussi…

Horrifié par ce qu'il venait de faire en la maîtrisant de la sorte, Louve la relâcha et recula d'un pas. Du regard, il guetta les environs. Beaucoup avaient prudemment reculé vers les portes mais des yeux curieux le guettaient. Seul le maître queux demeurait affalé au coin de l'âtre, indifférent au reste du monde.

Après que la femme avait crié son avertissement, tous semblaient se tenir à bonne distance de lui, comme s'il était une brute sanguinaire. À croire qu'il était entré ici en chargeant, l'épée au clair, plutôt que comme un pauvre hère qui venait chercher un emploi. Toute cette situation était une véritable débâcle !

Il se força à se tasser sur lui-même et baissa les yeux.

— Il y a eu une incompréhension.

La femme déglutit mais ne recula pas.

— Vous avez entendu l'intendant, lui dit-il en tentant de conserver une voix douce. Il m'a engagé pour l'assister. Peut-être l'a-t-il fait pour que je vous aide à organiser la demeure, puisque vous semblez déjà avoir la confiance des domestiques.

— L'intendant vous a engagé ? Pour m'aider ?

Elle était devenue si pâle, soudain, qu'il prit peur. Qu'était-il donc arrivé à la farouche guerrière prête à l'affronter un instant plus tôt ? Le choc de la nouvelle semblait l'avoir anéantie.

— Oui, vous l'avez entendu, non ? Il a annoncé qu'il devait quitter la forteresse pour trouver de nouveaux gobelets. Je dois assurer ses charges le temps qu'il revienne. Je suis le nouveau cellérier…

— Un cellérier… dans les cuisines…

Outre que la nouvelle n'avait franchement rien d'étrange, elle répétait tout ce qu'il disait comme si elle ne l'avait pas déjà entendu de la bouche même de l'intendant ! Louve prit une profonde inspiration pour ne pas perdre patience.

Cette femme était de toute évidence déséquilibrée. Alors, même si la fuite de l'intendant prouvait que sa sécurité, ainsi que celle de Balthus et de ses hommes était largement compromise, il ne devait pas passer ses nerfs sur elle.

Seigneur ! Cette mission était une véritable déconfiture.

— … Et dans les autres parties de la forteresse, confirma-t-il aussi calmement que possible.

— Alors, vous avez aussi accès aux chambres privées, à l'étage ? demanda-t-elle si bas qu'il dut tendre l'oreille.

Il n'y aurait sans doute pas accès facilement, mais autant profiter de l'avantage que l'intendant lui avait donné en affirmant qu'il avait les rênes en son absence. Après tout, cette femme avait l'air d'avoir une influence considérable sur les serviteurs et elle n'hésitait pas à le défier. Alors si elle pensait qu'il avait accès aux appartements du seigneur, un privilège réservé à quelques rares élus, il n'allait pas la détromper !

— À toutes les pièces, confirma-t-il vaguement.

— Accès aux chambres privées… balbutia-t-elle, soudain blême. Je vais être…

Louve réagit en un instant, il enserra sa taille et lui maintint les cheveux en arrière alors qu'elle vomissait sur les éclats de poterie et le sol jonché de farine jusqu'à ce qu'elle perde connaissance.

Chapitre 4

Biedeluue s'éveilla et battit prudemment des paupières. Elles étaient tellement lourdes que l'effort lui parut difficile. La lumière était différente. Était-ce l'après-midi ou bien avait-elle dormi jusqu'au lendemain ? Elle tendit l'oreille pour percevoir les bruits de la maison mais ne put rien deviner.

Son ventre se crispait encore douloureusement, et elle avait la gorge atrocement sèche. Elle était assoiffée mais la perspective d'avaler la moindre gorgée d'*ale* lui donnait la nausée.

Elle se trouvait dans son lit, néanmoins, la courtepointe ne lui appartenait pas. Par ailleurs, elle était à demi dévêtue. Biedeluue blêmit comme la mémoire lui revenait brusquement et elle ferma les yeux en gémissant : elle avait été violemment malade sur le sol de la cuisine !

Tess serait hors d'elle. Et tous les gobelets brisés ! Elle se blottit en position fœtale alors que l'évidence l'écrasait : l'intendant allait la jeter dehors, et elle n'aurait plus le droit de mettre un pied dans la forteresse. Comme le désespoir l'étreignait, Biedeluue sentit les larmes lui monter aux yeux. Qu'allait-il advenir de Margerie si elle ne parvenait pas à la sauver à temps ?

— Dieu merci, tu es enfin réveillée ! lança Tess en entrant dans le dortoir qu'elles partageaient avec d'autres servantes pour leur repos. Juste derrière elle arrivait le garçonnet roux, chargé d'un plateau.

— Pose la nourriture sur ce lit, Thomas.

Instinctivement, Biedeluue avait posé un bras sur son oreille, le crâne éprouvé par le bruit des voix. Tess lui adressa un sourire éclatant sans baisser la voix :

— Encore mal à la tête ?

Elle ne put qu'émettre un grognement douloureux. Cette fois, Tess se rembrunit.

— Je ne t'ai jamais vue malade de la sorte. J'aurai Galen pour ça, crois-moi. Je suis prête à parier qu'il a versé quelque chose dans ton *ale*, ta réaction n'était pas naturelle. Je t'ai déjà vue boire le double sans être dans cet état déplorable !

Tess ignorait à quel point elle avait raison puisqu'elles ne se connaissaient que depuis quelques jours. De fait, elle n'était jamais malade. Son amie semblait sincèrement inquiète, et Biedeluue songea avec reconnaissance que c'était elle qui avait dû s'occuper de la mettre au lit. Elle lui manquerait lorsqu'il lui faudrait partir.

— Qu'est-ce que c'est ? demanda-t-elle en désignant du menton les bras chargés de Tess.

— Une robe de Bess, dit celle-ci en la lui tendant pour qu'elle l'examine. C'est le mieux que nous ayons pu faire puisque ta propre robe n'est plus utilisable pour d'évidentes raisons…

Légèrement tremblante et encore affaiblie, Biedeluue se redressa. Toujours assise sur son matelas de paille, elle s'adossa à la pierre froide du mur, et ce contact soulagea quelque peu son mal de tête.

— Pourquoi Bess me donnerait l'une de ses robes ? Elle me hait.

Tess eut un sourire fin :

— Je suis la seule à connaître l'une de ses plus grandes hontes. Je n'ai eu qu'à lui rappeler ce petit détail pour qu'elle soit impatiente de te venir en aide. Allons, maintenant il est temps de te préparer. Je ne voudrais pas que notre retard mette mon plan à mal. Il n'a pas cessé de lancer des ordres toute la matinée. Il n'est pas content du tout, tu peux me croire !

Biedeluue n'avait pas compris la moitié de ses propos. À sa connaissance, l'intendant n'était jamais content, mais il est vrai qu'il devait être d'une humeur particulièrement atroce en raison de l'état de la cuisine.

— Que fais-tu ?

— Je me lève. Il faut que j'aille nettoyer les cuisines.

C'était le moins qu'elle pouvait faire pour son amie avant d'être jetée dehors.

— C'est fait. Tu peux me croire, tu as eu de la chance d'être trop ivre pour subir ce calvaire !

Néanmoins, Biedeluue n'était pas assez ivre pour ne pas subir le poids de la culpabilité. Toutefois, Tess ne semblait pas particulièrement en colère, ce qui signifiait qu'un bon moment avait passé depuis qu'elle avait fait le ménage. Inutile de remettre de l'huile sur le feu, aussi demanda-t-elle :

— Quel jour sommes-nous ?

— Le même jour. Ma pauvre, tu dois vraiment être dans un sale état... Tu devrais peut-être commencer par manger avant d'enfiler cette robe.

Biedeluue jeta un regard écœuré au pain qui ne manquerait pas de se coincer sur son palais asséché.

— Il n'y a rien de plus... doux ?

Tess prit le bol posé à côté et le lui tendit :

— Pas d'*ale* ni de vin pour toi. J'ai pensé que cette infusion pourrait aider.

La chaleur du bol lui fit déjà du bien et l'odeur de menthe qui s'en échappait ne lui soulevait pas le cœur. Elle en avala prudemment une gorgée. Elle ne méritait décidément pas une amie pareille. Une amie qui prenait sa défense, nettoyait le désordre qu'elle semait sur son passage et prenait soin d'elle...

Si l'intendant était furieux, il s'en prendrait aussi à elle.

— Merci Tess, mais tu n'aurais pas dû me défendre.

— Tout le château est sens dessus dessous, et c'est tout ce que tu trouves à dire ? Je ne t'ai pas défendue. J'ai juste essayé de... te retenir.

Biedeluue rit doucement.

— J'aimerais bien te voir essayer…

— Je pense que tout le monde aux cuisines aimerait voir ça ! Tu imagines un peu ?

Biedeluue grimaça quand le rire de Tess lui perça les tympans.

— C'était trop fort ? Pardon.

Après une nouvelle gorgée, elle saisit le morceau de pain qui était trop raffiné pour être celui habituellement donné aux serviteurs. Tess avait pris un risque supplémentaire en volant ce morceau réservé aux nobles pour elle, de même qu'en venant au milieu de ses corvées pour s'occuper d'elle.

— Je ne saurai assez te remercier, Tess. Je te dois une faveur et je te la rendrai.

Elle le ferait ! Même si elle n'avait aucune idée de la façon dont elle s'y prendrait pour rembourser sa dette alors que les gardes ne tarderaient sans doute pas à la jeter dehors.

— Sottises, tu ne me dois rien du tout ! Concentrons-nous sur l'essentiel, plutôt. Qu'est-ce que Galen a bien pu mettre dans ton *ale* ? Tu n'as pas senti un goût étrange ?

— C'est vrai que je me suis sentie rapidement mal, mais n'oublie pas que lui aussi a été malade. Je n'ai jamais voulu que tout cela arrive…

Tess haussa les épaules avec bonhomie.

— Eh bien moi, j'ai du mal à être désolée. Je détestais ces maudites timbales. Elles sont trop lourdes, et on ne peut en mettre plus de quelques-unes sur un plateau. Je n'ai aucune envie de les voir remplacées !

— Les remplacer va coûter une fortune, se lamenta Biedeluue.

Elle connaissait le coût de chaque miette de pain, de chaque fil utilisé pour repriser un vêtement usé, aussi savait-elle que le coût de ce qu'elle avait brisé dans les cuisines aurait pu nourrir sa famille pendant une année entière. Sans doute plus.

Il était temps d'affronter la punition que l'intendant jugerait bon de lui infliger. Autant commencer par enfiler cette robe que Bess avait sans doute garni de puces puisqu'elle avait été forcée de la lui prêter… La mort dans l'âme, Biedeluue avala le reste de l'infusion. Elle avait manqué à son devoir de sœur, et rien de ce qu'elle pourrait faire ne rattraperait ses erreurs.

— C'est tout de même étonnant que l'intendant soit parti au milieu de ce carnage, tu ne trouves pas ? fit remarquer Tess.

Elle fronça les sourcils. Maintenant qu'elle y réfléchissait, elle n'avait jamais vu l'intendant se détourner d'un désastre. Même pour la plus petite erreur, il harcelait le fautif jusqu'à ce qu'il se sente aussi inutile qu'un grain de poussière. Cela dit, elle n'avait pas une assez grande expérience des coutumes de Warstone pour se prononcer.

— Je ne suis pas là depuis assez longtemps…

— J'ai pourtant l'impression que tu es là depuis toujours.

Biedeluue savait pourquoi : elle avait déployé des trésors d'humour et de bonne humeur pour s'intégrer au groupe des domestiques avec un objectif clair : obtenir leur confiance, et, de ce fait, davantage de liberté pour sauver sa sœur. Désormais, personne n'aurait trouvé à redire en voyant l'inoffensive Biedeluue monter un escalier ou ouvrir une porte alors qu'elle n'avait rien à faire à tel ou tel endroit.

D'ordinaire, elle cachait son côté farceur, jusqu'à ce que sa nature la rattrape. Elle devait alors bien souvent partir en quête d'une nouvelle position. Seulement, pour sauver Margerie, elle s'était efforcée de demeurer docile et appliquée devant l'intendant, tout en révélant sa véritable nature, espiègle et joviale, aux serviteurs. Hélas, tous ses efforts se révélaient inutiles, et la culpabilité de n'avoir rien révélé de ses motivations à son amie se faisait encore plus prégnante à présent.

— J'aime cet endroit, confirma-t-elle à voix basse en avalant le dernier morceau de pain.

Tess la couva d'un regard vif.

— Penses-tu pouvoir garder quelque chose dans le ventre ? Parce qu'il va falloir t'habiller.

Biedeluue se leva et tendit les bras en l'air tandis que Tess lui passait la robe.

— Je voulais encore te dire ma gratitude pour tout ce que tu as fait pour moi depuis notre rencontre.

— C'est une conversation drôlement grave pour la tâche qui nous attend, commenta-t-elle. Inspire un peu plus. Misère, je pensais que la robe de Bess serait à ta taille, mais tu es décidément plus épaisse.

— Tu vas voir, menaça Biedeluue en riant.

Malheureusement, Tess avait raison : le corsage ne permettait nullement de contenir sa poitrine, et la robe était proprement indécente. Cela dit, elle préférait encore se présenter devant un intendant furieux ainsi vêtue qu'en chemise. Et puis, qui sait ? Peut-être s'adoucirait-il un peu devant le spectacle de ses seins généreux ?

Tess desserra un peu les lacets qui l'étouffaient en maugréant :

— Oui, eh bien, tu me montreras ce que je dois voir demain, si nous ne sommes pas toutes deux renvoyées d'ici là. J'ai demandé à Jeanne de le retenir, mais elle doit s'être évanouie de terreur à l'heure qu'il est.

Elles étaient en retard… Seulement, si elle avait bougé ne serait-ce qu'un peu plus vite, Biedeluue pressentait qu'elle se serait retrouvée étendue sur le sol. Le malaise qui ne l'avait jamais vraiment quitté la reprenait de plus belle quand elle songeait à Margerie et à Tess qu'elle allait perdre. Sans compter qu'aucune humiliation ne lui serait épargnée puisqu'elle allait se retrouver devant une foule de curieux, les seins presque exposés, pour se faire jeter dehors.

— Il n'y aura pas de « demain » pour moi, dit-elle tristement.

— Est-ce que tu as toujours cette humeur maussade quand tu es malade ? Je vais devoir réévaluer notre amitié. Je croyais que tu étais plutôt femme à brandir des dagues pour te défendre comme tu as brandi ce gobelet hier. Bon Dieu ! Je me régalerai de cette image jusqu'à la fin de mes jours !

Avait-elle fait cela ? Les souvenirs se brouillaient dans sa mémoire. Biedeluue grimaça alors que Tess resserrait violemment les lacets de la robe. Chaque mouvement lui retournait le ventre. Elle n'était pas maussade, non. Ce qu'elle ressentait s'approchait davantage du désespoir. Depuis toujours, elle avait pris soin d'être là pour ses frères et sœurs.

— Je voulais simplement dire qu'il n'y a aucune chance que je sois encore là demain, précisa-t-elle d'une voix éteinte. Crois-tu sincèrement que l'intendant veut me voir pour me féliciter ? Non, il s'apprête à me jeter dehors !

Tess lui fit faire volte-face et leva un sourcil impérieux.

— Je te préviens, c'est la dernière fois que je te laisse t'enivrer, pari ou non ! Il n'y a plus d'intendant, il a quitté le domaine ! Tu l'as vu toi-même l'annoncer tout à l'heure avant de t'effondrer. Ne te rappelles-tu donc vraiment rien ?

Biedeluue était de plus en plus perdue. Et avec ce mal de tête…

— Mais dans ce cas qui doit me mettre à la porte ? Qui a ordonné que je passe cette robe pour me parler ?

Tess lui fit faire un nouveau demi-tour pour reprendre sa séance de torture :

— Louve, évidemment ! Il est le nouveau cellérier et peut-être aussi le nouvel intendant. Et il a besoin de toi, même s'il ne le sait pas encore. Cela dit, il n'a pas vraiment demandé à te voir. C'est moi qui t'ai apporté la robe, après avoir dit à Jeanne de…

— Louve ?

— L'homme sur lequel tu t'es déchaînée comme un chat enragé ?

Les sourcils froncés, Biedeluue tenta de mettre de l'ordre dans ses souvenirs. Il y avait bien quelques images qui lui revenaient en tête, mais ce ne pouvait être que son imagination parce que l'homme qu'elle revoyait était trop beau pour être vrai. À moins que…

— Il existe ?

— Il existe tout à fait ! Et même beaucoup ! Quoi qu'il en soit, quelqu'un - en l'occurrence toi - est nécessaire en cuisine. Cependant, à voir ton teint gris, je m'inquiète sérieusement pour le sol de la pièce que je suis parvenue à sauver de justesse…

Son ventre allait un tout petit peu mieux après la nourriture qu'elle avait ingurgitée mais sa tête… Seigneur, il fallait à tout prix qu'elle comprenne le sens des paroles de Tess malgré sa migraine.

— Tu veux dire que l'homme qui est entré hier dans les cuisines est maintenant responsable de nous tous et qu'il ne songe pas à me réprimander ?

— Oh ! il veut très certainement te réprimander ! Aussi allons-nous le convaincre que tu es la personne toute désignée pour la tâche qu'il souhaite voir exécutée.

— Mais quelle tâche à la fin ? s'écria-t-elle en se tenant les tempes, exaspérée de ne rien comprendre.

— Cesse donc tes humeurs ! Je t'aurais crue plus reconnaissante d'avoir la possibilité de sauver ton poste après ce que tu as fait ! Et même plus que ton poste si nous parvenons à nous jouer de lui.

Tout cela n'avait aucun sens. Après la scène de ce matin, aucun intendant, aussi nouvellement nommé soit-il, ne prendrait la peine de la garder. Comme Tess achevait de lacer la robe, elle balbutia :

— Nous jouer de lui ?

— Écoutes-tu un seul mot de ce que je raconte ? Ce que je te dis, c'est que Jeanne, la chambrière, est venue aux cuisines toute tremblante pour me dire que Lord Warstone souhaitait souper dans la grande salle ce soir. Comme personne n'est parvenu à réveiller Queux, j'ai récupéré la robe de Bess…

Comprenant enfin le maigre espoir qui existait encore, Biedeluue serra la main de son amie de toutes ses forces. Son cœur peinait à supporter le flot de gratitude et d'espoir qui l'emplissait soudain. Il y avait une chance - infime, certes, mais une chance quand même ! - Qu'elle puisse venir en aide à Margerie. Elle en oubliait son mal de cœur !

Si Tess pensait qu'elle pouvait garder sa place… Bien sûr, son amie ne savait rien de sa sœur pour l'heure et, à vrai dire, elle en arrivait à penser qu'elle aurait pu se confier à elle sans crainte.

— Seigneur ! Je peux reprendre le travail, et tu m'as laissé dormir, manger, m'habiller ?

— Je n'ai pas cessé de te dire qu'il fallait nous presser ! Quant à l'habillement, je ne suis pas certaine qu'on puisse considérer que c'est fait, ajouta-t-elle en posant un regard critique sur son décolleté outrageux.

Mais elle s'en moquait bien ! Biedeluue leva ses jupes et se mit à courir vers la porte.

Chapitre 5

Louve avait commis bien des erreurs dans sa vie, mais celle-ci était sans nulle doute la plus stupide. Il était piégé ! Fait comme un rat ! Il s'était jeté dans la gueule du loup sans aucun moyen d'en sortir. Dire qu'il était passé devant les gardes et le portier avec un sentiment de triomphe au cœur !

S'il avait pu alors balayer l'alarme qui le prévenait que c'était trop facile, l'attitude de l'intendant ne pouvait être ignorée. Personne n'engageait ainsi un inconnu sans exiger de recommandations ou sans le soumettre au moins à une période probatoire. Il était encore plus improbable de laisser ce même inconnu en charge de toutes les responsabilités de la maisonnée sans même lui assigner la moindre tâche !

Ian de Warstone n'aurait jamais pu survivre si longtemps avec une domesticité aussi peu méfiante, voire frivole. L'intendant ne faisait pas seulement preuve de négligence, non, son comportement relevait de la folie pure… ou de la machination.

Complot ou non, Louve était désormais responsable de tous les domestiques. Or, ce n'était pas du tout la position qu'il avait voulue ! Il aurait fallu qu'il soit embauché comme simple exécutant afin d'avoir le loisir et la discrétion nécessaire pour fouiller les chambres et les cabinets privés. Diriger une armée de domestiques ne lui laisserait pas un instant de répit !

Cette femme - Biedeluue, tel était le nom que Henry, l'homme qui l'avait assisté pour la porter jusqu'à sa couche, lui avait appris qu'elle portait - avait mis à terre tout son plan. Le plus insupportable était qu'il ne parvenait pas à la sortir de ses pensées ! Tout à l'heure, déjà, une fois parvenu dans le quartier des domestiques, il avait renvoyé Henry car, à sa grande honte, il voulait la garder pour lui seul. Il ne supportait pas l'idée qu'un autre homme pose la main sur elle, alors il l'avait lui-même déshabillée avant de se maudire pour sa propre faiblesse. Comment pouvait-il songer à la séduire quand sa mission requérait toute son attention ?

D'ailleurs, il lui faudrait surveiller cette Biedeluue de près, car elle jouissait de toute évidence d'une bonne réputation auprès des serviteurs, assez pour qu'ils aient encouragé son jeu coûteux. Elle n'était peut-être qu'une servante, mais elle avait une influence évidente. Il ne savait pas pour l'heure, ce qu'il convenait de faire d'elle. Seul le temps le lui dirait, alors, il avait ordonné aux autres de ranger le chaos qu'elle avait mis dans les cuisines et il l'avait laissé cuver son *ale*.

Dès qu'elle irait mieux, il devrait se confronter à elle. À nouveau, la perspective de jouer le jeu de la séduction avec elle lui traversa l'esprit, mais il rejeta aussitôt cette idée tant il était évident qu'il voulait beaucoup plus qu'un simple intermède. Il la voulait, elle. Des images s'imposaient à son esprit. Imaginer les courbes délicieuses de son corps si féminin, imaginer la maintenir contre le mur, passer une main sous son genou afin de sentir sous ses doigts la peau tendre…

— Sir ?

— Quoi ? aboya-t-il, agacé par le cours de ses pensées qu'il ne contrôlait plus.

Alors qu'il s'apprêtait à quitter les cuisines, Louve pivota pour se retrouver face à une jeune servante tremblante. Encore une domestique qui venait le harceler avec des soucis triviaux dont il n'avait que faire.

— Je suis J… Jeanne, sir. J'ai été env… envoyée.

— Envoyée par qui et pourquoi ?

— Lord Warstone, sir. Il… Il souhaite souper dans la grande salle ce soir.

Louve balaya cette annonce d'un geste impatient.

— Eh bien, faites le nécessaire, dans ce cas.

Les cuisines étaient pleines de serviteurs qui connaissaient bien mieux que lui les habitudes de leur seigneur, et le chaos avait été rangé, qu'ils vaquent donc à leurs tâches, sans venir sans cesse le déranger !

La jeune femme toussota nerveusement.

— Nous n'avons pas prévu de souper dans la grande salle.

Il n'avait aucune idée de l'heure qu'il pouvait bien être et voilà qu'il devait aussi gérer le service dans la grande salle ?

— À quelle heure le souper est-il habituellement servi ?

— Il n'y a pas… d'heure habituelle, sir.

Bon sang ! Il en avait plus qu'assez ! Il se moquait de savoir quand et comment Ian de Warstone prenait ses repas ! Il voulait simplement que cette maison tourne comme à l'habitude !

— Contentez-vous de faire ce qui doit être fait d'ordinaire et laissez-moi en paix.

Il fit quelques pas décidés dans la direction inverse, cependant, il pouvait toujours voir le mouvement désemparé de sa tête à la périphérie de son champ de vision.

— Quoi encore ?

Comme il faisait volte-face, la servante sursauta violemment. Cette fois, sa réaction terrifiée ne pouvait plus passer pour de la timidité. Non, cette pauvre fille vivait apparemment dans la peur constante d'être frappée ou punie. Elle avait besoin d'être protégée, c'était évident. Seulement, ici, il n'était pas un chevalier au service des opprimés, il n'était qu'un serviteur.

Il adoucit nettement son ton pour demander :

— De quoi avez-vous besoin ?

— Il n'y a pas eu de repas dans la grande salle.

— Oui, je sais, le souper n'a pas été prévu, mais…

— Jamais ! s'exclama-t-elle. Les gardes et les domestiques prennent leur repas sans façon dans la grande salle, oui, mais le seigneur ? Jamais. Pas une seule fois depuis des années, sir.

Soudain, les mots de Balthus résonnèrent en lui : « Ils sauront. Ils savent toujours. » Le doute n'était plus permis, Ian de Warstone était au courant de sa présence entre ses murs. Ce souper dans la grande salle en était la preuve.

— Êtes-vous en train de me dire que vous avez été envoyée pour me prévenir que Lord Warstone descendra souper ce soir avec ses hommes pour la première fois depuis des années ?

— Sa… dame aussi sera présente, confirma-t-elle de sa petite voix apeurée.

Que faire ? Ian savait apparemment qu'il était envoyé par Reynold. S'il se précipitait dans les appartements de Ian pour se confronter ouvertement à lui, il serait sans nul doute torturé sans avoir rien appris. Tandis que s'il jouait au petit jeu auquel Ian s'adonnait, il pouvait certes perdre, mais il conservait une chance d'obtenir l'information qu'ils convoitaient.

Après tout, il était plus doué pour obtenir des renseignements que pour organiser un festin. Cette fois, il sentit courir dans ses veines ce qu'il ressentait toujours avant une rencontre décisive avec l'ennemi, cette anticipation propre au combat.

— Amenez-moi le maître queux.

— Il… est là, sir, dit-elle en désignant la masse toujours endormie auprès de l'âtre.

Ah oui, le maître queux était cet ivrogne incapable… Il faudrait régler ce souci également mais, en attendant, il allait bien falloir que quelqu'un se charge de l'organisation du repas…

Il entendit des voix dans son dos mais les ignora. Ian et ses tactiques de serpent étaient la priorité, le reste pouvait attendre. Si le seigneur tenait à souper dans la grande salle, Louve l'y rencontrerait.

Jeanne jeta un regard par-dessus son épaule, en direction des voix qui demandaient son attention. Il en avait plus qu'assez de ces distractions.

— Il a bien dû préparer de quoi nourrir la maison avant de s'écrouler ainsi ?

— Il a seulement préparé de quoi servir les appartements privés, bégaya-t-elle. Il n'a pas organisé un véritable repas depuis…

Il attendit mais Jeanne ne releva pas la tête. Savoir pourquoi le maître queux n'accomplissait plus ses tâches devrait aussi attendre. De même que ces insupportables chuchotements dans son dos. Il passerait ses nerfs sur les importuns plus tard.

— Mais vous venez bien de me dire que les gardes prenaient leurs repas dans cette salle. C'est donc qu'il y a de quoi les nourrir. Si le maître queux ne s'en occupe plus depuis tant de temps, qui s'en est chargé ?

— Biedeluue.

Le nom prononcé dans son dos le fit tressaillir.

— Celle des gobelets…, précisa Jeanne.

Bien entendu, c'était elle. Louve se retourna lentement. Elle était là, devant lui, le menton haut, le teint nettement moins pâle que lorsqu'il l'avait portée jusqu'à son lit.

Une autre femme se tenait à son côté. Grande et blonde, il se souvenait d'elle aussi, car elle avait participé au chaos de la matinée. Aucun domestique, pas même le plus efficace, n'aurait osé regarder leur supérieur comme ces deux-là le faisaient.

Louve étrécit le regard. Il allait peut-être pouvoir tirer avantage de ces femmes insubordonnées. À condition, bien sûr, qu'il découvre comment manipuler cette Biedeluue à son avantage. Ce n'était pas une simple servante qui aidait aux cuisines, il en était certain. Il avait vu comme elle avait rallié à elle les autres serviteurs alors qu'aux dires de Henry elle n'était là que depuis deux semaines…

Quand il repensait au spectacle qu'elle avait donné dans cette pièce même ! Il fallait une bonne dose de courage pour jouer un tel jeu sous le nez et à la barbe de l'intendant et de Warstone lui-même ! Oui, d'une certaine manière, il admirait cette femme.

Alors qu'il repensait à l'organisation parfaitement rythmée de la maisonnée de Reynold et au désordre de celle-ci, une idée lui vint soudain à l'esprit.

Il était prêt à affronter Ian de Warstone.

Le cœur de Biedeluue battait follement dans sa poitrine, et tout le monde devait l'avoir remarqué puisqu'il y avait si peu de tissu pour la couvrir. Toutefois, elle ne s'en préoccupait guère.

Sa sœur descendrait dans la grande salle ce soir. Elle pourrait au moins la voir et lui faire comprendre que sa grande sœur était venue à son secours. Tout ce qu'elle espérait depuis des semaines était presque à sa portée.

Ce n'était pas pour autant gagné… Tess venait de déclarer qu'elle avait la charge de la confection des repas, ce qui était absolument faux. Depuis deux semaines qu'elle était à Warstone, elle avait nettoyé la vaisselle et fait le ménage pour aider le personnel. En revanche, elle ne s'était jamais chargée de décider des menus ou de diriger les aides-cuisiniers. C'était l'intendant qui s'en chargeait depuis que le pauvre Matthieu, le maître queux, se laissait aller au chagrin.

En son absence, elle n'avait pas la moindre idée de ce qu'il convenait de faire, ni dans quel ordre. De surcroît, elle haïssait la préparation des repas. Mais puisque c'était le seul moyen de voir Margerie, elle était prête à tout, y compris mentir. Le seul souci, malheureusement, c'était qu'elle pouvait certes omettre la vérité sans défaillir, en revanche, prononcer un seul mensonge suffisait à rendre écarlate son teint pâle.

— Vous, lança l'homme qui était encore plus beau que dans son souvenir trouble. Vous vous occupez de la confection des repas.

— J'ai aidé aux cuisines, oui.

Une demi-vérité… et déjà elle sentait la chaleur se répandre dans ses veines. Elle prit une brève inspiration.

— Aidé… répéta-t-il sans la quitter un instant du regard.

Pourtant, elle aurait pu jurer sentir ce même regard se poser ailleurs, sur sa robe trop étroite, ses cheveux noués à la va-vite…

Louve… Quel nom inhabituel, même pour un Anglais. Mais qui lui allait fort bien, à la vérité. Il avait effectivement des yeux de loup qui ne trahissaient rien de lui mais disaient assez ce qu'il pensait d'elle. Il la prenait pour une menteuse. Ou du moins, il savait qu'elle cachait quelque chose.

— Sir, je me charge d'ordinaire des cuissons au four, alors si un festin est prévu ce soir, je dois m'atteler à l'ouvrage, intervint brusquement Tess.

Biedeluue sursauta. Les yeux de Louve ne la quittaient toujours pas.

— Qu'est-ce qui doit être fait ?

Il la mettait à l'épreuve. Que pouvaient bien faire les boulangers à part le pain ?

— Les tranchoirs, bien sûr.

— Qui ont été préparés hier soir, bien entendu, intervint Tess. Mais les pâtisseries et les tartes doivent encore être cuisinées.

Louve hocha la tête. Biedeluue n'osait pas détourner les yeux mais elle se rapprocha discrètement de Tess. Elle avait besoin de son amie pour la seconder et mentir avec aplomb en cas de besoin.

— Je suppose qu'il ne s'agit pas de votre robe, dit-il.

Biedeluue n'avait pas besoin de baisser les yeux pour savoir que ses seins devaient sembler sur le point de s'échapper du tissu. Elle sentit l'irritation l'envahir devant l'outrecuidance de cet homme. Néanmoins, elle fit de son mieux pour poursuivre dans le rôle de la servante docile. Si elle arrivait à jouer ce personnage devant l'intendant, elle pouvait bien le faire devant lui.

— Je l'ai empruntée, confirma-t-elle.

— Vous n'en avez pas d'autres à vous ?

— Son unique robe a été confiée à la lavandière, expliqua Tess, elle devrait être nettoyée et sèche d'ici demain.

Alors que les yeux de Louve n'avaient pas bougé, elle eut très nettement la sensation qu'il regardait une fois de plus son décolleté plongeant. C'en était trop !

— C'est une tenue parfaitement adaptée pour les cuisines, et je ne…

— Allez vous occuper des tartes, coupa-t-il en s'adressant à Tess, détournant pour la première fois son regard du sien.

Tess semblait mi-inquiète, mi-amusée lorsqu'elle rejoignit le reste du personnel qui ne semblait absolument pas en effervescence comme ç'aurait dû être le cas pour préparer un festin inhabituel au seigneur.

— Des tranchoirs ? répéta-t-il avec un regard ironique à son adresse.

Elle le vit soudain se redresser avant de se tasser mais elle n'eut guère le temps de s'attarder sur cette bizarrerie car, déjà, il reprenait :

— De quelle manière exactement avez-vous aidé en cuisine ?

Biedeluue sentit son visage s'enflammer, mais elle ne recula pas. Ce ne pouvait pas être bien difficile de flouer un homme qui ne la connaissait pas !

— Partout où mon aide était requise. C'est-à-dire à peu près partout vu l'état du maître queux…

— Qui êtes-vous donc ?

Sa question n'exprimait nulle curiosité personnelle, simplement un ordre. Après quelques heures de sommeil, un bon repas et des vêtements tout propres - et visiblement sans la moindre puce - Biedeluue était plus prête que jamais à affronter l'adversité. Pourtant, les mots habituels refusèrent de sortir de sa bouche, parce que, quelle que soit la conviction qu'elle y mettait, elle savait qu'ils ne résisteraient pas à l'intensité de son examen qui exigeait bien davantage que son nom et son origine.

L'espace d'une folle seconde, elle fut tentée de lui dire toute la vérité : que sa sœur était piégée ici et qu'il avait le pouvoir de l'aider. Oui, cet inconnu aussi mystérieux qu'agaçant pouvait libérer Margerie. Face à la vulnérabilité qu'elle sentait monter en elle, Biedeluue fit ce qu'elle faisait toujours : elle passa à l'attaque :

— Qui êtes-vous ?

— Pardon ?

— Vous me posez une étrange question. Je suis bien certaine que Tess et d'autres ont déjà dû vous dire qui j'étais.

— Eh bien, la même logique s'applique à votre question. Vous savez forcément qui je suis depuis ce matin.

— J'étais endormie.

— Vous n'étiez pas endormie… Vous êtes tombée ivre morte. D'ailleurs, êtes-vous encore ivre ? demanda-t-il en se penchant vers elle pour la sentir. Vous ne sentez plus l'alcool.

Elle était parfaitement dégrisée, en effet, ce qui ne l'empêcha pas d'être saisie d'émotion. Il dégageait un parfum de forêt et de grand air qui lui rappelait la campagne de son enfance. De près, sa peau dorée lui parut aussi appétissante qu'un rayon de miel, et elle comprit que rien n'aurait pu la préparer à affronter cet homme. Ce n'était pas son imagination qui lui avait joué des tours : il était bel et bien trop séduisant pour ses nerfs.

Non, non, non ! Margerie ! Oui, voilà, il lui fallait se concentrer sur l'essentiel pour ne pas se laisser envoûter.

— Je ne suis pas ivre. Mes amis ont pris soin de moi et à présent, je suis parfaitement apte à me mettre au travail.

— Vos amis… répéta-t-il, le regard soudain assombri.

Allait-il les punir pour l'avoir aidée ? Il fallait le remettre dans de meilleures dispositions ! Et vite ! Sans quoi il la jetterait dehors. Et puis, si elle était honnête, elle devait bien reconnaître que son attitude fière n'était pas faite pour l'apaiser. Si elle s'était comportée ainsi devant l'intendant, mille supplications n'auraient pas suffi à le convaincre de la garder.

— Sir… Louve…, commença-t-elle en changeant de ton, je ne suis ni plus ni moins qu'une servante de cuisine. On m'appelle Biedeluue.

À voir la petite lueur dans son regard et le sourire qui pointait au coin de sa bouche, il appréciait son revirement. Seulement, un instant plus tard, elle n'était plus si sûre d'avoir bien aperçu une pointe d'humour et elle reprit précipitamment :

— J'ai aidé aux cuisines et au service de la table, mais

seulement pour le personnel et les gardes car Lord Warstone mange habituellement dans ses appartements privés.

— Et où se trouvent ces appartements ? Il est utile de connaître la distance depuis les cuisines pour déterminer la température des plats.

Quelque peu surprise par cette question, elle répondit :

— On les trouve en haut de l'escalier qui se trouve tout au fond de la grande salle.

Il hocha la tête comme si cette information était d'une importance cruciale.

— Et combien de gardes sont à l'étage ? Au cas où eux aussi voudraient prendre leur repas là-haut ?

— Ils prennent leur repas en bas. Si cela ne vous ennuie pas, sir, je dois vraiment me mettre aux préparatifs.

— Suis-je congédié ?

Il avait levé un sourcil. Lisait-elle de l'amusement au fond de ses iris ? Ses mots étaient durs, mais sa voix… Oui, il semblait amusé. De fait, elle venait de le congédier. Que lui prenait-il ? Elle ne parvenait pas à s'expliquer son comportement arrogant et fier face à lui.

Après tout, des années à se déplacer de village en village en quête de travail lui avaient appris à se montrer docile et humble pour obtenir ou conserver un poste. Cela ne durait bien sûr pas éternellement, au bout d'un moment, sa véritable nature resurgissait face aux injustices. Elle avait déjà joué bien des tours à des supérieurs arrogants et malhonnêtes, elle en avait même insulté certains sans le moindre remords. Après quoi, elle était repartie sur les routes pour trouver une nouvelle position.

Cependant, les enjeux étaient trop élevés cette fois, et elle était parvenue à feindre la docilité devant l'intendant ces deux dernières semaines. Alors pourquoi cet homme parvenait-il à la pousser dans ses retranchements et à lui faire oublier qu'elle était une servante ? Elle était ici pour sa sœur, or, elle était bien trop consciente à chaque instant de l'attraction virile qui émanait de lui. Voilà pourquoi il devait vaquer à ses occupations et la laisser en paix !

— Ne voulez-vous pas que j'accomplisse mes tâches ? répliqua-t-elle.

Elle retint un soupir de soulagement en le voyant prêt à s'éloigner.

— Un point encore… Je veux que les plats soient servis successivement.

— Pardon ?

Elle le vit s'étirer à nouveau le dos avant de se voûter. Étaient-ce à cause de douleurs qu'il se tenait ainsi ?

— Ce soir, pendant le repas de Lord Warstone, je ne veux pas que tous les plats soient apportés à table en même temps, mais bien chacun les uns après les autres.

Biedeluue n'était peut-être pas cuisinière en titre, mais elle savait comment se passait un service et elle n'avait jamais entendu parler d'une telle organisation au cours d'un repas ! En fonction du jour de la semaine qui autorisait ou non à consommer de la viande, les trois services principaux étaient accompagnés de divers plats.

— J'ai bien compris, cependant, si je puis me permettre, cela ne risque-t-il pas d'allonger énormément la durée du repas ? Il pourrait être minuit passé le temps que tout soit servi.

— Exactement. Alors, pouvez-vous le faire ?

— Euh… Bien sûr, oui.

Elle ferait ce qu'il faudrait, y compris servir n'importe comment une succession de plats immangeables. Toutefois, elle peinait à comprendre pourquoi tout cela lui faisait autant penser à une vaste plaisanterie.

Chapitre 6

Le festin suivait son cours. Les soldats libérés de leur garde étaient déjà installés, de même que Ian et sa maîtresse. L'eau pour nettoyer les mains des convives était prête dans les aiguières, tout comme les bassinoires. Toute la vaisselle avait été artistiquement disposée sur la table, et le vin et l'*ale* étaient installés sur les tables de service, dans les coins de la vaste salle.

Louve avait organisé le service dans le moindre détail parce qu'il s'agissait là de sa première offensive dans sa petite guerre secrète contre Ian. Si les Warstone étaient à moitié anglais et à moitié français, lui était purement anglais. Dès lors que Ian connaissait sa présence entre ces murs, autant lui servir un repas dans la plus pure coutume anglaise. Un moyen parfait de lui faire comprendre qu'il était prêt à relever le défi et, par la même occasion, une méthode très efficace pour retenir Ian des heures à table alors qu'il n'avait visiblement aucun goût pour cela.

Il ne manquait plus que les plats pour que le spectacle commence. Le fumet des préparations parvenait jusqu'à lui. C'était cependant le seul indice qui filtrait des cuisines. D'ailleurs, les odeurs en question mettaient moins l'eau à la bouche qu'elles ne piquaient les yeux.

Décidé à en avoir le cœur net, Louve se hâta vers les cuisines. La propreté qu'il avait fait restaurer un peu plus tôt était un lointain souvenir. Des épluchures jonchaient le sol, des pots vides ou pleins s'alignaient sans ordre sur les tables de travail. Un liquide écœurant dégoulinait sur le côté d'un buffet. Peut-être du vin épaissi aux épices ? Il préférait ne pas le savoir…

Au milieu de ce chaos, Biedeluue régnait telle une divinité païenne. Ses cheveux s'échappaient en désordre de sa coiffe. En raison de sa poitrine généreuse, elle peinait à se pencher au-dessus du potager où ronflait le feu. Louve réagit malgré lui devant le spectacle de sa robe trop serrée plaquée sur son corps. Diable ! N'avait-elle pas au moins un châle ? Le tissu était tellement tendu sur ses seins que son sang lui parut soudain transformé en feu liquide.

Cette femme incarnait à elle seule tous ses fantasmes et tous ses cauchemars. Fantasmes qui naissaient dans la soie énigmatique de ses cheveux, dans la teinte incertaine de ses yeux et dans ses courbes enchanteresses qu'elle ne pouvait cacher. Et puis aussi dans la façon dont elle levait son petit menton volontaire en exigeant des réponses.

Quant aux cauchemars, ils provenaient exactement de cette même obstination rebelle. Elle était téméraire, or, les gens déterminés et téméraires prenaient des risques sans se soucier des conséquences. Elle ne pouvait être contenue. Sans compter que l'élan de désir aussi sauvage qu'incontrôlable qui le poussait vers elle était dangereux pour sa mission. Pour sa survie.

Dire qu'elle s'imaginait que son amie l'avait dévêtue avant de la mettre au lit. Que dirait-elle si elle apprenait que c'était lui et qu'il avait ordonné à Henry de les laisser seuls ? Qu'il l'avait portée jusqu'à son lit et lui avait retiré tous ses vêtements à l'exception de sa chemise ? Qu'il avait passé un linge mouillé d'eau sur ses mains et son visage, notant au passage la nuée de taches de rousseur sur son petit nez, la fine cicatrice sur sa mâchoire et ses lèvres pulpeuses qui devaient rendre fous tous les hommes autour d'elle.

Il ne s'était évidemment permis aucun geste ou regard déplacé. Cependant, se retrouver seul avec elle dans sa chambre était aussi stupide que dangereux. Qu'aurait-il fait si une servante était entrée dans la pièce en criant pour appeler à l'aide ?

Pourtant, il était resté et avait défait son chignon de ses doigts tremblants avant de l'allonger sur la paillasse en se retenant de passer les doigts dans ses boucles lourdes pour en éprouver la texture…

Cette odeur…

Rappelé au présent par les senteurs piquantes, Louve écarta de son esprit des pensées qui n'auraient pas dû s'y trouver et se pencha au-dessus des casseroles et marmites. Alertée par le bruit des couvercles, Biedeluue se retourna d'un seul coup, et des éclaboussures de soupe crépitèrent en tombant dans les flammes.

— Seigneur ! Pourquoi persistez-vous à débarquer ainsi dans une pièce ? Depuis quand êtes-vous là ?

— Quelle importance ? répliqua-t-il. Ne vous préoccupez-vous pas davantage du pourquoi je suis là ?

Son teint était encore plus joli ainsi échauffé par la chaleur du potager, et Louve s'en voulut de s'y attarder.

— Si vous êtes ici pour inspecter mes préparations, je vous préviens que l'essentiel est terminé, donc il n'est plus question de changer quoi que ce soit.

Elle sortit un pot à cuire du feu. D'après ce qu'il parvenait à analyser du désordre, il y avait trois plats de légumes. Mais au lieu de blettes à l'amande ou de navets dans une sauce à la moutarde, il y avait là du chou dans un plat, des oignons dans un autre et quelque chose… Il se pencha pour humer le troisième plat… Quelque chose qui n'était de toute évidence absolument pas mangeable dans le troisième.

Il y avait aussi une large portion de viande que deux garçons de cuisine faisaient tourner à la broche, en revanche, il ne vit nulle trace de vin ou d'épices pour attendrir et assaisonner la viande qui risquait fort de brûler parce que l'un des tournebroches était à moitié endormi et l'autre avait des brindilles à la place des bras.

Sur la table, il vit des tourtes dorées qui paraissaient nettement plus appétissantes. Il découvrit aussi ce qui ressemblait vaguement à une omelette agrémentée de romarin.

De plus en plus inquiet, Louve se dirigea vers la table des desserts. Il y avait bien là plusieurs tartes aux fruits, mais absolument rien d'autre. Ni poires confites ni noix et autres douceurs. Rien…

La quantité était là, il y avait largement de quoi nourrir toute la forteresse. La qualité, en revanche… Et cette odeur qui se dégageait de la marmite de soupe… Il revint se pencher au-dessus.

— Qu'est-ce donc ?

— Une soupe de haricots. Ils sont prêts d'ailleurs, alors il n'est plus temps de les modifier.

Des haricots qui n'avaient de toute évidence été assaisonnés d'aucune épice, ni thym, ni cannelle… Louve voulut s'en assurer.

— Avez-vous prévu un assaisonnement ?

Elle se pencha pour verser le contenu d'un autre pot dans un récipient et avant qu'il ait pu s'en empêcher, son regard se posa malgré lui sur ses fesses rebondies. Pour masquer sa réaction immédiate, il fit mine d'étirer son dos voûté et demanda :

— Du sel, peut-être ?

— Dans le cellier, répondit-elle sans même lui accorder un regard.

Ce n'était pas le sens de sa question. Il savait parfaitement où se trouvaient les denrées d'assaisonnement dans une aussi grande maison. Aussi précisa-t-il :

— Avez-vous utilisé un quelconque assaisonnement pour vos plats ?

— Avez-vous la clé du cellier ? répliqua-t-elle.

L'intendant était parti sans lui en laisser aucune, évidemment. Ce qui n'était pas sans faire sourire quand on songeait qu'il était le cellérier !

Le ton qu'elle avait employé était coupant, bref, avec juste ce qu'il fallait de prétendue politesse. Un ton qu'il appréciait, en vérité. Et il n'aurait pas dû ! Ce n'était ni le lieu, ni le moment, pourtant, il serait resté avec bonheur pour le spectacle de son entêtement et de ses joues rosies par la chaleur.

— Si vous n'avez pas accès au cellier, comment avez-vous fait pour le sucre dans les tartes ?

Elle lui jeta un long regard de côté avant de relever le menton en retournant à ses marmites.

— Du sucre ! déclara-t-elle. Comme si j'en avais seulement vu ! Il doit être caché dans un coffre à l'intérieur d'un coffre… Le miel a parfois été utilisé, parfois non.

Merveilleux ! Des tartes sans sucre… Tout chez elle était irrésistible, depuis son irrévérence jusqu'à ses talents médiocres de cuisinière. Tout ! Et principalement le fait que Ian de Warstone, seigneur plus riche que bien des rois, allait se voir servir des plats sans goût ni saveur !

Louve se mit à rire.

Chapitre 7

Son dos ne lui faisait plus aussi mal, cependant ses pieds lui rappelaient à chaque instant qu'elle était debout depuis des heures. On n'était encore qu'à la moitié du service, et déjà son esprit divaguait. Biedeluue avait pourtant l'habitude de travailler dur, cependant, après la mauvaise *ale* qu'elle avait bue, son ventre lui semblait fragile.

Elle se sentait étrangement faible et vulnérable. Tess avait raison, elle n'avait jamais été aussi malade alors qu'il lui était arrivé de boire bien davantage en d'autres occasions.

Son malaise n'était pas seulement physique. Elle avait le ventre serré à cause de sa sœur, si près et pourtant toujours inaccessible. La lenteur du service, plat après plat, lui laissait du temps pour finaliser les préparatifs, mais pas assez pour s'échapper vers la grande salle et apercevoir Margerie.

Il restait encore les desserts à apporter à table, et elle ne tenait plus. Il lui fallait trouver une excuse pour échanger sa place avec celle d'une servante. Biedeluue maudissait ce souper absurde, cet imbécile d'intendant et ce fou de Louve qui l'avait forcée à passer des heures devant les fourneaux. Par-dessus tout, elle maudissait ces satanés gobelets.

Louve était justement en train de vérifier la préparation du pain du lendemain quand la jeune chambrière tremblante s'approcha de lui comme une souris s'approcherait d'un chat. De sa petite voix tremblante, elle lui annonça que Lord Warstone exigeait la présence de son nouveau cellérier devant lui.

Il sentit le regard de Biedeluue se poser avec insistance sur lui tandis qu'il quittait les cuisines.

Comme il parvenait dans l'immense pièce de réception, il resta un instant dans l'ombre des murs pour prendre la mesure du décor. Le comportement des gardes eut tôt fait de le mettre en rage. S'il avait déjà noté leur attitude cavalière à la grande porte, leur arrogance et leur rudesse ne connaissaient plus de limite. Ils traitaient la nourriture qui leur était servie sans le moindre respect. Les conversations étaient aussi impolies que graveleuses. Certains jouaient à des jeux d'argent et, entre les bancs, les serveuses étaient constamment interrompues dans le service par des remarques ou des gestes brusques pour les attirer sur les genoux. Certaines se contentaient d'en rire, mais d'autres poussaient des cris d'alarme, terrifiées. Plus loin, dans l'un des angles, un homme avait baissé ses chausses et prenait une femme alors que d'autres formaient un cercle autour d'eux en les acclamant et en attendant leur tour.

Louve observait ce triste spectacle les mâchoires serrées. Ces mercenaires se comportaient comme des bêtes en rut, sous les yeux même de leur seigneur. Il aurait voulu les punir tous, mais sans homme avec lui et sans arme, il était impuissant. Alors il leva les yeux vers la table seigneuriale, placée en hauteur sous un dais. Ian de Warstone était assis dans son fauteuil, une main autour d'une coupe ouvragée, l'autre caressant la joue de la femme assise près de lui.

La ressemblance physique avec ses frères sautait aux yeux. Il arborait toute l'arrogance et les traits caractéristiques des Warstone : des cheveux aussi noirs que des ailes de corbeau et ce regard froid et calculateur du prédateur.

Il écoutait une histoire déclamée par un guerrier immense et semblait amusé. La femme à son côté, en revanche… Elle était parfaitement immobile, les mains croisées devant elle, et ne buvait ni ne goûtait à aucun mets. Elle ne semblait pas écouter le récit malgré les exagérations comiques du guerrier conteur. Elle était tout à fait comme la proie qui sait qu'elle a été repérée par le prédateur et qui tente désespérément de ne pas croiser son regard dans l'espoir que cela la sauvera.

Elle était d'une beauté époustouflante. Ses cheveux avaient la couleur de l'or, et quand elle leva un instant ses longs cils noirs, Louve découvrit des yeux d'un violet soutenu.

Néanmoins, ses traits parfaits étaient abîmés par une lèvre enflée. Ian était-il homme à frapper les femmes ? Ni Reynold ni Balthus n'avaient ce vice, cependant, le quatrième des frères Warstone, aujourd'hui décédé, était réputé pour sa cruauté y compris envers les plus faibles. De fait, tout en elle évoquait le comportement d'une femme qui se tient sur ses gardes. Ce spectacle l'irritait profondément parce que Louve l'avait déjà vu trop souvent. D'ordinaire, il était en mesure de défendre ces femmes violentées. Pas là…

Surtout, il y avait en elle un air familier qu'il ne parvenait pas à replacer, ce qui l'irritait au plus haut point. De toute façon, à chaque fois qu'il tentait de réfléchir, une image de Biedeluue s'imposait à son esprit. La maîtresse de Ian avait beau être belle, le regard qu'il posait sur elle était uniquement fait de curiosité et de pitié. Il n'éprouvait pas le moindre attrait pour cette femme.

— Qui avons-nous là ? tonna la voix de Ian à travers la foule.

Aussitôt, le géant arrêta son récit et avança à grands pas dans sa direction, les traits menaçants.

— Allons, Evrart, inutile de m'offrir protection dans ma propre maison, le rappela Ian avant d'arrêter son regard sur Louve.

Un silence pesant tomba sur la salle, et il en ressentit le poids jusque dans sa poitrine. Les paroles de Ian parvinrent clairement jusqu'à lui malgré le bourdonnement de son propre sang à ses oreilles :

— Y a-t-il besoin de me protéger sous mon propre toit, cellérier ?

Oh oui, lui répondit silencieusement Louve en avançant vers le dais. Le maître des lieux ne l'avait certes pas invité à approcher, mais il refusait d'attendre comme l'aurait fait un serviteur. Toutefois, il garda son rôle de composition, celui d'un homme voûté et dénué de toute qualité guerrière.

Après tout, Ian avait peut-être entendu parler de lui par ses espions, en revanche il était presque impossible qu'il sache à quoi il ressemblait. Alors paraître faible était un avantage qu'il comptait préserver. Devant son expression impénétrable, Louve n'aurait su dire s'il était amusé ou énervé. Ian laissa simplement retomber la main qui caressait le visage tuméfié et rigide de sa maîtresse pour la poser sur la table.

Evrart vint se placer de l'autre côté de son seigneur. Louve n'avait jamais vu un homme d'une taille aussi gigantesque, pas même son ami d'enfance, Nicholas, qui était pourtant plus grand que la plupart des hommes. S'il devait combattre cet Evrart en combat singulier, il serait durement éprouvé.

Mais ce n'était pas le moment de s'attarder sur cette menace toute potentielle quand il en avait une certaine face à lui. Un frisson courut le long de son dos. De plus près, les yeux de Ian étaient différents de ceux de ses frères, dont les iris étaient d'un gris chaud, tandis que les siens étaient d'une teinte beaucoup plus pâle. Son regard avait quelque chose d'inquiétant, une lueur de folie qui le remplit d'effroi.

— Vous êtes le cellérier que mon intendant a engagé avant de partir pour le sud.

Le ton était donné : il s'agissait de préserver leurs rôles respectifs devant leur audience… Qu'il en soit ainsi.

— J'étais venu en quête d'un autre poste, milord, mais il semble que mes services étaient nécessaires pour des tâches d'intendance. J'espère que vous avez trouvé satisfaction dans mon travail.

Sans rien laisser paraître, Louve ressentait un certain

plaisir à poser la question en sachant pertinemment que le dîner avait été aussi long qu'insipide.

— Je suis plus que satisfait de votre présence. Enchanté, en vérité. Cela fait trop longtemps que j'ai dû me passer de cellérier, et je mesure parfaitement les mérites nécessaires à cette condition. Il était fort divertissant d'être servi à la manière du royaume d'Angleterre. Je vois peu de plaisirs qui puissent concurrencer celui de la bonne chère… Cela peut-être, ajouta-t-il en posant les doigts sur l'épaule de sa maîtresse… Ou encore planter une dague dans le cœur d'un ennemi.

La femme prit son gobelet d'une main tremblante et but une gorgée avant de le reposer tout aussi lentement. Louve détestait assister au calvaire de cette pauvre femme sans rien pouvoir faire. Cependant, si Ian s'imaginait qu'il était aussi vulnérable et effrayé que sa malheureuse maîtresse, il se fourvoyait. Il attendait simplement son heure…

Un grognement guttural d'homme satisfait monta du coin où le garde lutinait un peu plus tôt une prostituée. Puis ce furent des coups de poing et des insultes. Ian détourna le regard en tendant une main dans la direction du bruit, mais Louve préféra ne pas quitter l'ennemi du regard.

— Excusez mes hommes pour leur manque de manières, reprit Ian en lui souriant. Cela fait trop longtemps qu'ils ne se sont pas battus et n'ont pu exprimer toute leur… virilité. Vous pouvez sans doute comprendre ce que ressent un homme ainsi frustré.

Louve était sur le champ de bataille lorsque les hommes de Ian avaient « exprimé leur virilité » lors de leur dernier affrontement. Nombre de ses camarades mercenaires n'en avaient pas réchappé.

— Je n'ai pas le penchant des soldats puisque mes devoirs sont bien différents des leurs.

Il sentit le regard scrutateur de Ian s'attarder sur lui et prit soin de conserver son dos voûté.

— Hum, oui. Votre devoir à vous consiste à vous assurer que le repas du seigneur soit à son goût ?

— J'ose espérer que ce fut le cas, milord, répondit-il vaillamment.

— Oh ! rien ne m'a déplu. La viande avait un goût de viande, les haricots étaient correctement écossés…

Les lèvres de Warstone se retroussèrent soudain en un sourire désagréable :

— Au fil des ans, je me suis habitué aux plats que le maître queux me préparait à sa façon. Il avait l'habitude de masquer le goût véritable des aliments en usant d'herbes du potager ou de sel, voyez-vous. J'en conclus donc que ce n'est pas lui qui a préparé ce repas-ci.

Louve n'appréciait guère le tour que prenait la conversation. Dire la vérité risquait de révéler sa plus grande faiblesse entre ces murs : Biedeluue.

— En effet, le maître queux se sentait mal, et votre personnel a dû prendre en charge les tâches qui lui incombaient.

— Mon personnel ? répéta-t-il en prenant un air étonné. Le boulanger a pourtant préparé les mêmes pains qu'à l'ordinaire. Non, non, je suis bien certain de n'avoir jamais goûté aucune des préparations qui m'ont été servies ce soir, aussi, vous avez dû diriger vous-même celui ou celle qui a concocté tout cela. Allons, dites-moi de qui il s'agit, ou mieux encore ! Allez me le chercher pour que je le remercie personnellement.

Louve dut lutter pour ne pas révéler le dilemme qu'il vivait. Warstone ne voulait pas remercier celle qui l'avait nourrie, mais l'identifier au cas où la nourriture aurait été empoisonnée. Il voulait vérifier que la personne en question n'avait pas été envoyée par Reynold, or Biedeluue n'était pas là depuis longtemps, et cela pourrait éveiller ses soupçons. Cependant, s'il paraissait vouloir la protéger ou la défendre d'une façon ou d'une autre, elle serait condamnée plus sûrement encore.

— Je suis surpris que vous n'ayez jamais goûté ses préparations, car si je suis nouveau ici, elle ne l'est pas et elle s'est proposée pour préparer votre repas, milord. Si vous me donnez congé, je puis aller la quérir.

— Ne vous ennuyez pas avec cela, vous avez déjà bien assez fait. L'un de mes hommes ira la chercher. Son nom ?

— Biedeluue, répondit-il d'un ton fluide.

Près de Ian, la jeune femme sursauta et la minuscule bouchée d'omelette qu'elle avait plantée sur son couteau tomba au sol. Tout le monde regarda cette chute, à l'exception de la coupable qui baissa les yeux et murmura tout bas :

— Je suis navrée, milord.

Le sourire de Ian était indulgent quand il déclara :

— Ce n'est rien, ma chère Margerie. Maintenant, rencontrons cette nouvelle cuisinière.

Il fit signe à un garde qui s'éclipsa aussitôt.

Louve serra les mâchoires. Il aurait voulu mettre en garde Biedeluue, la prévenir de ne pas jouer les entêtées avec le garde comme elle avait l'habitude de le faire avec lui. Pour la première fois, il pria pour qu'elle ne révèle pas la jeune femme rebelle, téméraire et courageuse qu'il connaissait, parce que le garde n'aurait sans doute pas la même admiration que lui pour ces traits de caractère, et Louve n'était pas en mesure de la défendre, seul et sans arme dans une vaste salle pleine d'ennemis.

Chapitre 8

Les cuisines se trouvant partiellement sous le sol de la grande salle qui était surélevée et à laquelle on accédait par l'escalier de la grande entrée, Biedeluue percevait sans peine les cris en provenance du festin et le raclement des bancs sur le sol. Elle pouvait même sentir les vibrations de toute cette agitation jusque dans ses pieds. Elle s'essuya le front de sa manche et tira le dernier pot à cuire du potager.

La plupart des récipients qu'elle avait utilisés auraient besoin d'être nettoyés de près parce que le feu avait brûlé le fond de leur contenu.

— Laisse-moi t'aider avec la vaisselle, intervint Tess en la faisant sursauter.

Elle écarta les cheveux qui retombaient sur ses yeux en s'exclamant :

— D'où viens-tu ?

— Je suis allée me reposer un peu. Je suis debout depuis bien plus longtemps que toi, et la plupart de mes tâches étaient terminées.

— C'est pour cela que tu as demandé à être excusée de la cuisine « parce qu'il y avait tellement à faire » ? s'amusa Biedeluue.

Son amie lui adressa un clin d'œil complice en saisissant un balai.

— Tout s'est bien passé, finalement, personne n'est mort en goûtant tes plats, que je sache.

— Pas encore. Mais il reste encore les desserts. Et je ne comprends toujours pas comment tu as pu croire que me mettre en charge du repas allait me permettre de garder mon travail…

Quoi qu'il soit impossible de rester longtemps fâchée contre Tess, Biedeluue n'avait pu s'empêcher de lui faire cette remarque.

— Eh bien, tu as toujours été une travailleuse efficace en cuisine, je ne voyais pas ce qu'il y avait de tellement plus compliqué avec le repas.

— Crois-moi, c'était beaucoup plus compliqué ! Depuis deux semaines, je n'ai fait que laver les sols, nettoyer et servir. Je n'avais jamais préparé de quoi nourrir autant de monde ! Que va-t-il se passer si Queux ne se remet pas ? Lui au moins arrive à préparer les plats qu'apprécie Lord Warstone et il parle avec l'intendant des menus. Je ne peux pas m'en sortir si je suis seule !

— Il va bientôt revenir au travail, tenta Tess avant de laisser ses épaules retomber. Je n'en sais rien, en vérité, nous aviserons.

Le maître queux avait perdu son fils quelques semaines auparavant et il n'était plus qu'un pauvre hère perdu et inutile depuis lors. Tout le monde marchait sur des œufs avec lui, même l'intendant. Le peu qu'il faisait suffisait d'ordinaire pour la bonne raison que le seigneur prenait ses repas dans ses appartements privés. L'intendant n'avait plus eu à se charger que du repas des gardes, qui nécessitait davantage de quantités que de qualité. Néanmoins, cela impliquait une organisation à grande échelle dont Biedeluue n'avait absolument pas l'expérience.

Elle pouvait peut-être s'en sortir quelque temps, mais dès que l'intendant reviendrait, la supercherie ne serait plus tolérée. D'ici là, hélas, elle n'aurait pas assez de temps libre pour approcher Margerie !

— Qu'allons-nous faire avec ce nouveau cellérier ? interrogea Tess. Il est…

Bien trop séduisant ? Intrigant ? Exaspérant ? Biedeluue ressentait envers cet homme des sentiments si contradictoires qu'elle ne savait plus que penser. Son instinct lui criait à la fois de lui faire confiance et de ne surtout pas se fier à lui. De ce qu'elle avait vu, il était de toute évidence trop compétent pour occuper le poste de cellérier, il correspondait davantage à celui d'intendant. Pourtant, sans savoir pourquoi, quelque chose lui disait qu'il n'était pas ce qu'il prétendait être. Les indices étaient certes maigres, mais pourquoi un simple cellérier aurait-il décidé de changer arbitrairement le service des plats ? Pourquoi avait-il posé toutes ces questions à propos de Lord Warstone et de ses gardes ? Oui, elle était convaincue qu'il mentait.

Et puis, menteur ou non, il était bien trop dangereux pour elle avec ses cheveux sombres et brillants et ses yeux bleus exceptionnels. Même son dos voûté ne permettait pas de cacher qu'il était magnifiquement bâti. Elle avait pu sentir sa force quand il l'avait retenue de tomber le matin même… avant de la laisser délibérément s'échouer au sol. Cela aussi éveillait sa suspicion.

— Je cherche le maître queux !

L'appel tonitruant du garde les figea sur place.

— Je crois que c'est toi qu'il cherche, murmura Tess.

Biedeluue essuya ses mains, le cœur battant. Elle ne savait pas pourquoi elle était ainsi convoquée. Certes, sa cuisine n'était pas franchement délicieuse, mais allait-elle pour autant être punie et humiliée devant toute l'assemblée ? Allait-elle recevoir l'ordre de déguerpir à la première heure le lendemain ?

Si c'était le cas, elle s'en préoccuperait plus tard ! Pour l'heure, une seule chose importait : elle allait voir sa sœur.

Malheureusement, le large dos du garde qui l'escortait lui bloquait la vue lorsqu'elle pénétra dans la grande salle. Même sans rien voir, sa peau se couvrit de frissons de crainte, car elle pouvait sentir la menace latente qui empoisonnait l'atmosphère de la vaste pièce. C'était la même sensation qu'elle avait ressentie lorsque Margerie lui avait parlé de

Ian de Warstone la première fois, cette inquiétude qui l'avait poussée à la mettre en garde de ne pas s'engager avec cet homme, aussi riche et charmant soit-il.

En cet instant, ce pressentiment était démultiplié, aussi s'efforça-t-elle de faire taire sa peur. Biedeluue releva le menton et suivit le garde entre deux rangées de tables jusqu'à ce que, enfin, elle voie sa sœur.

Avec les yeux de Lord Warstone sur elle, ce ne fut qu'un bref regard. Suffisant, néanmoins pour noter les cernes noirs qui marquaient les yeux de sa sœur et sa lèvre enflée. Ian, quant à lui, était tout à fait comme Margerie l'avait décrit avec ses yeux pâles et son attitude assurée. Pour l'heure, il paraissait en pleine discussion avec Louve qui se trouvait face à lui, de l'autre côté de la table.

Son regard dévia vers le cellérier. À la lumière des torches, les cheveux de Louve s'illuminaient de nuances plus chaudes. Sans être distraite par son regard sur elle, Biedeluue put s'attarder sur son dos déformé. Cette posture ne semblait pas du tout naturelle. Il était même possible qu'il se soit étiré précisément parce que cette posture lui était douloureuse. Ce n'était pas seulement l'angle étrange que prenaient ses épaules par rapport à sa taille, c'était la musculature évidente de tout son corps. Son torse puissant s'affinait à la taille et aucune tunique ni aucune chausse n'auraient pu masquer ses jambes musclées.

— Est-ce elle ? demanda Ian.

Louve lança un regard par-dessus son épaule. Leurs yeux se croisèrent un instant. Les siens n'exprimaient ni froideur, ni chaleur. Elle peinait à décrypter toutes les facettes de son caractère. Était-il le cellérier arrogant et autoritaire qu'il prétendait ? Parfois, il semblait agir tout à fait comme les gardes qui s'entraînaient des heures durant à l'exercice physique, d'autres fois, il avait des paroles bien loin de l'humilité attendue des serviteurs.

Surtout, il ne cessait d'interférer dans sa vie, ce qui lui donnait l'envie irrésistible de répondre et de se rebeller, au péril de son rôle de servante docile. Toutes ces contradictions l'irritaient et la fascinaient. Elle avait besoin de comprendre cet homme qui semblait dur et autoritaire et avait pourtant fait preuve d'une patience incompréhensible à son égard ; qui feignait la faiblesse malgré un corps solide et fort ; qui s'agaçait d'apprendre qu'elle n'avait pas épicé ses plats avant d'éclater de rire.

Non ! Nul besoin d'en savoir plus sur cet homme, aussi énigmatique soit-il ! Seule sa sœur importait !

Margerie faisait mine de goûter la nourriture sans jamais rien porter à ses lèvres. Ces dernières paraissaient enflées. Quand elle but une gorgée d'*ale*, Biedeluue la vit nettement grimacer, comme si elle souffrait. Quand elle comprit, une rage brutale monta en elle. Ce bâtard de Warstone l'avait frappée ! Son premier instinct fut de s'emparer d'une arme, n'importe laquelle pour…

C'était folie. Les rumeurs qui couraient sur Lord Warstone, et dont elle ne mesurait la vérité qu'à présent qu'il était face à elle, suffisaient pour comprendre qu'aucun d'eux ne survivrait si elle attaquait. Cet homme était possédé par ses propres démons. La cruauté avait emporté toute compassion dans ses yeux froids.

Si elle tentait quoi que ce soit contre Lord Warstone, elle mettrait la vie de sa sœur en danger. Cependant, elle se sentait prête à relever n'importe quel défi tant que Margerie n'était pas saine et sauve, loin des griffes de ce monstre.

— C'est bien moi, répondit-elle d'une voix forte.

Louve se raidit en voyant la réaction de surprise de Ian face aux manières directes de la jeune femme. Une cuisinière n'était pas supposée s'adresser la première et directement au seigneur des lieux. Son audace était une insulte.

— Je ne me rappelle pas t'avoir déjà vue, dit Warstone en s'adossant à son fauteuil.

— J'espère que le repas n'a pas déplu à mon seigneur ?

Elle ne regardait pas Ian, mais sa maîtresse dont les grands yeux apeurés la fixaient en retour. Louve fit quelques pas vers Biedeluue, prêt à la défendre. Elle n'avait pas répondu à la question de son seigneur et elle ne daignait même pas le regarder. Si seulement il l'avait pu, il l'aurait mise en garde contre son attitude de désobéissance manifeste. Aucun Warstone n'aurait permis une telle effronterie.

— Il est impossible que je ne t'aie jamais vue auparavant, reprit Ian comme si elle n'avait pas ouvert la bouche.

Biedeluue détourna lentement le regard de la jeune femme pour le poser sur Ian.

— J'aide aux cuisines et je ne me trouve jamais près de vos appartements, milord. J'espère néanmoins que ma cuisine n'a pas déshonoré votre demeure…

— La nourriture était correcte. Dans…

— Alors la boisson vous a déplu, peut-être ?

Louve serra les dents pour retenir un grondement de frustration. Le regard d'Biedeluue continuait à aller vers la maîtresse de Ian au lieu de se concentrer sur la véritable menace. Il allait devoir intervenir pour détourner l'attention de Warstone de cette petite folle, et vite, car Ian levait un sourcil menaçant devant cette interruption.

— La boisson, articula-t-il lentement, était passable.

Louve pria pour qu'elle comprenne l'avertissement. Au lieu de quoi, Biedeluue leva son petit menton déterminé et fit un pas en avant, de telle sorte qu'elle était encore mieux placée pour recevoir un coup de dague dans le dos si Ian en donnait l'ordre à un garde. Louve brûlait de dire quelque chose pour la faire taire, hélas, elle reprenait déjà :

— Si vous avez des suggestions, mon seigneur, pour améliorer l'*ale*…

— Tu es nouvelle ici, répondit Warstone d'un ton coupant.

Il se pencha en avant, le regard perçant, comme celui d'un faucon qui vient de donner un premier coup de bec dans sa proie.

— Tu es nouvelle, or je ne tolère pas qu'on engage qui que ce soit sans mon accord. Qui…

Près de lui, sa maîtresse poussa un cri d'alarme, et toute l'attention se tourna vers elle comme elle portait son doigt à sa bouche.

— Une coupure, ma tendre amie ? s'inquiéta aussitôt Ian.

Son doigt toujours dans sa bouche, elle hocha la tête, ses beaux yeux emplis de larmes. Louve retint un soupir de soulagement. Au moins, Biedeluue n'était plus le centre de l'attention. Maintenant il lui fallait trouver un moyen de la sortir de ce nid de guêpes.

— Laissez-moi vous aider, proposa-t-il en prenant le couteau tombé sur la table et l'autre poignet de la jeune femme.

Sur sa paume ouverte, il fit une légère entaille. Elle poussa un petit cri, et Louve sentit Biedeluue se raidir à son côté.

— Vous voyez, une douleur en éloigne une autre, expliqua Ian en enroulant tendrement la main qu'il venait de blesser dans un linge.

Louve n'avait plus beaucoup de temps, aussi se tourna-t-il rapidement vers Biedeluue.

— Vous pouvez disposer, assurez-vous que les desserts soient promptement servis, ordonna-t-il.

Il avait pris soin de garder un ton neutre en s'adressant à elle. Cependant, il fut stupéfait de découvrir dans ses iris aux reflets incertains, une émotion qu'il ne s'attendait pas à y trouver : de la rage pure. Heureusement, plutôt que de refuser crânement ou toute autre action ridicule dont elle avait le secret, elle se détourna sans mot dire.

— Un instant !

Si seulement elle pouvait prétendre n'avoir pas entendu l'appel de Ian, supplia intérieurement Louve. Si elle pouvait marcher tout droit jusqu'à la sécurité des cuisines et y rester. Ou même plus loin, jusqu'aux portes du domaine pour s'échapper de ce piège qui s'était déjà refermé sur lui.

Mais Biedeluue se retourna vers son maître, et Louve frémit en voyant les yeux pâles de Ian se fixer sur elle à la manière d'un faucon. Il posa la paume blessée de sa maîtresse contre sa mâchoire comme pour l'apaiser.

Il n'y avait pas, dans le regard de ce Warstone-là, la brutalité de celui de Guy, ni la téméraire jeunesse de celui de Balthus, ou encore l'intelligence hors norme que recelaient les yeux de Reynold. En revanche, Louve y lisait la même étincelle de folie, si ce n'est qu'en l'occurrence la folie n'était pas une force tapie dans l'ombre, non, elle était bien présente.

Hélas, il ne pouvait rien faire pour protéger Biedeluue. Il ne pouvait pas même la mettre en garde, car la moindre de ses réactions pouvait l'exposer encore plus au danger. Non, la seule solution pour la sauver, elle et eux tous, était de mettre à terre les membres de la famille Warstone qui prétendaient s'approprier toujours plus de puissance. Cela seul mettrait fin à ces guerres fratricides qui avaient coûté la vie de son ami Eude devant les portes de Troyes et qui pourraient aussi faire de cette femme une victime.

Soudain Ian se leva et détacha le trousseau de clés qui pendait à sa ceinture avant de le lancer aux pieds de Biedeluue.

— Désormais, je veux que le repas corresponde à mes goûts en matière d'assaisonnement et qu'il soit servi selon la coutume de ma famille, est-ce clair ?

Louve cessa de respirer. En cet instant, rien ne le terrifiait davantage que la folle témérité de la jeune femme. Si elle la laissait s'exprimer, elle était perdue.

Biedeluue se pencha pour ramasser les clés et se redressa :

— Je ferai ce que mon seigneur souhaite et je suis humblement honorée de pouvoir le servir de mes maigres talents.

— Faites en sorte que vos préparations ne soient pas trop humbles demain, sans quoi, elles pourraient me déplaire.

Louve évalua brièvement la situation. En deux pas, il était sur le garde, il pouvait lui arracher son épée et la lui planter dans le ventre. Puis il pourrait envoyer sa dague entre les yeux du géant qui montait la garde près de Ian. Ce seraient les deux seules manœuvres qu'il pourrait accomplir avant que les autres ne le tuent.

Heureusement, Biedeluue ne défia pas Ian. Elle se contenta de hocher la tête et sortit de la grande salle à pas rapides.

— Cellérier, lança Warstone, votre présence n'est plus nécessaire ce soir. Assurez-vous que mes hommes reçoivent des douceurs et faites monter de l'eau et des linges propres pour que je puisse m'occuper de la blessure de ma tendre amie.

Louve baissa docilement la tête pour cacher l'éclat meurtrier de ses yeux.

Ian voulait jouer ? Il était de la partie !

Chapitre 9

— Que faites-vous ici ?

Biedeluue poussa un cri de surprise et lança instinctivement la louche remplie d'*ale* qu'elle tenait à la main. Le liquide forma un arc qu'elle esquiva, et Louve poussa un juron en se baissant lorsque la louche vint s'écraser sur le mur juste derrière lui. Comme il se redressait, elle s'exclama, les poings sur les hanches :

— Avez-vous été éclaboussé ?

— Non, je…

— Alors laissez-moi en reprendre ! Vous méritez d'être trempé ! Qu'est-ce qui vous prend de me tourner sans cesse autour comme un vautour ? Et pourquoi ne faites-vous jamais le moindre bruit, pour l'amour du ciel ?

— Ce qui me prend ? s'écria-t-il, offusqué devant tant de mauvaise foi.

— Et voilà ! Vous répétez tout ce que je dis ! Si je ne vous avais pas vu travailler, je vous assure que je vous prendrais pour un simplet.

Elle pouvait parler tant qu'elle voulait, il ne se laisserait pas distraire. Que faisait-elle ici, en plein cœur de la nuit alors que toute la maisonnée était encore endormie ?

Elle reprit la louche et la remplit au fût avant d'en boire une gorgée. Elle pouvait feindre l'innocence, il sentait qu'elle cachait quelque chose ! Son comportement ne cessait d'éveiller ses soupçons : la façon dont elle avait couvé du regard la maîtresse de Ian ou sa présence ici alors que tout le monde dormait.

Après le festin, Louve s'était allongé dans l'espoir de dormir pour reprendre des forces avant le lendemain. Mais après quelques heures il s'était éveillé et, voyant qu'il ne pourrait plus dormir, il s'était levé pour marcher et réfléchir. C'était alors qu'il avait vu la jeune femme se faufiler dans l'ombre des murs.

— Moi ? Je suis simple…

— Et voilà ! Vous répétez encore une fois tout ce que je dis ! C'est une habitude tout à fait déplaisante que vous avez. Il faut que vous arrêtiez, sans quoi personne ne vous prendra au sérieux. C'est ce qui est arrivé au début, mais je me suis aperçue de ma méprise depuis. Quoi qu'il en soit, je suis soulagée de pouvoir vous en parler maintenant qu'une certaine camaraderie s'est développée entre nous.

Interloqué, Louve la vit passer à un autre fût et remplir la louche à nouveau.

— Nous ne sommes pas amis, dit-il. Je ne veux pas être votre ami. Je… Cessez de détourner le sujet de la conversation !

Louve ne voulait pas d'elle pour amie, il voulait bien plus que cela. Affolé par le tour dangereux que prenaient ses pensées, il recula d'un pas et se frotta la nuque.

— Biedeluue, je vous ai suivie et je vous retrouve en train de boire de la bière en plein milieu de la nuit.

— Le milieu de la nuit est passé depuis un bon moment.

— Biedeluue…

— C'est vrai ! L'aube sera bientôt là.

Elle ne faisait que détourner le sujet, encore et encore. Que cachait-elle et comment pouvait-il préserver la frontière entre son rôle de cellérier et la véritable raison de sa visite ?

— Je ne peux pas croire que vous soyez à ce point assoiffée. Vous ne me laissez d'autre choix que de rapporter votre comportement au seigneur. Vous avez rencontré Lord Warstone comme moi, vous savez que je ne peux pas faillir à mes devoirs.

— Est-ce que quelqu'un d'autre sait ?

— Sait quoi ? répéta-t-il sans comprendre.

— Que je suis ici. Quelqu'un vous a-t-il suivi dans vos pérégrinations nocturnes ? Avez-vous prévenu qui que ce soit ?

Une fois de plus, sa question prouvait qu'elle avait parfaitement conscience du danger qui la guettait dans cette demeure, alors qu'un instant plus tôt elle feignait l'incompréhension. Elle avait parfaitement conscience qu'il ne fallait pas être vue ici en pleine nuit, d'où sa réaction brutale quand il l'avait surprise. Cela signifiait surtout qu'elle était en plus grand danger qu'il ne l'avait imaginé : elle aussi suivait un but, et il devait découvrir lequel.

— Est-ce vrai que vous êtes nouvelle ici alors que Lord Warstone a interdit d'engager de nouveaux serviteurs ?

Ian avait fait une exception pour lui, évidemment, parce qu'il comptait le piéger dans sa forteresse, mais à la réaction qu'il avait eue dans la grande salle il était évident que la présence de Biedeluue était une surprise. Surprendre Warstone n'était pas donné à tout le monde. Biedeluue était intelligente, rusée et sauvage. Seulement, Ian avait passé des années à comploter et intriguer, aussi devinait-il sans peine le complot chez les autres.

— Pourquoi êtes-vous à Warstone, Biedeluue ?

— Pour travailler.

— Où est votre famille ?

— Au lit, sans aucun doute, répliqua-t-elle en reprenant une louche d'*ale*.

Louve ne savait plus s'il devait rire ou se fâcher. Elle ne voulait pas cesser son petit jeu, mais il avait besoin de réponses !

— Laissez-moi boire cette *ale*.

Elle haussa les épaules et lui tendit la louche pleine. Il la renifla et la goûta prudemment avant de tout avaler comme le goût lui paraissait tout à fait normal. Mais le regard curieux qu'elle posait sur lui ne l'était pas. Elle attendait sa réaction, elle était à l'affût.

— Cette *ale* me semble tout à fait bonne, fit-il remarquer en lui rendant la cuillère.

Avec un petit hochement de tête, elle contempla les autres fûts.

— Je pense en effet que celle-là l'est.

— Que voulez-vous dire ? Qu'est-ce que vous faites ici, exactement ?

— Je… goûte l'*ale*, dit-elle après une brève hésitation.

Certes, il pouvait le constater lui-même… Si ce n'est qu'elle la goûtait seule et en pleine nuit.

Il ne savait que peu de chose de cette femme. Notamment qu'elle était une mauvaise menteuse et une cuisinière plus abominable encore et que, malgré son arrivée deux semaines plus tôt, elle avait le soutien des autres serviteurs. S'il l'avait rencontrée dans n'importe quelle autre circonstance, il lui aurait fait avouer tous ses secrets un à un avant de la débarrasser de cette robe ensorcelante.

Non, ce n'était pas sa robe qui l'ensorcelait, c'était elle. Ce décolleté vertigineux n'était pas nécessaire pour qu'il la désire comme un fou. Dès qu'elle faisait un mouvement, il manquait perdre l'esprit.

— Lord Warstone vous a accusée d'être nouvelle ici et je le crois volontiers.

Elle leva la main pour l'arrêter.

— Même si c'est vrai, n'ai-je pas accompli la tâche que vous me demandiez ? Il était logique de penser que vous voudriez me jeter dehors après cet… incident avec les gobelets, alors Tess a voulu sécuriser ma position en me désignant comme cuisinière.

— Vous êtes une piètre menteuse, fit-il remarquer en lui rendant la louche.

— Je ne peux le nier.

— C'est grâce à cela que je sais que vous me dites la vérité en ce moment, du moins une partie de la vérité. C'est aussi pour cela que je sais que vous n'êtes pas seulement venue vous désaltérer. Mais laissons ce sujet de côté pour l'heure. Dites-moi plutôt pourquoi le maître queux n'est pas en mesure de faire son travail.

— Son jeune fils est mort il y a moins d'un mois. Il s'est étouffé avec un morceau de nourriture que son père lui avait donné. Depuis lors, Queux se sent responsable de la mort de son petit, et le chagrin l'incite à boire pour oublier. Et c'est l'intendant qui s'est chargé de l'organisation des repas, et Queux s'est contenté de préparer les plats de Lord Warstone, avec notre aide à tous.

Louve prit le temps de l'examiner. Biedeluue se souciait sincèrement des autres - ce qui pouvait être une faille dans son armure, il devait s'en souvenir.

Cela dit, pour l'heure, Biedeluue était surtout une faille dans la sienne, car il était incapable de se comporter avec elle comme un cellérier avec une servante. Il ne pouvait lui donner des ordres et, de toute façon, elle ne l'aurait pas laissé faire.

— Je le savais..., souffla-t-il enfin.

— Vous saviez quoi ?

— Que vous poseriez un problème.

Elle pencha la tête de côté, et ses mains se mirent à jouer sur la louche, allant et venant sur le bois en une gestuelle hypnotique.

— Parce que vous n'en posez pas, vous ?

Il s'efforça de relever les yeux sur son visage.

— Vous vous montrez toujours aussi... directe ?

— Ne changez pas de sujet. Vous ne posez pas de problème, vous ?

Malgré lui, il dut lutter pour dissimuler un nouveau sourire. Dieu, comme il voulait cette femme ! Hélas, ce n'était pas le bon moment. C'était trop dangereux.

Il devait se concentrer sur sa mission pour enfin abandonner son existence de batailles et d'intrigues. Il voulait un foyer bien à lui, une femme... un peu de paix. Au lieu de quoi, il se trouvait au cœur du chaos, avec une femme qui ne pouvait que causer davantage de désordre dans sa vie.

Biedeluue ne répondait jamais autrement à ses questions

que par une autre question. Était-ce seulement une conséquence de son ton irrévérencieux ? Il en doutait… Pour la bonne raison que lui aussi avait tendance à répondre aux questions par des questions, car c'était un excellent moyen de dissimuler ses intentions.

— J'ai peine à voir en quoi je pose un souci. D'ailleurs, si je puis me permettre un conseil pour vous en éviter un sérieux, ne dites rien à Ian sans quoi…

— Ian ? l'interrompit-elle.

— Lord Warstone, corrigea-t-il. Ne lui parlez pas de tout cela, ni du maître queux, ni des gobelets. Et ne me demandez pas pourquoi, vous avez vu comme moi hier soir la façon dont il vous parlait…

— Il n'a pas semblé apprécier que je sois nouvelle, en effet. Ce qui est d'autant plus étrange qu'il ne semblait pas partager le même sentiment concernant votre arrivée, encore plus récente… Pourriez-vous l'expliquer ?

Louve ne pouvait éviter de lui mentir pour dissimuler la raison de cette différence de traitement entre eux.

— Eh bien, l'intendant parti, il avait grand besoin de trouver quelqu'un pour diriger sa maison, j'imagine.

— En tant que cellérier, vous devez gagner sa confiance. Ne serait-il pas de votre devoir de parler de ma présence ici au seigneur ?

De nouveau, ses doigts s'étaient mis à caresser la cuillère de bois, et Louve ne parvenait plus à en détourner le regard. Il peinait à se concentrer sur ce qu'elle venait de dire.

— Vous… voulez que je vous dénonce ?

Sa main continuait d'aller et venir sur le bois doux.

— Avez-vous besoin de cette louche ? lâcha-t-il tout à coup.

— Euh… Non, vous la voulez ?

Il s'éclaircit la gorge.

— Oui, je ne me fie pas à la direction que prennent mes pensées quand vous jouez avec, grommela-t-il.

Elle lui jeta un regard étrange avant de lui tendre l'objet.

Louve garda les yeux rivés sur la cuillère et traça sans y

penser le chemin qu'avaient pris ses mains délicates un instant plus tôt. Il pouvait encore sentir la chaleur de ses paumes sur le bois. Finalement, lui enlever cette cuillère ne faisait rien pour calmer son désir.

— Comptez-vous l'utiliser ou puis-je la récupérer ? demanda-t-elle comme le silence s'étirait.

— Vous venez de me dire que vous n'en aviez plus besoin.

— C'est que… je voulais d'abord m'expliquer. Je vois bien les soupçons dans votre regard.

— Vous concernant, il doit y avoir bien autre chose que du soupçon dans mon regard. S'il faut dire le vrai, il y a plus de tout quand je vous regarde.

— À nouveau, ce que vous dites n'a aucun sens, répondit-elle de ce regard troublé qui le mettait au supplice.

Hélas, elle avait raison, il devenait insensé, et il fallait que cela cesse. Après une brève inspiration, il reprit :

— En tant que cellérier, je suis effectivement responsable de tout ce qui se passe dans la grande salle et de la gestion du cellier. Or, Ian de Warstone n'est pas homme à tolérer que quiconque se faufile en pleine nuit pour aller… goûter ou altérer son *ale*. Pourquoi souriez-vous ?

— De toute évidence, Lord Warstone ne m'aime pas, et vous avez également remarqué que je ne le portais pas dans mon cœur, pourtant, vous n'avez pas encore utilisé le mot poison. Vous ne pensez pas que j'ai tenté de l'empoisonner, reprit-elle sans se départir de son petit sourire.

Louve s'avança brusquement et en deux pas il fut sur elle.

— Ne prononcez pas ce mot entre ces murs ! chuchota-t-il d'un ton pressant.

Pour des raisons qu'elle ne s'expliqua pas, Biedeluue obéit. C'était sans doute son expression… Elle l'avait déjà vu en colère, frustré, sur ses gardes. Elle était certaine de l'avoir surpris à exagérer sa faiblesse physique et à feindre l'humilité. Mais cet ordre chuchoté… jamais. Biedeluue sentit sa peau se hérisser.

— Pensez-vous qu'on nous épie ? souffla-t-elle tout bas.

Il secoua brièvement la tête. Ils attendirent en silence tandis que les bruits particuliers de la nuit parvenaient jusqu'à eux : le piétinement des rongeurs, les miaulements des chats, le crépitement des feux qui s'éteignaient lentement. Rien d'autre.

Ou plutôt, si… De nouvelles sensations parvenaient jusqu'à elle, comme l'humidité glacée des pierres pressées contre son dos, l'odeur vinaigrée du vin tombé des tonneaux, et cet homme tout contre elle, dont la chaleur et le parfum l'enivraient…

— Dites-moi que vous n'avez pas cherché à empoisonner l'*ale*, chuchota-t-il durement. Plus de petits jeux.

— Je peux vous dire que je suis innocente, mais ne serait-ce pas exactement ce que prétendrait n'importe quel coupable ?

Il s'écarta d'un pas, lui permettant de retrouver un souffle plus calme, puis il prit son menton dans sa main, ses yeux dans les siens. Elle détestait et adorait tout à la fois sentir ses yeux bleus rivés sur elle. Même à la faible lueur de la torche qu'elle avait accrochée au mur en arrivant, elle pouvait noter l'éclat particulier de ses iris.

— Biedeluue, je ne peux pas vous protéger si…

— Me protéger ?

Il émit un juron étouffé. Comme il n'ajoutait rien d'autre, elle admit dans un soupir :

— Je ne vois pas pourquoi vous voudriez me protéger, mais, non, je n'empois…

— Ne dites pas ce mot.

Biedeluue leva les yeux au ciel. Quel homme étrange ! Il n'était pas idiot le moins du monde, en vérité, au point qu'elle le regrettait presque parfois, parce qu'il était diablement compliqué. Il voulait tout savoir quand elle ne pouvait rien lui dire.

— Je goûtais l'*ale* parce que je pense qu'elle est déjà… vous savez quoi, conclut-elle avec un geste vague de la main.

— Comment ?

Elle posa les mains sur ses hanches.

— Le mot que vous m'avez dit de ne pas dire !

Il recula à nouveau de quelques pas et, aussitôt, Biedeluue regretta la chaleur de son corps alors qu'un frisson glacé remontait dans son dos.

— Vous croyez que cette *ale* a été altérée…, murmura-t-il. Racontez-moi.

— Pourquoi vous dirais-je quoi que ce soit ?

— Parce que je suis le cellérier.

Au regard plein de doute qu'elle lui adressait, il répondit en ajoutant :

— Et si je veux garder mon poste, il serait peut-être utile que j'en parle à Lord Warstone. Quoi que vous prétendiez, je pense que vous n'avez aucune envie que je vous dénonce.

Biedeluue ne se laissa pas impressionner par la menace et répliqua :

— Tout comme moi, je crois que vous avez des secrets et vous êtes arrivé trop récemment ici pour tenir tant que cela à votre position auprès de Lord Warstone.

— Qu'avons-nous en commun ? Les secrets ou le fait d'être nouveaux ici ? répondit-il en évitant une fois de plus de répondre.

Biedeluue se mordit la lèvre. Pourquoi avait-il fallu qu'elle parle aussi franchement ? Surtout, pourquoi était-elle tentée de lui répondre honnêtement ? Ce ne pouvait être seulement parce qu'il avait également des secrets… Non, c'était une sorte de lien plus obscur, plus mystérieux.

Lui aussi devait le ressentir puisque, même en sachant qu'elle mentait, il n'en avait pas pour autant conclu qu'elle tentait d'empoisonner l'*ale*.

N'importe quel autre cellérier l'aurait questionnée tant et plus. L'intendant ne se serait pas gêné pour la mettre dehors. Alors pourquoi ce comportement ? Était-ce qu'il lui faisait confiance pour des raisons qui les dépassaient tous deux ou bien avait-il lui-même bien pire à cacher ?

Si seulement la première explication pouvait être la bonne… Après avoir rencontré Ian de Warstone pour de bon, Biedeluue désespérait de trouver quelqu'un à qui se fier. Cela faisait des semaines qu'elle était ici, et la conclusion était sans appel : la tâche était trop dure pour qu'elle puisse s'en sortir seule. Elle avait été tentée à de nombreuses reprises de se confier à Tess. Si elle ne l'avait pas fait, c'était que, bien sûr, elle ne la connaissait pas assez mais, surtout, elle craignait d'entraîner son amie au-devant du danger.

Avec cet homme, cependant, c'était différent. Il était étranger, tout comme elle, et il bénéficiait d'une position supérieure à celle de Tess. Et puis, il y avait cette sorte de force tranquille qui émanait de lui. Malheureusement, elle ne pouvait être absolument certaine que cette confiance instinctive n'avait rien à voir avec l'émoi qu'il suscitait en elle.

— Parlez-moi, Biedeluue, répéta-t-il à voix basse.

— Si vous voulez que je me confie à vous, vous devrez parler le premier.

Des émotions fugaces traversèrent ses prunelles, hélas, il conserva un silence buté.

— Alors ? Me parlerez-vous ? insista-t-elle.

— Vous êtes trop imprévisible pour que je m'y risque.

Elle l'était, sans aucun doute. Mais ce n'était pas de gaieté de cœur, non, elle n'avait guère le choix. Il jeta un œil vers le pied qu'elle s'était mis à taper avec impatience sur le sol. Il secoua la tête et, enfin, se mit à parler :

— J'ai toujours travaillé au service des autres. J'ai déjà dû gérer le domaine d'un autre seigneur.

— Et ? Ce n'est pas une nouvelle. J'avais déjà deviné, en vous voyant travailler, que vous aviez de l'expérience.

— Vous êtes observatrice… Est-ce que ce que vous avez pu tirer de votre examen ne vous suffit pas ?

Comme elle secouait la tête, il poussa un profond soupir.

— Vous avez touché juste en devinant que Lord Warstone ne me traitait pas comme n'importe quel serviteur.

Elle attendit. Comme il ne faisait pas mine d'ajouter quoi que ce soit, elle fit remarquer :

— Vous ne faites que reprendre une autre de mes observations… Je n'appelle pas cela donner des réponses !

— Lord Warstone… Il joue avec moi.

Sans qu'elle en comprenne réellement le sens, ces mots la glacèrent. Si Lord Warstone jouait avec un homme comme Louve, que devait-il faire de sa pauvre sœur ?

— Le connaissez-vous ? articula-t-elle péniblement.

— Je ne l'avais jamais rencontré avant-hier soir.

— Dans ce cas, pourquoi voudrait-il… ?

— C'est assez, la coupa-t-il. Je vous en ai déjà trop dit.

— Parce que vous tenez à garder vos secrets ? Non, ce n'est pas la seule raison, comprit-elle en repensant à ce qu'il avait laissé échapper. Vous avez dit vouloir me protéger, moi, une étrangère. Cela n'a pas de sens.

Il garda son regard intense fixé sur elle avant d'articuler :

— À votre tour. Vous m'avez dit que vous pensiez l'*ale* altérée, j'aimerais savoir pourquoi.

— Très bien. Il y a deux raisons à mes soupçons. La première date du jour de votre arrivée.

— C'est-à-dire hier, fit-il remarquer avec ironie. Et en si peu de temps, vous décidez de venir vérifier vos soupçons en pleine nuit ? Ne vous rappelez-vous pas que vous étiez malade hier ?

— Je n'aurais jamais joué à ce jeu de boisson contre Galen si je ne pensais pas gagner. La quantité que j'ai bue n'était pas… inhabituelle et, surtout, Galen aussi s'est trouvé malade. D'où mes soupçons. La deuxième raison qui m'incite à penser que l'*ale* n'était pas normale, c'est la réaction de la… dame de Lord Warstone. Quand elle a bu, elle a pincé les lèvres comme si le goût était désagréable. Puis elle a observé un moment le liquide en le faisant tourner, comme si elle cherchait quelque chose. Cela, couplé à ma propre mauvaise expérience, m'a laissée penser…

Louve leva un sourcil circonspect devant ces explications.

— Vous avez compris tout cela en voyant une femme faire une légère grimace… à cette distance ? Cela me paraît bien mince. Vous a-t-elle parlé ?

Il empiétait sur un territoire qu'elle refusait de le voir envahir.

— Non, répondit-elle platement avant d'orienter la conversation sur un terrain plus neutre. Elle est très belle, ne trouvez-vous pas ?

Comme il ne répondait pas, elle insista et s'en voulut de sentir son cœur se serrer :

— Ne la trouvez-vous pas belle ?

La réponse était évidente, et elle n'aurait pas dû s'en préoccuper. Si elle voulait en avoir le cœur net, c'était à cause des regards que Louve posait sur elle, des regards étranges, intenses, qui lui faisaient ressentir des émotions interdites. Alors, oui, elle voulait entendre de sa bouche, que sa sœur était d'une beauté incroyable, pour se rappeler qu'il était ridicule de rêver de ses fossettes et de ses cheveux sombres qui retombaient sur ses yeux bleus envoûtants.

— Je sais bien que vous ne pouvez confesser votre attrait pour la dame d'un autre, cependant, vous devez bien avoir remarqué la teinte exceptionnelle de ses yeux et l'or de ses cheveux. Une telle beauté peut-elle manquer de discernement ? Regardez avec qui elle est : Ian de Warstone est sans nul doute un homme séduisant et puissant.

Louve persistait à ne pas répondre et il l'examina si longuement qu'elle finit par se troubler. Enfin, il parla :

— Êtes-vous en train de me dire que vous êtes venue jusqu'ici au cœur de la nuit pour éclaircir vos soupçons et que vous avez bu de cette *ale* alors même qu'elle vous a rendue malade hier ?

Comme elle s'attendait à l'entendre évoquer Margerie et sa beauté légendaire, Biedeluue ne sut quoi lui répondre, sinon la vérité :

— Euh… Oui.

Il s'approcha pour lui tendre la louche de bois. Comme elle la saisissait, il l'attira plus près encore.

— Et quelles autres idées saugrenues avez-vous en tête ? Que ferez-vous une fois que vous aurez déterminé si l'*ale* est réellement altérée ?

Ces idées saugrenues étaient des vérités, et elle brûlait de plus en plus de se confier à lui. Pourtant, elle le connaissait à peine et ce qu'elle avait vu de lui ne suffisait pas à prendre le risque de mettre Margerie en danger.

Que faire, néanmoins ? Son plan initial, à savoir se glisser dans les couloirs pour libérer sa sœur, ne tenait plus à présent qu'elle avait vu Ian et la façon dont il maintenait son étau autour de Margerie.

— Lord Warstone était mécontent du repas, à cause de vos suggestions de service, lui dit-elle. J'ai pensé que si je lui révélais que l'*ale* était bel et bien volontairement altérée, il me laisserait garder mon poste.

— C'est votre fierté qu'il n'a pas appréciée. Le service et la nourriture convenaient très bien.

Elle tira brutalement la cuillère vers elle en haussant les épaules. Elle n'avait aucune intention de rester plus longtemps que nécessaire dans ce lieu maudit. Elle voulait négocier pour s'en échapper au plus vite. Après tout, Ian de Warstone n'avait pas besoin de Margerie, et il serait sans doute tellement reconnaissant à Biedeluue de lui avoir sauvé la vie en révélant la menace d'empoisonnement qu'il accepterait de lui faire une faveur.

Cependant, elle devait d'abord trouver le coupable. Après tout, il n'y avait que peu de monde qui avait accès aux fûts d'*ale*. À moins que le poison n'ait été versé directement dans les cuves de la brasserie ? Ou bien dans ces satanés gobelets ? Aucun des tonneaux qu'elle avait goûtés n'était empoisonné.

Louve étrécit les yeux.

— Vous risqueriez votre vie pour conserver une position que vous n'avez que depuis quelques jours ?

— Une position difficile à obtenir. Et vous semblez oublier que je ne suis pas noble, ma famille n'a aucune richesse !

— Vous me semblez étonnamment loyale à son égard.

— À l'égard de qui ? demanda-t-elle en remplissant la cuillère à un autre tonneau.

Elle tenta de sentir les arômes de l'*ale*, hélas, si cette salle fraîche était parfaite pour conserver le vin et les roues de fromage, l'odeur de ce dernier masquait celle de l'*ale*.

— Ian de Warstone, répondit-il. Qui d'autre ? Je suppose que c'est pour lui que vous risquez d'être malade à nouveau, sinon pire. Pourquoi sinon agiriez-vous de la sorte ?

— J'ai tout autant de questions à vous adresser. Pourquoi ne m'avez-vous pas encore dénoncée ? Ce serait votre devoir, en tant que cellérier. N'êtes-vous pas supposé protéger les denrées du maître et me jeter dehors pour m'être trouvée là où je ne devrais pas être ?

— Et si vous aviez raison ?

Elle avala le contenu de la louche.

— Vous êtes là pour voir si j'ai raison ?

Elle ne parvenait pas à décider si le goût de l'*ale* avait quoi que ce soit de particulier. Il était aussi possible que le poison ait été répandu en faible dose dans toute l'*ale* et qu'elle ait été malade d'en avoir bu en trop grande quantité. Mais à quoi pouvait bien servir un poison ainsi dilué s'il ne tuait pas ?

— Vous voyez des mystères là où il n'y en a pas, reprit-elle. Vous étiez dans la grande salle, vous avez bien vu que le seigneur ne veut pas de ma présence ici. Je n'essaie de prouver ma valeur que pour garder un toit au-dessus de ma tête lorsque l'hiver viendra.

— Une servante zélée le préviendrait que son *ale* a peut-être été altérée, elle ne boirait pas directement un liquide potentiellement dangereux, dit-il en lui reprenant la cuillère des mains.

— Je crois que c'est la quantité d'*ale* ingurgitée qui importe.

— La quantité ? Le but ne serait-il pas d'affecter immédiatement le buveur ?

— Et si, pour ne pas être prise, la personne qui a ajouté quelque chose à l'*ale* se contentait d'en mettre en toutes petites quantités, comme une sorte de poison édulcoré avant de frapper un grand coup pour atteindre sa victime ?

— Parfois, je ne sais vraiment pas que penser de vous, répondit-il en lui jetant un regard horrifié.

— Ne sommes-nous pas tous deux de simples serviteurs qui faisons de notre mieux pour ne pas nous retrouver à la rue ?

Comme il la fixait de son regard perçant, Biedeluue se sentit mise à nu. Plus elle passait de temps avec lui, plus elle risquait de révéler son secret et de mettre sa sœur en danger. Elle tenta de retirer le bouchon du fût suivant mais n'y parvint pas. Elle allait avoir besoin d'un maillet.

— Il y a plus de vingt tonneaux dans ce cellier. Et si aucun d'eux n'était altéré ? Et si le poison se trouvait seulement dans les gobelets du seigneur et de sa maîtresse ? fit remarquer Louve.

À la mention de sa pauvre sœur, Biedeluue ne parvint pas à masquer sa réaction. Elle sut aussitôt qu'elle venait de commettre une erreur. Malgré la faible lueur de la torche, il avait dû voir son visage se décomposer car il demanda :

— Qui essayez-vous de protéger ?

— Je n'essaie pas de…

— Je ne vous connais certes pas depuis longtemps, Biedeluue, mais je suis sûr que votre engagement va bien au-delà du désir de garder un toit sur la tête. Vous goûtez cette *ale*, vous mettez votre vie en danger et vous ne pouvez le faire que pour une personne à qui vous tenez.

— Comment pourrais-je tenir à quiconque alors que je ne suis ici que depuis deux semaines ? répliqua-t-elle avec l'énergie du désespoir.

— Pour commencer, vous vous souciez du maître queux et de son chagrin. Hier, malgré votre ébriété, vous vous êtes emportée pour protéger un enfant que vous craigniez que j'attaque. Vous avez dit à Tess de se taire pour qu'elle ne soit pas punie… Il me semble que vous tenez à beaucoup de monde.

Avec un haussement d'épaules faussement nonchalant, elle voulut passer devant lui mais il l'en empêcha.

— Ce n'est pas de Lord Warstone que vous vous préoccupez, mais de la femme.

— Je suis loyale à mon seigneur, vous l'avez dit vous-même.

— Non, ce n'est pas lui, c'est elle qui vous intéresse. Il n'y a que trois personnes dans cette forteresse qui ne soient pas nées entre ces murs… Vous, moi… et elle. J'aurais dû le comprendre plus tôt. Alors, qui est-elle pour vous ?

Biedeluue savait qu'il était déjà trop tard. Elle s'était trahie, et son esprit implacable ferait le reste du chemin, qu'elle parle ou non. Néanmoins, elle essaya encore d'échapper à l'inévitable :

— Je suis fatiguée, dit-elle en reposant la louche de bois au-dessus d'un baril. Le matin approche, je dois commencer à préparer les cuisines pour la journée.

Elle tenta de le contourner et, l'espace d'un instant, elle crut qu'il la laisserait aller mais, soudain, ses mains se refermèrent sur elle. Des mains larges et puissantes. Elle aurait pu réagir en s'écartant brusquement, seulement la sensation de ses doigts légèrement calleux sur la peau fine de son poignet la figea sur place. Lui aussi avait dû ressentir l'onde de choc que ce simple contact venait de provoquer car ses yeux se rivèrent à l'endroit où il la tenait. Elle le vit inspirer avec difficulté.

Il était si proche qu'elle pouvait de nouveau sentir son parfum, un mélange de cuir, de laine et de quelque chose qui évoquait les rayons de soleil qui perçaient au milieu de la forêt. Il gardait les mâchoires serrées, et ses mèches sombres retombaient le long de sa joue, cachant les fossettes qui s'y trouvaient.

Au même instant, il leva son regard sur elle, et elle sut qu'elle était prise au piège.

— Qui êtes-vous ? souffla-t-il.

Qui était-elle ? Elle se définissait principalement par l'aide qu'elle apportait aux siens. Elle était une sœur, une protectrice.

— Je vous l'ai dit, murmura-t-elle.

— Alors qui est-elle ?

La tension qui passait entre leurs deux corps devenait insoutenable. Elle voulut se libérer de cet envoûtement mais il resserra les doigts plus fort.

— C'est ma sœur, lâcha-t-elle dans un souffle.

Chapitre 10

Louve sentit le temps suspendre son cours et son univers tout entier se concentrer soudain entre les murs de ce cellier, se limiter à leurs peaux qui se touchaient. Enfin…

Avec un grondement de frustration, il l'attira contre lui.

Ses courbes douces se pressèrent contre son torse, et il cessa de lutter contre lui-même. Il prit sa bouche avec une passion presque brutale. Par ce baiser, il ne cherchait ni à la découvrir, ni à la séduire. Non, il voulait la punir, la forcer à révéler tous les secrets qu'elle gardait.

Cependant, alors qu'il sentait la douceur de sa bouche et la saveur de son souffle, la punition qu'il voulait donner se retourna contre lui. Elle lui rendit son baiser avec une sensualité qui le mit à la torture. Son propre corps se tendit, son sang accéléra sa course dans ses veines. Elle avait posé sa main à plat sur son torse, lui refusant un abandon total et le besoin qui enfla en lui se fit douloureux. Il désirait tellement cette femme… La chaleur de ses doigts crispés sur sa peau le brûlait jusqu'à ce qu'elle enfonce brusquement ses ongles pour le repousser.

Aussitôt, il la laissa aller et recula. Ses yeux affolés cherchaient la sortie qui se trouvait juste derrière lui. Elle ne s'échapperait pas. Comme si elle avait deviné ses pensées, elle fit un pas en arrière et serra le poignet qu'il avait tenu contre sa poitrine en le massant. Louve sentit la honte l'envahir. Il lui avait fait mal. La frustration le disputait au mépris pour lui-même. Tout à coup, il la contourna pour rejoindre le tonneau d'à côté et ouvrit le bouchon.

— Que faites-vous ? s'inquiéta-t-elle.

— Je goûte celui-ci pendant que vous me raconterez tout.

Elle se redressa, les poings sur les hanches. Il aimait la voir ainsi, toujours prête au combat. Pourtant, il savait que ce n'était bon ni pour elle, ni pour lui.

— Pendant que vous ne me dites rien du tout, rétorqua-t-elle.

Il haussa les épaules.

— C'est injuste, je sais. Mais croyez-moi, ce que vous venez de me confier est bien pire que tout ce que je pourrais vous dire.

— Comment le fait qu'elle soit de ma famille pourrait être pire alors que Lord Warstone joue à je ne sais quel jeu avec vous ?

Louve la contempla. Oui, à présent, il reconnaissait la teinte mystérieuse qui se mêlait au bleu de ses iris : la même couleur lavande que ceux de sa sœur. Il y avait également des mèches d'or dans sa chevelure, mêlées à une infinité d'autres nuances. Il aimait infiniment mieux ces yeux et cette chevelure aux teintes incertaines. En vérité, il les aimait trop.

— Pourquoi êtes-vous venue pour votre sœur ?

Il but l'*ale*.

— Qu'est-ce que cela peut vous faire ?

— Je l'ai vue dans la grande salle, il ne faut pas être devin pour comprendre que vous comptez la faire sortir de cette forteresse. Ian ne le permettra pas, vous ne le connaissez pas.

Elle se frotta encore le poignet. Avait-elle encore mal de son étreinte ? Ses poignets étaient si frêles et ses mains si gracieuses… Il aurait tant voulu les prendre entre les siennes, les baiser délicatement. Le souvenir de Ian en train de blesser la paume de sa maîtresse assombrit brusquement ses pensées.

— Je ne vous connais pas davantage et je n'ai nul besoin d'être impliquée dans vos petits jeux. J'ai assez de soucis comme cela.

Il vit son regard passer brièvement de lui à la porte, dans son dos. D'un ton parfaitement calme, il la défia :

— Essayez pour voir…

L'air déterminé, elle croisa les bras, ce qui eut pour effet dévastateur de remonter davantage sa poitrine déjà largement exposée par son corsage trop étroit. Louve sentit sa gorge se serrer.

— Comme si pouviez me retenir avec votre dos voûté, répliqua-t-elle, le menton levé.

Sans plus réfléchir, Louve se redressa de toute sa taille, soulagé de pouvoir enfin étirer son dos douloureux.

— Ah ! C'est bien ce que je pensais ! s'exclama-t-elle, triomphante.

Il pouvait bien lui laisser cette petite victoire, ce serait la seule.

— Maintenant que j'ai révélé un nouveau secret, racontez-moi.

— Qu'y a-t-il à raconter ? Ma sœur est sous ma responsabilité. Elle est plus jeune que moi, plus douce et naïve aussi, elle a besoin de moi. Je n'imagine même pas comment elle a pu survivre au supplice que cet homme lui fait subir. Je vais la tirer de cette prison. Or, de toute évidence, quels que soient vos petits jeux avec Lord Warstone, ils ne feraient que compliquer davantage ma situation. Mais, j'y pense, ne me dites pas que c'est vous qui avez empoi…

— Chut ! ordonna-t-il. Cessez d'employer ce mot ! N'importe qui pourrait se glisser comme nous jusqu'au cellier sans que nous le voyions !

Ils s'étaient certes tous deux faufilés jusqu'ici parmi les ombres de la nuit, toutefois la forteresse était bien gardée, et ils ne devaient commettre aucune imprudence.

— Me direz-vous enfin pourquoi vous m'avez suivie jusqu'ici, d'ailleurs ?

— Parce que rien de bon ne pouvait venir de cette visite nocturne. Et vous, me direz-vous enfin ce que vous comptez faire pour sortir votre sœur du château ?

— Ne le devinez-vous pas ? Comme je soupçonnais que la bière avait été altérée, je comptais utiliser cette information pour négocier avec Lord Warstone afin qu'il accepte de la libérer.

— Vous êtes intelligente, Biedeluue, cela ne fait aucun doute. Vous savez parfaitement qu'il voudra plus en échange. Ce que vous voulez, c'est trouver le coupable et l'échanger contre votre sœur.

— Cela fonctionnerait…

— Si vous ne négociiez pas avec un fou ! chuchota-t-il. Vous ne savez pas s'il n'a pas lui-même empoisonné son *ale* pour piéger quelqu'un dans l'un de ses petits jeux de pouvoir !

— Pourquoi se ferait-il du mal pour un jeu ?

Elle ne connaissait vraiment pas les Warstone, songea-t-il avec un frisson de peur.

— Les méandres de son esprit sont infiniment retors. L'avez-vous vu grimacer lui aussi ? Sait-il que vous et Margerie êtes liées ?

Cette fois, il vit la colère enflammer ses beaux yeux.

— Vous n'arrêtez pas de me poser des questions, puis vous m'embrassez et… Qui êtes-vous, à la fin ? Vous n'êtes pas un cellérier !

Oui, il l'avait embrassée et il pouvait encore sentir la brûlure de ses lèvres sur les siennes. Quand il l'avait tenue dans ses bras, il avait eu envie de ne plus jamais la laisser repartir. À présent qu'il avait goûté un tel plaisir, son désir n'en était que plus profond.

— Je suis Louve, et cela seul importe. Quant à votre sœur et vous, croyez-moi, vous affrontez bien plus fort que vous. Vous ne voulez pas me faire confiance et, pourtant, il le faut. Je ne suis pas votre ennemi, Biedeluue. C'est Ian de Warstone que vous devez affronter, et il est mortellement dangereux.

Biedeluue se retint de passer ses doigts sur ses lèvres qui brûlaient encore du souvenir de son baiser. Pourquoi cet étranger l'avait-il embrassée ? Pourquoi s'était-elle abandonnée contre son corps dur et musclé ? Quand elle s'était brusquement écartée, ce n'était que pour résister à la tentation d'explorer sa peau.

Il fallait pourtant qu'elle conserve son sang-froid, car Louve avait raison, Ian était dangereux. Elle l'avait pressenti dès les premières lettres de Margerie, mais quand elle était entrée dans la grande salle, la veille…

Habituellement, les gardes de Warstone mangeaient dans cette vaste salle, mais leur comportement, quoique bruyant, n'avait rien à voir avec ce qu'elle avait vu… Ces hommes dans le coin qui lutinaient une femme, les autres qui se battaient… Elle avait eu l'impression que tous se comportaient ainsi pour amuser le diable en personne.

— Et pourquoi devrais-je me fier à vous, exactement ? demanda-t-elle, butée.

— Dites-moi pourquoi vous êtes venue jusqu'ici.

— Margerie m'a écrit un message. C'est comme cela que j'ai appris qu'elle avait des soucis.

Devant son regard surpris, Biedeluue expliqua :

— Plus jeune, Margerie a appris à lire, écrire et calculer. Aussi nous a-t-elle transmis ce qu'elle pouvait ensuite, à l'aide d'un simple bâton, à même la terre. L'écriture est devenue essentielle à ma famille quand j'ai dû m'éloigner pour chercher du travail. Nous sommes… très proches.

— J'ai tout de suite su que vous n'étiez pas comme les autres, dit Louve avec un petit sourire qui la fit fondre. Une fille de cuisine lettrée et capable d'obtenir le soutien de tous en quelques jours, vous êtes extraordinaire, Biedeluue.

Infiniment troublée par ce compliment autant que par le timbre chaud de sa voix, Biedeluue sortit de son corsage le précieux parchemin qui ne la quittait jamais et le lui tendit.

— Sa calligraphie est admirable, commenta-t-il.

Aussitôt, elle se raidit. Quelle idiote elle était de se laisser bercer par ses illusions. Pour l'heure, Louve parlait de son écriture. Le reste ne tarderait pas…

— Votre sœur a une apparence unique.

Et voilà ! Au temps pour ses rêveries stupides ! Louve ne s'intéressait pas à elle. Comment aurait-ce pu être le cas alors qu'il y avait Margerie ? Même après des années, Biedeluue ne s'était jamais tout à fait habituée à entendre les hommes la questionner sur sa sœur si incroyablement belle. Cette fois, cependant, le pincement de cœur lui parut infiniment plus fort.

Autrefois, elle s'était sentie blessée de ne pas être dotée de la même beauté mais, avec les années, elle avait appris à apprécier ce qu'elle avait et à plaindre cette pauvre Margerie dont la beauté était vue par beaucoup comme un trophée à conquérir.

— Vous êtes en colère, fit remarquer Louve. Est-ce parce que vous avez déjà dû venir à son secours par le passé ?

Elle était furieuse, en effet, mais contre elle-même ! Pour se donner une contenance, Biedeluue s'empara de la louche qu'il venait de vider et but sans même se concentrer sur le goût.

— Tout le monde la remarque, et cela la met parfois dans l'embarras. Je ne pourrai jamais être en colère à cause de cela. Ce n'est pas sa faute.

— Alors vous n'êtes pas en colère après elle, mais après ses admirateurs.

— Nous avons tous dû la protéger de soupirants trop zélés.

Elle vit son regard s'attarder sur les jointures blanchies de ses doigts serrés autour de l'ustensile de bois. Oui, elle était en colère. Elle avait la gorge affreusement serrée et ne parvenait plus à croiser son regard. Était-il lui aussi déjà envoûté par sa sœur ?

Dire qu'elle avait cru qu'il serait différent ! Bien sûr qu'un homme aussi séduisant que lui était habitué à faire la cour à des femmes aussi belles que Margerie. Alors pourquoi cette seule idée la rendait-elle malade ?

— Ian l'a sans doute remarquée en raison de sa grande beauté, néanmoins, ce n'est pas pour cela qu'il la garde auprès de lui.

— Vous reconnaissez donc qu'elle est très belle, ne put-elle s'empêcher de souffler.

Son regard s'attarda sur elle.

— Certes, cependant…

— Cependant ?

Louve gardait les yeux rivés sur elle, mais était-il perdu dans une rêverie sur les cheveux d'or et les lèvres roses de sa sœur ? Jamais elle ne pourrait rivaliser…

Bon sang ! Que lui prenait-il de réagir de la sorte ? Et tout cela pour un homme ? Il lui faisait perdre ses moyens et sa confiance en elle ! Elle devait se ressaisir.

— La beauté de Margerie…, commença-t-il avant de prendre une soudaine inspiration. Sa beauté est sans comparaison avec la vôtre, marmonna-t-il en détournant le regard.

Il se frotta le front et s'appuya contre le mur comme si ces dernières paroles lui avaient coûté. De son côté, Biedeluue peinait à réfléchir tant ses oreilles bourdonnaient. Avait-elle rêvé ce qu'il venait de dire ? D'où lui venait ce vertige ?

— J'ai la tête qui tourne, annonça Louve au même instant. Vous aviez raison.

— Cette *ale* n'est pas normale, confirma-t-elle en sentant les mêmes symptômes que lors du jeu l'assaillir.

— Nous devons faire une marque sur ce tonneau pour le reconnaître.

Biedeluue voulut lever le bras pour reposer la louche mais elle dut interrompre son geste, soudain saisie d'un haut-le-cœur.

Devant lui, le visage de Biedeluue avait blêmi. Apparemment, il ne fallait pas plus de quelques gorgées pour que le poison fasse effet et, la pauvre ayant déjà subi ses effets la veille, son corps devait moins supporter le poison. Sa propre peau lui paraissait à la fois glacée et moite.

Ils devaient sortir du cellier, et vite. Si l'un d'entre eux était malade, ils ne pourraient pas cacher leur présence dans ce lieu, alors que toute la maisonnée était encore endormie.

Ils deviendraient alors les premiers suspects si d'autres découvraient que l'*ale* avait été empoisonnée.

Avec des gestes saccadés, Louve tira la courte dague qu'il gardait à la ceinture et fit une marque sur le bois de telle sorte qu'elle ne se remarque pas pour qui ne la chercherait pas.

La pièce vacilla dangereusement autour de lui lorsqu'il se redressa, et ce fut alors qu'il remarqua la petite encoche sur le robinet du tonneau.

— Il a déjà été marqué, articula-t-il, la bouche pâteuse. Nos soupçons se confirment. Ce tonneau est bien empoisonné.

Malgré son malaise, Louve vérifia les autres robinets et ne trouva aucune autre marque. C'était un soulagement, quoique maigre étant donné leur situation périlleuse. Comme il prenait la main de Biedeluue pour l'entraîner à l'extérieur, un son strident éclata soudain.

— Qu'est-ce que c'est que ça ? s'affola Biedeluue.

— Vous ne l'avez jamais entendu auparavant ? Ce sont les portes de la forteresse que l'on ouvre.

— Les portes ? Elles ne se sont jamais ouvertes en grand depuis mon arrivée ! Et l'aube n'est pas encore là. Qui voyagerait à pareille heure en cette saison ?

En effet, le froid devait être mordant alors que la nuit était encore là. Ceux qui arrivaient voulaient nécessairement se cacher à la vue de tous et, s'ils venaient jusqu'ici, c'étaient sans doute des alliés de Warstone. Donc des ennemis pour lui…

À l'extérieur, la corne fit résonner quelques notes hélas trop connues, et Louve sentit son sang se figer dans ses veines soudain glacées. Le son de ralliement des Warstone. Le pire était en train d'advenir : les parents de Ian venaient d'arriver à la forteresse.

Le sentiment d'irréalité qui l'envahissait n'était pas seulement dû à l'*ale* qu'il venait de boire. Louve était proprement dépassé par le tour que prenaient les événements. Cependant, il était condamné à jouer ce jeu jusqu'au bout. Il posa un regard inquiet sur la femme qui se tenait près de lui. Comment parviendrait-il à la protéger si le danger était partout ?

En tant que cellérier, il aurait déjà dû se trouver aux portes pour accueillir les nouveaux venus. Il aurait dû être en train de crier des ordres à tous les serviteurs éveillés en sursaut. En fait, il aurait déjà dû savoir qu'ils venaient afin que leurs chambres soient prêtes. Des devoirs simples et évidents pour n'importe quel cellérier ou intendant qui, s'ils n'étaient pas accomplis, le désignaient comme un imposteur aux yeux de tous. Bien sûr, Ian savait déjà qu'il n'était pas un véritable serviteur, mais qui d'autre le savait ?

Louve tentait désespérément de réfléchir posément malgré le brouillard qui envahissait son esprit et la panique qui paralysait ses facultés.

Se séparer de Biedeluue alors qu'ils n'avaient pas terminé leur conversation n'était pas sage. Il devait absolument la mettre en garde contre les dangers de la forteresse.

Hélas, la nausée qui tordait son ventre lui prenait trop d'énergie. Devant lui, Biedeluue vacillait dangereusement. Entendrait-elle seulement sa mise en garde ? La priorité était de sortir d'ici et de débarrasser leurs estomacs du poison.

Ensuite, il devrait se présenter devant un couple d'intrigants qui n'aimait rien tant que provoquer des massacres et sacrifier leurs propres enfants en les montant les uns contre les autres. Le tout, en maîtrisant les soubresauts douloureux de son ventre.

Si le poison de cette *ale* devait perdre les ennemis de Warstone, le but était atteint : il n'était pas loin d'être à terre.

Chapitre 11

Du coin de l'œil, Louve regarda la procession avancer. Ian savait peut-être qui il était, mais garder les apparences sauves était essentiel dans un jeu, qui plus est un jeu de vie ou de mort. Aussi Louve entendait-il jouer les serviteurs serviles jusqu'à ce qu'il vainque, ou bien qu'une épée lui transperce le cœur.

Le son de la corne avait cessé depuis longtemps, mais il aurait juré l'entendre se répéter en écho entre les pierres glacées de la forteresse. Reynold n'avait jamais autorisé quiconque à sonner le son de ralliement de sa famille. Un soir seulement, il l'avait sifflé à Louve pour qu'il puisse le reconnaître. Peut-être était-ce la tempête qui secouait alors les murs fragiles de la petite chaumière dans laquelle ils avaient trouvé refuge, ou bien l'alcool qu'ils avaient bu pour se tenir chaud. Toujours était-il que ce soir-là, Reynold avait sifflé cet air, encore et encore, comme s'il tentait d'exorciser la malédiction familiale.

Louve n'avait jamais vu son ami dans un tel état auparavant. Lorsque le feu n'avait plus été que brasier, il avait pris la coupe vide des mains de Reynold et l'avait hissé dans un fauteuil pour qu'il s'y repose. D'ordinaire, au matin, le moins ivre des deux aimait à se moquer de l'ivresse de l'autre. Seulement, Louve n'avait pas été d'humeur à rire après cette nuit-là. L'air entêtant avait hanté son sommeil. Le lendemain, aucun d'eux n'avait beaucoup parlé, comme si les fantômes de la veille avaient terni leur humeur.

Cela n'avait pas duré, heureusement. Quoi qu'il en soit, Louve aurait reconnu entre mille le signal de la corne, et c'était ce qui les avait sauvés, lui et Biedeluue, quand ils s'étaient mis à courir furtivement le long des couloirs humides de la forteresse. Les seuls qu'ils devaient éviter de croiser étaient les Warstone, pour le reste, chacun était trop pris par ses propres tâches et l'urgence du réveil pour se soucier d'eux.

Ils durent se séparer quand ils atteignirent les quartiers des serviteurs. Louve avait bien tenté de la mettre en garde contre le danger mortel qu'elle courait face à Ian de Warstone, malheureusement, il n'était pas certain qu'elle ait entendu. Hélas, il n'avait guère le temps de s'en préoccuper car il devait se préparer au plus vite.

Par miracle, il bénéficiait d'une petite pièce à lui et cette intimité était bienvenue. Louve s'obligea à rendre l'*ale* avalée dans un seau, puis il se rafraîchit le visage à l'eau glacée. Des vêtements propres achèveraient de masquer aux yeux du monde les événements de la nuit passée et un peu de menthe fraîche effacerait son haleine acide.

Cependant, il ne pouvait rien pour la faiblesse de son esprit. Il se sentait épuisé. Pourtant, Louve était coutumier des longs voyages inconfortables par tous les temps. En revanche, il n'avait jamais connu de jour comme celui-ci. Et sa fatigue n'était pas seulement causée par les Warstone et leurs intrigues, ni par son empoisonnement.

Non, ce qui lui prenait le plus d'énergie, c'était Biedeluue et les multiples questions qu'elle soulevait en lui. Que devait-il faire d'elle ? Comment la protéger sans compromettre sa situation déjà précaire ? S'il l'ignorait, elle serait en sécurité, du moins autant qu'on pouvait l'être en vivant près de Ian de Warstone. À moins que… Ian savait-il qu'elles étaient sœurs ? Elles ne se ressemblaient pas au premier examen, il fallait les étudier de près pour voir des similarités. Contrairement à ce que semblait penser Biedeluue, lui n'avait aucun doute sur le fait qu'elle avait largement sa préférence.

Seigneur ! Il devait la sortir de son esprit, n'était-ce qu'un instant. Il devait réfléchir à Balthus, à Reynold et au Joyau des Rois. Pourquoi ne pouvait-il simplement oublier Biedeluue et sa sœur ?

Non, il ne pouvait imaginer ne pas lui venir en aide. Biedeluue n'arriverait à rien toute seule. Non qu'elle n'ait pas bien des ressources, seulement, Ian ne laisserait jamais Margerie partir sans quelque chose de solide en échange, et elle semblait trop bien gardée pour pouvoir s'enfuir.

Biedeluue avait raison : seule la négociation pouvait fonctionner. Cependant, tant qu'il respirerait, il ne laisserait plus jamais la jeune femme affronter Ian. C'était à lui de le faire.

Enfin prêt, Louve se hâta le long du couloir de l'aile des serviteurs. Ian devait avoir lui aussi entendu le son de la corne. Il voudrait accueillir comme il se doit ses parents.

Quand il sortit dans la cour intérieure, il y avait assez de torches pour éclairer entièrement la nuit que l'aube éclaircissait à peine à l'horizon. Louve repéra facilement ceux qui portaient sur leurs manteaux la crête d'or, emblème des Warstone. Ian était déjà là et la portait, bien entendu.

Il y avait également une grande femme mince et élégante dont les cheveux gris étaient ramenés au sommet de sa tête en une coiffure compliquée. La mère des frères Warstone, celle qui hantait les cauchemars de Reynold comme ceux de Balthus. Près d'elle chevauchait leur père, un solide guerrier à l'air étonnamment bonhomme. Mais ce fut la silhouette devenue familière qui arrivait derrière eux qui arrêta l'attention de Louve et le laissa un instant pétrifié d'horreur. Avec sa nonchalance habituelle, Balthus chevauchait derrière ses parents comme s'il n'avait jamais quitté leur côté.

L'imbécile ! Si Ian ne le tuait pas, Louve avait la ferme intention de s'en charger lui-même…

Biedeluue se précipita dans le lieu d'aisance le plus proche en sachant que l'odeur qui s'en dégageait l'aiderait immédiatement à soulager son estomac. Elle tremblait de fatigue et de faiblesse, mais elle put bientôt se redresser, l'esprit déjà un peu plus clair à présent que l'essentiel du poison avait quitté son corps.

Les seigneurs de Warstone en personne seraient là d'un moment à l'autre. D'une meurtrière, elle n'avait aperçu les cavaliers qu'un instant, mais la richesse de leur mise l'avait estomaquée. Il devait y avoir trente ou cinquante gardes autour des membres de la famille, tous vêtus du même uniforme garni d'une unique bande de tissu rouge qu'elle n'avait jamais vue porter par quiconque hormis ceux qui travaillaient pour les Warstone.

Tant de pensées assaillaient son esprit qu'elle ne savait par où commencer. Par Louve sans doute… Il persistait à jouer les simples cellériers, mais elle était certaine désormais que sa présence ici servait un tout autre objectif. De toute évidence, il connaissait suffisamment bien Warstone pour l'appeler par son prénom, néanmoins, elle n'avait vu aucun signe d'amitié entre les deux hommes. Sans compter qu'il lui avait répété combien la forteresse était dangereuse pour elle et sa sœur. Elle ne savait hélas rien de plus. S'il ne l'avait pas distraite avec son baiser, elle aurait pu insister pour le forcer à se révéler davantage.

Elle tenta de rassembler les maigres indices en sa possession. Son léger accent ainsi que son nom traduisaient ses origines anglaises, rien de plus. Elle ne savait ni de quelle région précise il venait, ni s'il avait une femme, des enfants, des parents ou des frères et sœurs ?

Quant aux raisons de sa présence à Warstone, il n'avait laissé échapper aucun indice. Non, il s'était débrouillé pour qu'elle révèle absolument tout, en conservant tous ses secrets.

Comment avait-elle pu se montrer si vulnérable face à lui, un étranger ? Elle savait pourtant qu'il ne fallait jamais se fier à un homme !

Malgré sa tête douloureuse et ses jambes tremblantes, Biedeluue parvint à se tenir droite et avança le long du couloir.

— Que fais-tu ici ?

La voix de Tess la fit sursauter.

— Tess ! Tu as besoin d'aller là-dedans ? demanda-t-elle avec une grimace en montrant la porte du lieu d'aisance.

— Non, non. Je te cherchais. Quand je me suis réveillée pour aller préparer le pain, tu avais…

— Chut ! la pressa Biedeluue en jetant un regard anxieux au bout du couloir heureusement vide.

Tout au bout, en bas des marches qui menaient à la grande salle, elle pouvait entendre le brouhaha de l'arrivée des nouveaux venus.

Quand ils avaient quitté le cellier un peu plus tôt, Louve lui avait précipitamment recommandé de ne jamais quitter ou trahir leurs rôles respectifs. Il était cellérier, elle une simple servante, et Margerie, la maîtresse du seigneur. Les instructions murmurées n'avaient pas cessé mais elle était alors trop affaiblie par le poison pour tout entendre et poser les questions qui s'imposaient.

— Tout le monde est déjà affairé aux cuisines où tu devrais toi aussi te trouver.

Tess s'interrompit brusquement et étrécit les paupières :

— As-tu encore été malade ?

Biedeluue hocha la tête.

— Je sais que tu ne me dis pas tout, dit son amie en croisant les bras. Pourquoi ai-je la sensation que tu me caches des choses, Biedeluue ? J'ai pris le risque de te faire entrer entre ces murs. L'intendant n'était pas content que j'ai forcé les gardes à te laisser entrer, mais avec ce qui arrive au maître queux et… Je veux savoir ! Es-tu… ?

Biedeluue lui saisit le bras pour la faire taire et l'entraîna vers la pièce où elles couchaient avec d'autres servantes, désertée à cette heure. Pouvait-elle se confier à Tess ? Elle avait terriblement besoin d'une alliée. Le danger qu'elle avait seulement pressenti dans le message de Margerie était bien réel, les mises en garde de Louve le prouvaient.

Or, depuis sa prime jeunesse, Biedeluue avait appris à ne pas se fier aux hommes. Son père les avait abandonnés, les hommes du village avaient honteusement profité de leur faiblesse et puis, il y avait cet homme qui avait un jour repéré Margerie au village et l'avait enlevée, et Lord Warstone qui la retenait prisonnière… Non, les hommes n'étaient pas fiables. Aussi ferait-elle mieux de se confier à Tess qui n'avait jamais démenti son amitié depuis son arrivée.

— Tu avais raison à propos de l'*ale*, dit-elle enfin.

Tess écarquilla les yeux.

— Tu es allée le vérifier en la goûtant toi-même ? comprit-elle, l'air horrifié.

Exaspérée, Biedeluue leva les bras au ciel :

— Pourquoi tout le monde m'en fait le reproche ? Je n'en ai avalé qu'une petite gorgée.

— Tout le monde ? répéta Tess. De qui diable parles-tu ? Écoute, Biedeluue, je sais que tu es nouvelle ici et que nous ne nous connaissons pas depuis longtemps, cependant, j'ai la sensation que nous nous comprenons plutôt bien…

Tess s'éclaircit la gorge et reprit :

— Je comprends que tu essaies de prouver ta valeur. C'est bien ce que tu fais, n'est-ce pas ? Tu n'as ni mari, ni enfants et…

— Tu penses que j'ai bu cette *ale* pour faire mes preuves ?

— Tu ne l'as certes pas fait pour son bon goût !

Soudain, Tess pâlit :

— À moins que tu aies voulu…

— Non ! s'exclama Biedeluue en comprenant que son amie croyait qu'elle avait voulu en finir avec la vie. Je n'avais pas l'intention de me mettre en danger ni de me rendre malade, voyons !

Elle ne savait plus comment se sortir de tous ses secrets. Parler se révélait bien plus difficile qu'elle ne l'avait cru.

— Tu n'as pas à te cacher devant moi, assura Tess avec une douceur infinie.

Tess la comprenait à demi-mot ? Peut-être était-ce pour cela qu'elle ressentait une telle affinité entre elles. Profondément émue par la bonté et la compassion qu'elle lisait dans le regard de son amie, Biedeluue balbutia :

— J'ai cherché à te le dire, seulement, je ne savais pas comment…

— J'avais une tante qui a traversé la même chose, commença Tess. Je sais que je ne peux rien faire dans l'immédiat. Puisque tu es là, c'est que tu as quand même encore le contrôle… Je pense qu'elle aurait juste eu besoin d'en parler à quelqu'un. Alors je veux que tu saches que je suis là… pour écouter.

Biedeluue fronça les sourcils, quelque peu perplexe face au récit décousu de Tess. Elle n'était pas certaine de contrôler quoi que ce soit et l'aide dont elle avait besoin allait bien au-delà d'une simple écoute, néanmoins, c'était déjà un début.

— Ta tante avait elle aussi des problèmes dans sa famille ?

— Son mari était un homme mauvais, et le village dans lequel elle vivait laissait faire. Bien sûr, il avait le droit de faire ce qu'il voulait d'elle, mais… elle a perdu un œil par sa faute. Et puis il y a eu d'autres disputes, d'autres blessures. Un jour, il l'a battue avec une cuillère en bois. Quand elle a guéri, elle est partie. Un matin, nous nous sommes réveillés, et elle avait disparu. Nous ne l'avons plus jamais revue.

Sa gorge s'était serrée au fil du récit atroce de Tess. De toute évidence, Tess se méprenait sur ses difficultés et voyait des similitudes entre sa tante et elle. De fait, elle le lui confirma en déclarant :

— Quand tu es arrivée ici en demandant du travail, j'ai pensé… Eh bien, personne ne vient jamais ici, soit à cause de la réputation des Warstone, soit parce que nous n'ouvrons jamais nos portes aux étrangers. Alors quand je t'ai vue arriver, j'ai tout de suite pensé à ma tante. Tu avais l'air seule et effrayée. Voilà pourquoi j'ai voulu te laisser entrer.

Qui était-ce ? Ton père ? Ton époux ? Qui t'a fait du mal, et pouvons-nous faire quelque chose ?

Émue aux larmes par la bonté et la générosité de son amie, Biedeluue prit ses mains dans les siennes. Même si elle l'attribuait aux mauvaises causes, Tess semblait avoir deviné ses angoisses et ses peurs.

— Il y a en effet une bonne raison pour que j'aie peur, confirma Biedeluue. Et une autre pour que j'aie goûté cette *ale*. J'ai une sœur, et elle est ici.

Tess hocha la tête :

— Dis-moi tout.

Alors c'est ce qu'elle fit. Et quand Biedeluue eut terminé son récit, elle posa la seule question qu'il restait à poser :

— M'aideras-tu à sauver Margerie des griffes de Warstone ? Aujourd'hui ?

— Je me serais sentie insultée que tu ne me demandes pas mon aide, répliqua Tess en la serrant brièvement dans ses bras.

Chapitre 12

Comme Ian accompagnait ses parents à leurs appartements, Louve put rejoindre Balthus qui s'était attardé dans le fond des écuries. Le plus jeune des Warstone sembla amusé de le voir aussi perturbé par sa présence, ce qui mit sa patience à rude épreuve.

Néanmoins, Louve avait encore du mal à croire que Balthus se soit volontairement jeté dans la gueule du loup en entrant de son plein gré dans la forteresse. Comment expliquer un tel geste alors que Ian avait tenté de le tuer quelque temps plus tôt ! Sans même parler de ce que ses parents lui avaient fait subir. Pourtant, Balthus était là, hilare et nonchalant comme à l'accoutumée.

Louve retint un juron exaspéré. Si son ventre allait un peu mieux, ce n'était pas le cas de sa tête qui se faisait de plus en plus douloureuse.

— Que diable fais-tu ici ? gronda-t-il.

— La chevauchée est passée non loin de l'endroit où je me cachais.

— Et ils t'ont repéré ?

— Pas du tout ! J'ai laissé mes parents passer juste devant moi sans me manifester, de façon à arriver derrière eux pour les saluer. Tu aurais dû voir leurs têtes !

— Et nos hommes ?

— Oh ! eux ? Ils sont toujours cachés et en sécurité. J'ai

eu le temps de leur donner des instructions avant de rejoindre mes parents.

Louve serra les mâchoires. Les mercenaires ne restaient au service de leur employeur que tant qu'ils étaient certains que celui qui devait les payer n'était pas passé au fil de l'épée. Au moindre doute, ils iraient chercher leur paye ailleurs.

— Il n'est pas trop tard… Ta famille est occupée, tu peux encore repartir.

— Pourquoi donc ferais-je une chose pareille ? rétorqua Balthus avec cette nonchalance qui commençait à l'exaspérer.

— Cela me paraît évident ! Ce qui l'est beaucoup moins, en revanche, c'est la raison de ta présence ici ! Par pitié, ne me dis pas que c'était simplement pour t'amuser.

— Je m'ennuyais à mourir à attendre !

Louve n'était parti que depuis un jour. Il se retint de remettre les idées de cet idiot en place à l'aide d'un bon coup de poing.

— Au lieu de te mettre dans tous tes états, dis-moi plutôt : quel rôle joues-tu ici ?

— Je suis le cellérier, cependant, l'intendant est parti acheter des gobelets de valeur en me laissant la charge de la forteresse.

— Des gobelets ? Cela n'a aucun sens de laisser l'intendance à un inconnu pour de simples gobelets !

— C'est une longue histoire et, oui, son départ précipité a éveillé mes soupçons, je n'ai pas encore eu le temps de mener mon enquête.

— As-tu au moins mis la main sur le parchemin ?

— Tu plaisantes ? Seigneur ! As-tu toujours été aussi impatient et impulsif ? Comment diable as-tu pu rester en vie tout ce temps ?

— Tu es parti depuis suffisamment de temps… Même si je reconnais volontiers que mon frère représente une sérieuse menace, il dort comme tout le monde et il ne peut être à deux endroits à la fois ! le sermonna doctement Balthus en croisant les bras. Reynold se fiait à toi, et je m'attendais à mieux.

Louve pressa les doigts sur ses paupières, de plus en plus

exaspéré à chacun de ces mots. Il n'avait pas dormi plus de quelques heures, et certainement trop peu pour se remettre de tout ce qui s'était passé depuis son arrivée à Warstone : Biedeluue qui le fascinait et le terrifiait par sa témérité, l'*ale* empoisonnée, les menaces à peine voilées de Ian… Le tout en menant de front ses devoirs officiels de cellérier !

— Comme je viens de le dire, j'ai été très occupé, gronda-t-il entre ses dents serrées.

— Eh bien, dans ce cas, reconnais que mon arrivée tombe à point nommé ! Ce parchemin est crucial, et le moindre délai pourrait signer notre défaite.

Louve observa la mine suffisante de Balthus. Il retint un rire nerveux et, cette fois, ne chercha plus à retenir son poing. L'arrogant partit en arrière, trébucha et tomba sur les fesses. Certes, ce n'était pas aussi satisfaisant qu'un vrai coup de poing dans la mâchoire, mais cela lui apporta néanmoins un peu de réconfort.

Malheureusement, son mouvement brusque lui rappela aussi qu'il était toujours très affaibli physiquement. Balthus dut le remarquer, car il resta là où il était tombé et ne chercha pas même à répliquer :

— Tu n'as pas l'air bien.

— C'est parce que j'ai été empoisonné.

Balthus s'adossa au mur et posa les bras sur ses genoux, dans une position parfaitement détendue, comme s'ils étaient tranquillement occupés à discuter. Puisqu'il ne faisait pas mine de s'inquiéter, Louve demanda d'un ton cassant :

— Une réaction, peut-être ?

Le jeune homme haussa les épaules avec désinvolture.

— J'ai été empoisonné tant de fois que je ne les compte plus. N'importe quel Warstone pourrait reconnaître les différents effets des poisons les plus courants. En as-tu avec toi ?

— Le poison se trouvait dans un fût d'*ale* entreposé dans le cellier.

— Alors c'est pour cela que tu n'as toujours pas le parchemin ? Tu étais occupé à boire avec Ian ?

Pas avec Ian, non. Plutôt avec une femme qui lui faisait bouillir le sang et perdre la raison.

Toutefois, il ne comptait pas en informer cette tête brûlée de Balthus. Dieu sait ce qu'il ferait d'une telle information avec son indolence habituelle !

Toujours était-il que Biedeluue était une dangereuse distraction à sa mission. L'avait-il assez mise en garde ? De toute façon, la connaissant, même s'il s'était montré suffisamment clair concernant les dangers qui la guettaient, elle n'en ferait qu'à sa tête. Or, dans une demeure pleine de Warstone ennemis, cette idée lui donnait des cauchemars.

— Je dois y retourner, il ne faut pas que nous éveillions l'attention, maugréa-t-il en se tenant la tête entre les mains.

— Je te préférais nettement quand tu étais moins sérieux, lança Balthus. Alors, que se passe-t-il exactement ici ?

Ce qu'il se passait ? Il se passait que ses priorités avaient changé sans même qu'il en prenne conscience, depuis que Biedeluue était entrée dans sa vie. À quel moment, exactement ? Sans doute quand elle s'était dressée de toute sa petite hauteur, complètement ivre et - il le savait maintenant - sévèrement empoisonnée, pour protéger les enfants de sa vindicte supposée.

Depuis lors, sa vie avait pris un tour différent. La décision avait été immédiate quand elle s'était confiée à lui : il allait l'aider à sauver sa sœur. Seulement, tout avait été si vite… Leur baiser, sa confession, leur malaise soudain… Il n'était plus certain de lui avoir dit qu'elle pouvait compter sur son aide.

— Nous le saurons bien assez tôt maintenant que tu es là pour me compliquer la tâche, rétorqua-t-il sèchement. Puisque tu as jugé bon de venir, tu devras te charger de trouver ce parchemin, je ne peux pas m'occuper de tout.

— Je n'ai que faire de cet inutile bout de parchemin et je n'ai aucune intention de le chercher. C'est Reynold qui le veut.

— Dans ce cas, que fais-tu ici ? s'agaça Louve.

Devant le visage soudain grave de Balthus, Louve comprit.

— Non !

— Il a essayé de me tuer.

Seigneur ! Balthus était venu jusqu'ici pour pouvoir affronter son frère ! Peut-être même le tuer ! C'était exactement ce que Reynold ne voulait pas voir se produire.

— Reynold a été très clair, lui rappela-t-il calmement, je dois te protéger, or je ne peux pas le faire si tu menaces Ian.

— Ma seule existence est une menace à ses yeux.

Louve se pinça l'arête du nez.

— Certes, mais ce n'est pas une nouveauté, alors pourquoi cette hâte ? Pourquoi ne pas avoir attendu dans les bois comme nous en étions convenus ?

— Parce que l'occasion était trop belle ! Toute la famille est réunie, et nous pourrions mettre un terme à au moins une de nos disputes.

Une dispute… Voilà comment Balthus parlait de la guerre fratricide qui déchirait les Warstone. Ce n'était pour lui qu'un simple sujet de conversation. Il y avait cependant plus pressant que de discuter des choix de mots de Balthus.

— Crois-tu qu'il soit possible que Ian empoisonne volontairement son *ale* pour faire porter le blâme sur quelqu'un d'autre ?

— De quoi diable parles-tu ?

Alors même qu'il formulait la question, Louve se sentit ridicule. Ian ne pouvait tout de même pas empoisonner ses propres tonneaux dans le seul espoir que quelqu'un d'autre s'empoisonne ou soit accusé… Cela n'avait guère de sens… De toute façon, le poison n'était pas le plus pressant de ses soucis.

— Rien, rien… Je dois te prévenir : il y a ici une cuisinière qui est arrivée il y a peu et qui a éveillé les soupçons de Ian. Celui-ci tient sa sœur prisonnière, et elle veut la sauver.

— Tu veux dire que quelqu'un d'autre est venu pour une mission… en même temps que nous ? C'est une plaisanterie.

— Hélas, non.

— Tu te rappelles que je suis moi-même un Warstone ? Parce que tu es là, devant moi, empoisonné et visiblement affaibli, et tu me parles d'une personne que tu veux aider.

Tu as bien conscience de me désigner tous tes points faibles, n'est-ce pas ?

Louve leva les yeux au ciel avant de lui tendre la main pour l'aider à se relever.

— Tu te rappelles que tu essaies de prouver que tu fais partie des bons ?

— Ah ! Alors c'est un test ? Si c'est le cas, il n'est pas bien compliqué de dévoiler le mensonge que tu me racontes : Ian ne s'est jamais soucié de quiconque, hormis sa femme et ses deux fils.

— La femme et les enfants qui ne se trouvent jamais avec lui ?

Balthus secoua la tête d'un air sombre, comme si Louve ne pouvait pas comprendre.

— S'il les tient à l'écart, c'est bien la preuve qu'il tient à eux, au contraire. Nous sommes tous constamment éloignés. C'est pour cela que je suis venu entre ces murs : ce genre de réunion familiale n'arrive jamais.

— Tes parents sont toujours ensemble, eux.

— Quand tu les verras aujourd'hui, tu comprendras pourquoi. Ils se haïssent profondément, mais leur soif de pouvoir et de richesses les garde unis aux yeux du monde, expliqua Balthus. Et puis il est compliqué de comploter contre l'autre lorsque celui-ci est constamment dans la même pièce.

Le jeune homme avait sans doute raison dans l'analyse de ses parents, mais il n'en restait pas moins que Ian gardât Margerie auprès de lui. Même si Balthus avait raison et que Ian gardait sa femme loin de lui pour la protéger, il avait vu de ses yeux la possessivité dont il faisait preuve à l'égard de Margerie.

Décidément, il ne comprendrait jamais les Warstone. Il ne comprenait ni leur avidité ni leur désir de pouvoir.

— Quoi qu'il en soit, cette nouvelle cuisinière veut secourir sa sœur et l'enlever d'ici. Tant que ce ne sera pas fait, aucune d'elles ne sera à l'abri.

— Je ne saisis pas bien en quoi la maîtresse de Ian serait

en danger, ni pourquoi il la retiendrait prisonnière. À moins que…

— Eh bien, quoi ? le pressa Louve devant son silence pensif.

— Je sais que Ian parle dans son sommeil. Peut-être la garde-t-il ici contre sa volonté parce qu'elle a entendu quelque chose qu'elle n'aurait pas dû ?

— Dans tous les cas, il nous faut la tirer de ses griffes.

Balthus haussa une fois de plus les épaules.

— Tu peux employer ce « nous » qui m'implique tant que tu veux, cela ne change rien à l'évidence : si Ian voulait voir sa maîtresse morte, elle le serait à l'heure qu'il est. Même si je t'accorde qu'il est étrange qu'il la fasse tant surveiller que tu l'affirmes.

Si Balthus avait vu Margerie, il comprendrait peut-être ce qui poussait son frère à vouloir la garder auprès de lui. Louve n'était pas aveugle, il pouvait parfaitement voir la beauté de la jeune femme, l'admirer même, mais non pas la désirer comme il désirait une certaine jeune femme qui ne cessait de le défier.

— Nous pourrons sans doute protéger sa maîtresse, en revanche, je m'inquiète pour Biedeluue, lâcha-t-il entre ses dents serrées. Ian n'était pas heureux de la découvrir sous son toit. Je suis certain qu'il a déjà dû envoyer des messagers pour obtenir des informations sur elle.

— Ah, c'est donc Biedeluue ? Tu ne me dis pas tout, petit cachottier. Cela dit, si cette cuisinière meurt abruptement, qu'est-ce que mon frère y gagnerait ?

Louve garda le silence car il n'avait effectivement pas la réponse à cette question. Avec un soupir, Balthus reprit :

— Notre frère Guy aurait certes pu assassiner pour le seul plaisir du meurtre, mais, crois-le ou non, le reste d'entre nous a plus de discernement. Ian ne tuera qui que ce soit que s'il en retire un bénéfice. Je ne vois pas lequel, à moins que… l'une de ces sœurs aurait-elle empoisonné l'*ale* ?

Louve était sûre que Biedeluue n'en avait rien fait, quant à Margerie, il ne pouvait en être absolument certain. Elle aurait eu une très bonne raison de le faire, néanmoins, les soupçons de Biedeluue étaient nés en voyant sa sœur grimacer en buvant l'*ale*.

— Aucune des deux, assura-t-il avec conviction. La cuisinière a testé l'*ale* précisément parce que sa sœur en avait bu et avait paru la trouver mauvaise.

— Mon frère en a-t-il bu également ?

— Je ne l'ai pas vu le faire.

— À qui ce poison pouvait-il bien être destiné ? À toi, sans doute, s'exclama Balthus dans un rire. Peut-être que Ian a anticipé ton arrivée.

Louve pressa ses tempes douloureuses.

— Je n'arrive plus à réfléchir posément.

— C'est parce que le poison t'a affaibli. Penses-y, ce n'est pas bête. Si tu mourais ainsi, personne n'aurait posé la moindre question.

— Quel bénéfice tirerait-il de ma mort ? répliqua-t-il.

— Tu es l'ami de Reynold.

— Reynold ne l'avouerait jamais.

— Oh ! sans doute pas, s'amusa Balthus. Pas plus que moi, d'ailleurs. Je refuse de me dire ami avec quelqu'un qui peut offrir sa loyauté et son aide à une fille de cuisine qu'il vient tout juste de rencontrer. Mais Ian ne s'y trompera pas. Tu es sans aucun doute ce qui s'approche le plus d'un ami pour un Warstone.

— Reynold ne commettrait pas la folie de réagir en vengeant ma mort.

— J'espère bien qu'il serait assez sage pour ne pas le faire, mais de ce que j'ai pu voir, il tient sincèrement à toi. Cela pourrait amuser Ian de le blesser, tout simplement.

— Pourrait-on envisager un instant une autre hypothèse que Ian qui empoisonne l'*ale* simplement pour s'amuser en me supprimant ?

— Comme tu veux… Seulement, il me paraît évident qu'aucun des serviteurs de la forteresse n'oserait commettre un tel acte. Je connais la plupart de ces gens depuis ma naissance. Ils ont toujours travaillé pour ma famille, d'abord mes parents, puis Ian. Alors pourquoi l'un d'eux déciderait soudain d'empoisonner l'*ale* ?

Le plus probable était que quelqu'un voulait voir accuser l'une des trois personnes dernièrement arrivées : Margerie, Biedeluue et enfin, lui. Ou bien Balthus avait raison et une des deux sœurs avait commis l'empoisonnement pour fuir. Il avait supposé que Biedeluue n'en avait rien fait, mais elle n'avait pas vraiment nié. Seigneur ! Ces doutes allaient le rendre fou !

— Je dois partir, grommela-t-il. Nous risquons d'éveiller les soupçons par notre absence. Nous sommes là depuis trop longtemps.

— Je suis bien d'accord ! Il est grand temps de repartir ! Tu n'es pas là depuis une journée que tu t'es déjà amouraché d'une servante ! J'en arrive à croire que Reynold t'a gardé auprès de lui parce que tu l'amuses bien plus que ne le pourraient ses livres ennuyeux !

Louve retint un soupir agacé. Tout n'était que plaisanterie pour Balthus.

— Ton frère n'appréciera pas de te découvrir ici, tu ferais mieux de partir loin de cette forteresse, rappela-t-il au jeune homme.

— Oh ! inutile de jouer les valeureux mercenaires ! Pour l'heure, tu ne t'inquiètes ni de moi ni de mon frère, tu te préoccupes seulement de ta petite cuisinière. J'ai hâte de la rencontrer. J'aurais dû prendre les paris sur cette histoire. Peut-être que je peux encore le faire avec les mercenaires de Ian ! Ils…

— Ne joue pas avec les soldats de Ian, ils te tueraient. Dois-je te rappeler qu'il a déjà essayé et qu'il y a de fortes chances qu'il recommence ?

— Il semblait pourtant fort content de me voir quand je suis arrivé dans la cour, s'amusa Balthus. Ne t'inquiète donc pas pour moi, va. Je suis le préféré de ma mère, et il n'osera rien faire contre moi devant elle. Mon père, en revanche…

En tout cas, pendant que je les tiens tous occupés, tu pourras te mettre en quête de ce satané parchemin.

— Balthus, ma mission principale est de te protéger.

— Non, ta mission c'est de trouver ce parchemin, et tu as visiblement besoin de mon aide pour y parvenir. Tu ne peux pas affronter seul Ian et mes parents.

Tess tint parole. Au point même que Biedeluue s'en voulut d'avoir un seul instant pu douter de son amitié. Si elle s'était confiée à elle plus tôt, elles auraient peut-être pu secourir sa sœur avant même que Louve n'arrive avec son sourire séducteur et ses mises en garde. Elles seraient déjà saines et sauves, chez elles, plutôt que piégées dans cette maudite forteresse pleine d'ennemis inconnus.

Heureusement, Tess et elle avaient mis au point un plan simple pour qu'elle puisse au moins parler avec Margerie. Tandis que toute la famille Warstone serait occupée à ses retrouvailles et les serviteurs à leurs tâches, Biedeluue se fondrait au milieu des chambrières. Elle pourrait ainsi accéder aux appartements privés qui se trouvaient dans la tour principale. Jeanne avait même accepté de les aider, sans même savoir pourquoi. Biedeluue lui avait demandé si elle voulait bien rester dans les cuisines à sa place pendant qu'elle portait les rafraîchissements aux invités.

Le seul souci était qu'il y aurait beaucoup de rafraîchissements à apporter dans les chambres privées avec l'arrivée de tout ce monde. Nourrir les habitants était aisé quand l'intendant se chargeait des menus et le maître queux du repas seigneurial. Seulement, plus d'intendant signifiait que la tâche retombait entièrement sur les épaules du maître queux. Et plus de maître queux signifiait que c'était à Biedeluue de tout prendre en charge. Comme elle devrait se rendre à l'étage, c'était Tess qui aurait la charge des cuisines. Cela pourrait éventuellement fonctionner, à condition que le maître queux qui venait miraculeusement d'entrer dans les cuisines, malgré l'aurore qui perçait à peine, veuille bien rester pour l'aider un peu.

Hélas, ce dernier ne semblait guère au mieux de sa forme. Son corps robuste se déplaçait lentement, et son regard restait dans le vague tandis qu'il donnait quelques ordres au personnel. Biedeluue et Tess échangèrent un regard anxieux.

— Le son de la corne a dû le réveiller, chuchota Tess.

Il semblait qu'en effet il avait éveillé toute la forteresse. Biedeluue n'avait jamais vu les cuisines aussi pleines !

— À quand remonte la dernière fois que Lord Warstone a reçu de la visite ?

— À plusieurs années ! Il vit en reclus, hormis quand il part guerroyer. Et je n'ai jamais vu les parents et les deux frères réunis sous le même toit.

Biedeluue songea à sa propre famille et à leurs liens si forts. Eux ne pouvaient rester ensemble comme ils l'auraient voulu. Les Warstone, en revanche, avaient tout pour rester près les uns des autres : de vastes demeures, plus de richesses et de prospérité qu'on ne pouvait en rêver. Pourtant, ils restaient tous éloignés et se déchiraient. C'était aussi frustrant que triste.

Comme elle songeait à sa frustration, Louve lui revint à l'esprit. Qui était-il véritablement ? Et pourquoi fallait-il que tous ses agissements soient contradictoires ? Il l'avait aidée avec l'*ale*, il avait affirmé qu'elle pouvait se fier à lui, pourtant il ne lui avait pas proposé son aide pour sauver Margerie, ni révélé ce qu'il était venu faire dans la forteresse de Warstone.

« Jouer avec Lord Warstone », cela voulait tout et rien dire. Quelle importance ? Elle n'aurait pas dû s'en soucier ! Seule sa sœur comptait.

— Je vais t'accompagner en bas de l'escalier de la tour, murmura Tess. Si quiconque s'interroge sur notre présence, je peux faire diversion pendant que tu montes.

Biedeluue souleva le lourd plateau dans ses mains.

— Je te dois deux faveurs, à présent, répondit-elle à voix basse. Une pour m'avoir apporté la robe de Bess pour que je puisse garder ma place ; l'autre pour ton aide maintenant.

— Deux ? s'étrangla Tess, l'air faussement scandalisé. Trois, tu veux dire ! J'ai dû argumenter longuement avec le garde et l'intendant pour te faire entrer ici en premier lieu.

Biedeluue roula exagérément des yeux.

— Je ne suis pas si sûre que tu m'aies fait une faveur, ce jour-là…

Chapitre 13

— Qui est là ?

Le murmure apeuré de Tess réveilla Biedeluue en sursaut, et elle se redressa sur son lit pour voir apparaître une silhouette sombre dans la chambre. Elle ouvrait la bouche pour hurler quand une main robuste l'en empêcha. Le large corps bloquait la faible lueur de la lune, cependant, elle reconnut aussitôt son odeur.

— Venez avec moi, plus un bruit, chuchota Louve.

Biedeluue jeta un regard vers Tess qui s'était elle aussi assise sur son lit et restait immobile. Les autres filles qui partageaient leur chambre ne bougeaient pas. Dormaient-elles ou écoutaient-elles ? Dans le doute, elle devait jouer son rôle de servante et obéir à l'ordre du cellérier.

Elle passa sa robe et son châle de laine sur ses épaules et le rejoignit rapidement dans la grande salle. Les premiers serviteurs étaient déjà levés car l'aube approchait.

— Que voulez-vous ? demanda-t-elle en tentant de dompter ses boucles rebelles à l'aide de ses doigts.

Quand elle leva le regard vers lui, elle surprit le sien qui l'inspectait. Elle baissa à son tour les yeux sur sa mise mais ne vit rien dans sa tenue qui dut être arrangée. Elle avait beau s'être habillée dans le noir, tous les lacets étaient correctement noués et, comme elle avait enfin récupéré sa robe, son décolleté était tout à fait sage.

— Qu'avez-vous fait hier ? l'interrogea-t-il d'un ton pressant. Je vous ai vue porter ce plateau vers la tour.

Il lui fit signe de le suivre, et elle obéit. L'échec de la veille était toujours vivace dans son cœur, aussi s'efforça-t-elle de cacher son émotion.

— Je n'ai rien fait d'autre que mon devoir, sir, affirma-t-elle d'un ton ironique. Les nouveaux venus voulaient quelques gourmandises et…

— N'essayez même pas ! la prévint-il en poussant une porte pour examiner la pièce.

Comme il la trouva vide, il l'entrouvrit davantage et lui indiqua d'entrer. Ce faisant, son corps effleura le sien, et Biedeluue sentit sa chaleur et sa force avant qu'elle ne s'écarte pour le laisser refermer la porte sur eux.

La petite pièce contenait des étagères, vides pour la plupart, à l'exception de quelques piles de linge qui ne semblaient plus guère utilisées. Il n'y avait presque pas assez de place pour que deux personnes y tiennent debout, aussi dut-elle s'adosser aux étagères en s'y agrippant. Même ainsi, ses pieds touchaient ceux de l'homme auquel elle n'avait pas cessé de penser depuis la veille.

Il l'avait embrassée avec une telle passion, avec rage, même. Jamais aucun homme n'avait agi de la sorte avec elle. Plus étonnant encore, elle avait répondu avec une passion égale. Ce baiser signifiait-il quelque chose, ou bien est-ce qu'il n'avait été qu'une tentative de distraction de la part de Louve ?

— Nous n'avons que peu de temps avant de nous mettre à l'ouvrage et nous ne devrions pas risquer d'être surpris ici, s'alarma-t-elle.

— C'est vous qui avez pris un risque en montant dans les étages hier. Qu'y avez-vous fait ?

— Que croyez-vous ? Ma sœur y était.

— Et Tess ? Est-ce qu'elle sait ?

— Oui, répondit-elle même si cela ne le regardait en rien.

Cette nouvelle sembla le plonger dans une certaine agitation, car il fit un pas de côté. L'étroitesse de la pièce ne lui permit cependant pas davantage.

— Qu'est-ce que vous avez à marmonner dans votre barbe ?

— Je ne marmonne pas. Je me rappelle seulement ce que je veux quand tout cela sera fini, expliqua-t-il en accroissant davantage sa confusion.

— Mais de quoi parlez-vous ? Je ne comprends rien.

— Bon sang ! Vous avez parlé à Tess de Ian et…

Ah ! C'est cela qu'il allait s'imaginer ?

— Bien sûr que non ! Je n'ennuierai pas mon amie avec vos petits jeux et vos secrets, s'agaça-t-elle. Elle nourrissait comme moi des soupçons sur la qualité de l'*ale* alors je lui ai confirmé ce que nous avons découvert et je lui ai aussi appris que je voulais ramener ma sœur chez nous. Tess a accepté de m'aider.

Il la regarda en silence un long moment, comme s'il hésitait à nouveau entre l'étrangler ou l'embrasser à perdre haleine. Biedeluue retint son souffle. Enfin, il poussa un lourd soupir avant de demander :

— Avez-vous vu votre sœur ?

— Assez de questions ! Dites-moi d'abord ce que vous marmonniez, il y a un instant.

Elle croisa les bras sous sa poitrine pour le regretter aussitôt. Même s'il n'avait pas baissé le regard, elle sentit sa tension alors qu'il mesurait à quel point ils étaient proches.

— C'est vous l'aînée, n'est-ce pas ?

— Qu'est-ce que vous sous-entendez ?

— Que vous êtes diablement exigeante, voilà tout.

— Et de quoi parliez-vous tout à l'heure, que voulez-vous « quand tout sera fini » ?

— Si vous tenez à le savoir, je me répétais ce que je veux faire de ma vie lorsque toutes ces intrigues seront derrière moi. Une terre à mon nom, une gentille femme, une vie paisible.

S'il lui avait dit qu'il rêvait de savoir voler, elle n'aurait sans doute pas été plus surprise.

— C'est à la paix que vous aspirez ? répéta-t-elle, interdite. Cela n'a guère de sens, vous en conviendrez… Vous avez menti pour entrer dans cette forteresse, vous feignez d'être quelqu'un d'autre, sans d'ailleurs m'avoir jamais dit qui vous étiez réellement. Lord Warstone joue un jeu dangereux avec vous, or, il n'est pas homme à jouer avec ceux qui ont moins de valeur que lui. Vous n'êtes peut-être pas de sang noble, pourtant, il ne fait aucun doute que vous êtes doué au maniement des armes. Vous avez reçu une formation de chevalier, je me trompe ?

Louve passa nerveusement d'un pied sur l'autre, et Biedeluue était certaine qu'il aurait reculé d'un pas s'il l'avait pu.

— Vous ne me connaissez pas plus que je ne vous connais, répliqua-t-il.

Elle planta un doigt accusateur dans son torse.

— Vous avez parlé d'intrigues au pluriel, ce qui veut dire que vos petits jeux contre Lord Warstone n'en sont pas à leurs balbutiements. Vous faites cela depuis longtemps, n'est-ce pas ?

Comme il fixait son doigt, elle s'empressa de reposer ses mains sur les étagères, dans son dos.

— Dites-moi si vous avez pu voir votre sœur hier. Et si quiconque vous a vue.

— Je ne l'ai pas vue, admit-elle.

Quand elle était parvenue dans le couloir de l'étage, une seule porte était close et gardée par deux soldats, les autres étaient ouvertes mais elle n'y avait trouvé nulle trace de sa sœur.

— Avez-vous parlé avec quelqu'un d'autre ? l'interrogea Louve. Y a-t-il le moindre détail que vous puissiez me dire, aussi insignifiant soit-il ?

Biedeluue comprit que toutes ces questions ne concernaient pas l'évasion de Margerie. Il s'inquiétait de sa propre mission.

— Pourquoi devrais-je vous aider ? lança-t-elle, piquée malgré elle.

Soudain, son regard se planta dans le sien, et elle sut, sans l'ombre d'un doute, que, quel que soit ce qu'il allait dire, il le pensait.

— Parce que je vais vous aider à libérer votre sœur des griffes de Warstone.

Son ton assuré l'irrita au plus haut point.

— Et je devrais vous croire ?

Ses yeux s'assombrirent brusquement.

— Oui, puisque je vous donne ma parole.

— Je n'ai effectivement rien d'autre que votre parole pour vous faire confiance.

Il serra les mâchoires.

— Que vous faut-il d'autre ?

— Eh bien, pour commencer, dites-moi quelque chose de vous.

— C'est-à-dire ?

— Quand vous parlez de jeux entre Lord Warstone et vous, de quoi s'agit-il ?

Devant son silence buté qui ne la surprit guère, elle insista :

— Qui êtes-vous réellement ?

Comme il persistait à se taire, elle leva les yeux au ciel.

— Très bien, alors comment savez-vous diriger une maison de cette taille ? Et ne vous contentez pas de me dire que vous l'avez déjà fait par le passé. Non, dites-moi quelque chose de précis, qui ait du sens.

— Nous n'avons pas besoin de nous connaître pour obtenir chacun ce que nous voulons, rétorqua-t-il. Je viens d'Angleterre…

— Je sais que vous êtes anglais, l'arrêta-t-elle. Inutile de me donner des informations que je connais déjà ! Si je dois vous faire confiance, j'ai besoin de vous connaître.

Néanmoins, elle était d'accord avec lui. Elle n'avait nul besoin de poser toutes ces questions personnelles, simplement… elle en avait trop révélé sur sa propre situation lorsqu'ils étaient dans le cellier. Il savait qu'elle venait d'une famille pauvre, qu'elle avait appris à lire et écrire à même la boue du chemin alors que personne dans sa situation ne bénéficiait de telles connaissances, que Margerie, quant à elle, avait reçu une éducation privilégiée.

Ce déséquilibre blessait sa fierté, mais ce n'était pas seulement cela… Le plus déstabilisant, c'était qu'elle ne savait pas si toutes les questions qu'elle lui posait venaient véritablement d'un besoin, somme toute naturel, de lui faire confiance, ou bien d'un désir beaucoup plus discutable de le connaître. Ce qui ne laissait pas de l'inquiéter, car depuis quand avait-elle envie de connaître un homme, quel qu'il soit ?

— C'est ridicule, s'impatienta-t-il. Vous ne connaissez pas les Warstone, sans quoi vous accepteriez mon aide sur-le-champ. Nous ne pouvons pas prendre le risque d'être pris !

— Dans ce cas, pourquoi m'avoir attirée jusqu'ici ?

— Vous êtes diablement entêtée, vous le savez ? Et vous savez également que je ne suis pas obligé de vous venir en aide.

— Je sais. Et c'est précisément pour cette raison que je veux comprendre. Il s'agit de ma sœur, et je ne peux pas prendre le risque de me fier à quiconque.

Il baissa le regard, et Biedeluue rougit en remarquant que leurs pieds étaient mêlés.

— J'ai un ami qui possède un vaste domaine en Angleterre, dit-il enfin. Il est parti pendant plusieurs années en me laissant la gestion de ses biens.

— Aimiez-vous votre vie là-bas ?

Il poussa un soupir sans toutefois relever le regard.

— C'était une existence éprouvante mais, oui, j'aimais cela. Il fallait bien souvent se battre contre les éléments et un temps peu clément, cependant… tous les paysans étaient solidaires et luttaient ensemble.

Ce qu'il décrivait lui paraissait idéal. Au son de sa voix, elle comprit qu'il chérissait tendrement ces souvenirs et cet endroit. Il semblait peu probable qu'il en soit parti de son plein gré. Qui aurait voulu quitter une telle existence ? Elle croyait deviner la triste fin :

— Lorsqu'il est revenu, il vous a renvoyé, dit-elle doucement.

Cette fois, son regard croisa le sien, et un lien invisible se noua entre eux. Soudain, Biedeluue fut prise d'une irrésistible envie de prendre une de ses boucles brunes entre ses doigts, de poser les lèvres sur la petite cicatrice sous son œil gauche.

— Qu'auriez-vous fait si mon ami m'avait jeté dehors ? Auriez-vous pris ma défense, Biedeluue ?

Sa question n'était plus qu'un murmure, et elle se sentit frémir de tout son être.

Louve se laissa envoûter par le spectacle de son beau visage où s'entremêlaient des émotions compliquées. Il n'était pas simple de lire en elle, mais il pressentait qu'en effet Biedeluue aurait tenté de le protéger. Et il aimait terriblement cette idée.

Avoir une femme qui tienne assez à lui pour le défendre… Non, avoir cette femme-là pour le défendre. Voilà un spectacle qu'il aurait aimé voir.

Pourquoi l'avait-il traînée jusqu'ici ? Pourquoi lui offrait-il son aide ? Avec elle, rien ne se passait jamais comme il s'y attendait. En fait, il n'agissait plus comme un être doué de raison, il réagissait à l'instinct. Or, ce n'était pas très intelligent, à cause de la menace qui rôdait partout autour d'eux.

Il aurait dû se mettre en quête du parchemin ou au moins protéger Balthus, plutôt que de songer sans cesse au décolleté délicieux que sa robe parfaitement taillée mettait en valeur.

Sans compter que l'étroitesse de leur cachette ne faisait rien pour apaiser son esprit. Ils étaient si proches qu'il pouvait sentir le parfum suave de sa peau encore chaude de sommeil. Il mourait d'envie de presser son visage au creux de son cou pour s'enivrer de cette fragrance érotique. Il voulait l'embrasser là, jusqu'à entendre ses gémissements doux qu'il avait déjà provoqués par leur premier baiser.

Tout en elle le fascinait et éveillait son désir, même ses yeux encore légèrement gonflés de sommeil et la façon dont elle tentait de dompter sa chevelure en bâillant. Il ne pouvait s'empêcher de la contempler puisqu'il n'y avait rien d'autre sur quoi poser les yeux dans cette maudite pièce !

— Il ne m'a pas forcé à partir, reprit-il. Je suis parti de mon plein gré.

Son regard s'étrécit.

— Vous aimiez être là-bas. Quelque chose vous a forcé à partir. Quelque chose vous a blessé.

Aussi ensorcelante que perspicace. C'était d'autant plus dangereux pour lui…

— Nicholas et moi étions amis depuis l'enfance, et je tiens toujours en haute estime l'amitié que sa femme et lui me portent.

Comme elle lui jetait un regard plein de doutes, il insista :

— Je vous dis la vérité.

— Peut-être, mais pas toute la vérité.

— Le moment est mal choisi pour cela.

Pourtant, une sorte d'instinct étrange l'incitait à lui dire le reste. Il lui avait déjà avoué son désir le plus cher, le plus secret, son rêve d'une vie paisible auprès d'une femme. Mais il voulait lui en dire plus. Prendrait-elle toujours sa défense s'il lui racontait qu'il avait tenu à une femme qui ne l'avait jamais aimé en retour ? En voudrait-elle à Balthus et Reynold de l'avoir entraîné dans cette existence de combats et d'intrigues après cette désillusion ?

Il aurait aimé le savoir, cependant, le vouloir n'était bon ni pour elle, ni pour lui, alors il reprit :

— À votre tour maintenant. Que pouvez-vous me dire d'autre sur votre visite à l'étage, hier ?

— Eh bien, Tess et moi sommes montées ensemble. Il n'y avait qu'une seule porte close et plusieurs gardes dans le couloir.

— Combien avez-vous vu de gardes ?

— Cinq, six peut-être ?

— Portaient-ils tous l'uniforme des Warstone, celui avec la bande rouge ?

— Non. Est-ce important ?

Cela signifiait que tous les gardes n'étaient pas encore passés à l'épreuve de la loyauté. Soit les Warstone se montraient plus négligents en engageant n'importe quel homme d'armes en échange d'argent, soit l'épreuve pour faire partie de la garde officielle était encore à venir. En conséquence, le fait que des gardes demeurent sans l'uniforme laissait une chance qu'ils puissent être achetés… Ou bien la possibilité qu'ils prouvent leur loyauté en les dénonçant à leurs seigneurs à la première tentative de corruption. Louve n'aimait guère les paris.

— Je ne sais pas, admit-il sans donner plus de détails. Il faut que nous fassions sortir votre sœur de ces appartements.

Biedeluue émit un soupir de frustration agacée.

— Précisément, je ne sais pas comment l'en faire sortir ! Je vous l'ai dit, il y a des gardes partout !

— Je vous aiderai, je vous l'ai dit. Nous devons sortir à présent. Notre absence va être remarquée.

— Je ne peux pas simplement vous croire sur parole ! J'ai mon amie, elle m'aidera.

Louve réfléchit à toute allure. Il ne fallait pas qu'elle implique d'autres personnes, cela ne ferait qu'accroître le chaos et le danger. Or, s'il sortait maintenant sans lui donner d'autre garantie, il ne doutait pas qu'elle agirait de son propre chef, sans attendre ses instructions.

— Quoi que vous fassiez, ne demandez pas à Tess de vous aider, la pressa-t-il. S'il vous faut plus de preuves pour vous fier à moi, je vous écoute, que voulez-vous savoir ?

Elle prit le temps de réfléchir avant de lever son petit menton volontaire.

— Parlez-moi de quelqu'un à qui vous tenez.

Sa question lui fit l'effet d'un coup de poignard dans l'âme.

— Non.

— Non ? Parce que vous n'avez jamais tenu à personne ?

Louve retint un geste d'impatience. Il n'aimait pas du tout la direction que prenait cette conversation.

— J'ai aimé beaucoup de gens, bien sûr, lâcha-t-il entre ses dents.

— Bien sûr, répéta-t-elle avec ce qui ressemblait à de l'amertume. Regardez-vous…

— Que voulez-vous dire ?

— Est-ce que vous vous moquez ? Je ne vais pas prendre la peine de vous dire ce que vous savez déjà, puisque vous avez eu des dizaines de femmes pour vous le dire.

Louve retint un mouvement de surprise. Se pouvait-il qu'elle soit jalouse à l'idée qu'il ait eu des femmes dans sa vie ? Dans son lit ? L'idée était à la fois exaspérante et… délicieuse. Cela pouvait-il signifier que l'attraction puissante qu'il ressentait pour elle n'existait pas que pour lui ?

Balthus se serait bien moqué de lui s'il avait su que le succès de leur mission tenait à une chose : la confiance que Biedeluue avait en lui. Même s'il ne comprenait pas entièrement pourquoi, il était d'accord avec elle : il était important qu'elle ait confiance en lui.

Pour débarrasser son front du pli soucieux qui le traversait, il décida de partager avec elle un souvenir pour le moins embarrassant.

— Hum, certes, j'ai connu des femmes, et une fois même deux à la fois. Est-ce ce que vous vouliez savoir ?

Elle cligna les paupières, stupéfaite, et il vit le rose lui monter aux joues. Incapable de retenir son hilarité, il s'exclama :

— Alors, vous me faites confiance à présent ?

— Ce n'est pas du tout ce dont je voulais parler et vous le savez parfaitement ! Vous êtes… Oh ! moi qui vous pensais sérieux !

— Eh bien, je ne l'ai certes pas été cette nuit-là. J'avais trop bu et, pour dire le vrai, je ne sais rien de ce qui s'est réellement passé. Peut-être un jour vous ferai-je rencontrer les mercenaires qui connaissent les détails de cette triste histoire.

Biedeluue gloussa avant de mettre une main sur sa bouche. La lueur joyeuse était de retour dans son regard quand, soudain, ses yeux s'écarquillèrent.

— Est-ce ce que vous êtes ? Un mercenaire ? Que faites-vous ici, dans ce cas ? Pour qui travaillez-vous ?

— Je ne suis pas toujours mercenaire, tempéra-t-il sans chercher à mentir.

Elle était de toute façon trop perspicace pour qu'il s'y risque.

— Mais vous en avez les talents, j'avais raison ! Vous pouvez réellement m'aider à sortir ma sœur d'ici ?

— Je peux au moins essayer. Et maintenant allons-y !

— Attendez ! l'arrêta-t-elle en levant une main. Ce n'est pas parce que vous avez nécessairement certains talents du fait de votre activité que j'ai pour autant confiance en vous.

— Seriez-vous en train de négocier avec un mercenaire, Biedeluue ? Qu'auriez-vous à échanger, d'ailleurs ?

Comme il aimait voir cette méfiance mâtinée d'amusement dans les profondeurs troubles de ses yeux ! Il aimait voir ses joues s'empourprer, et la façon qu'elle avait de mettre sa main sur sa hanche avant de l'enlever quand elle se rappelait, trop tard, qu'elle devait jouer les servantes humbles et modestes. Comment seraient leurs échanges s'ils pouvaient être entièrement eux-mêmes pour un instant ?

— Pourriez-vous simplement vous montrer… franc ?

La douceur de sa voix fit courir un lent frisson le long de sa colonne vertébrale. Il aimait l'intimité de leur conversation dans cette pièce trop étroite. Et si son esprit se demandait comment ils seraient s'ils étaient eux-mêmes, son corps semblait déjà connaître la réponse…

Ils échangèrent un long regard. Louve n'était pas prêt à tout lui révéler, mais il refusait désormais de lui mentir. Pas alors qu'elle devait pouvoir se fier à lui. Très lentement, sans la quitter du regard, il effleura sa main et la prit dans la sienne pour en tracer du doigt les lignes délicates. Tout chez cette femme le fascinait, Alors, enfin, il dit :

— Je n'ai pas toujours été mercenaire. J'ai vraiment commencé par gérer un domaine.

— Qu'est-ce qui vous a fait changer d'état ? demanda-t-elle d'une voix légèrement rauque.

Il n'avait pas voulu répondre à cette question, cependant elle ne lui avait pas retiré sa main, et la douceur de sa peau sous la pulpe de ses doigts l'ensorcelait. Comme il ne voulait pas la laisser partir, il lâcha dans un souffle :

— Elle s'appelait Mary et elle était métayère sur les terres de mon ami Nicholas. Elle possédait douze acres bien à elle, et une maison. Elle était veuve. Nous sommes restés ensemble plusieurs années, seulement… je n'étais pas celui qu'il lui fallait.

— Étiez-vous trop jeune ? demanda-t-elle doucement. Trop inexpérimenté ?

Il eut envie de rire en entendant son ton si sérieux. Cependant, parler de cela avec elle le déstabilisait. Ce n'était pas de mentionner Mary en tant que tel qui le troublait, non. Il avait fait la paix avec le passé depuis longtemps et, à vrai dire, il ne pensait plus jamais à elle. En revanche, il se languissait toujours terriblement de ce qu'elle représentait : un foyer, la douceur de vivre auprès d'une femme, une existence paisible. Depuis qu'il avait rencontré Biedeluue, ce rêve revenait, plus vivace que jamais, mais toujours hors de portée.

Il avait compris bien des années plus tôt qu'il ne trouverait jamais cela en restant sur le domaine de Nicholas. Il devait fonder son propre foyer. Voilà pourquoi il était parti.

Tandis que le silence s'étirait entre eux, Biedeluue enlaça ses doigts aux siens, si bien qu'il ne savait plus qui, d'elle ou de lui, tenait la main de l'autre.

— Aimait-elle toujours son premier époux ? demanda-t-elle.

Louve garda les yeux obstinément baissés car il savait qu'elle tenterait de lire sa réaction sur ses traits.

— Mon orgueil aime à le croire. À la fin, je savais que d'autres venaient manger à sa table et dormir dans son lit.

— Parce qu'elle avait des taxes à payer ?

— Pardon ? demanda-t-il, surpris par la conclusion qu'elle tirait.

Une porte qui claqua non loin les fit taire brusquement. Ils tournèrent d'un même mouvement la tête et tendirent l'oreille. La forteresse s'éveillait tout à fait. Le danger devenait bien réel. La pièce était petite et quasiment vide mais peut-être une servante aurait-elle besoin de ce linge entreposé ? Si quelqu'un ouvrait et les découvrait là…

Il lâcha sa main et releva le regard sur elle.

— Si nous sommes surpris ici, c'en est fait de nous, Biedeluue.

Elle était si proche qu'il ne pouvait lui cacher ses émotions. Il sut qu'il avait gagné lorsque son regard se fit hésitant.

— Nous pourrions toujours prétendre que nous sommes là pour… articula-t-elle avec peine. Pour…

Il aurait tant voulu être surpris avec elle pour la raison qu'elle n'osait pas évoquer à voix haute. Elle était si tentante, si téméraire et désirable. Sa robe couvrait sa peau mais c'était une barrière bien inutile face à son imagination.

Que ne donnerait-il pas pour la plaquer contre lui ? Pour l'embrasser à perdre haleine comme il aurait dû le faire la veille, sans colère ni émotion hormis ce désir incandescent qui enflammait tout son corps.

Dans cet espace trop petit, ses pensées commençaient à prendre trop de place. Même garder les yeux baissés n'était pas sûr quand il voyait ses petits pieds entre les siens. Il n'aurait jamais dû lui toucher la main. Se confier était une erreur.

Biedeluue ne mesurait pas les enjeux et, si tout se passait comme il l'espérait, elle ne saurait jamais le danger réel qu'ils couraient. C'était donc à lui de ne jamais oublier la menace mortelle qui pesait sur eux.

Seulement, ses lèvres roses étaient légèrement entrouvertes, ses paupières un peu alourdies, comme s'il venait justement de l'embrasser, et son corps réagissait malgré lui.

— Comment avez-vous eu cette cicatrice sous votre œil gauche ?

— Lors d'un entraînement, alors que j'apprenais l'art du combat à quelques jeunes mercenaires. Et vous ? Comment avez-vous eu celle de votre menton ?

— Un navet bouillant…, murmura-t-elle.

Il sourit, curieux d'en savoir plus mais, alors qu'il ouvrait la bouche pour poser la question, son regard brillant se posa sur ses lèvres, et il fut perdu.

— Biedeluue, souffla-t-il d'une voix rauque en prenant

son visage dans ses mains alors qu'elle passait naturellement les bras autour de son cou.

Ses doigts frais se serrèrent sur sa nuque comme il passait un bras autour de sa taille pour la presser contre lui. Il avait tant envie, non, besoin de l'embrasser. Seulement, il devait la protéger, c'était plus important encore que son désir. Alors il prononça à contrecœur les mots que son devoir lui dictait :

— Nous devons quitter cette pièce. Maintenant. Séparément.

Lorsqu'elle acquiesça et qu'il parvint enfin à relâcher son étreinte, il dit :

— J'ai une faveur à vous demander : restez dans les cuisines. Restez-y même si tout le monde en part. Je ne peux vous offrir toute la protection que j'aimerais, mais je resterai aussi proche que possible des cuisines pour vous venir en aide.

Elle plongea son regard dans le sien, si fière, si audacieuse, si courageuse.

— Il y a quelque chose que vous devriez savoir à mon propos, lâcha-t-elle enfin. Je déteste les cuisines.

Chapitre 14

— Cellérier !

Louve se retint de faire volte-face immédiatement. S'il le faisait, il aurait l'air de chercher à cacher quelque chose. Or, il avait trop à cacher. À propos de Biedeluue et des émotions qu'elle éveillait en lui.

Si Ian découvrait à quel point il était troublé par la brève étreinte qu'ils avaient partagée ce matin, par le baiser qu'ils avaient failli échanger… Il mettrait en scène la mort de Biedeluue le soir même en divertissement.

Tout le jour, Louve avait été soumis à une tension insupportable. Du fait de ses pensées, d'abord, mais aussi de la présence constante de Lord et Lady Warstone auprès de Balthus. À croire qu'ils encerclaient leur plus jeune fils comme des vautours autour de leur proie. Ian, en revanche, restait à l'écart. Il était pourtant dans la même pièce qu'eux, simplement, il était évident que ses parents se préoccupaient bien moins de lui que de Balthus. Ian était pourtant réputé être le favori de son père. Quoi qu'il en soit, Louve avait bien du mal à comprendre la logique des comportements de cette famille et plus encore à garder son calme devant la menace constante qu'il sentait peser sur Balthus.

Il s'était efforcé tout au long de la journée de se repasser en tête les éléments dont il disposait. Il revoyait Balthus à Troyes, qui venait apprendre à Reynold que Ian avait tenté de le tuer. Le plus jeune frère avait juré à son aîné qu'il ferait tout pour perdre les Warstone et leur folie des grandeurs. Cependant, à le voir aujourd'hui, il semblait se sentir comme chez lui auprès de ses parents.

Avait-il encore un allié solide ou aurait-il mieux fait de s'enfuir à la nuit tombée en renonçant à trouver le parchemin ? Comment parviendrait-il à fouiller une forteresse de la taille de Warstone sans personne pour surveiller ses arrières ? Seigneur ! Toutes ces questions le rendaient fou ! Il devait se fier à son amitié pour Reynold et garder un peu de foi en Balthus, sans quoi…

Lentement, Louve se retourna à l'appel de Ian qui avait approché dans son dos.

— Balthus est occupé, et mes parents prennent un peu de repos, annonça-t-il en plongeant ses yeux pâles et vides de toute émotion dans les siens. Nous avons à parler.

Sans feindre l'étonnement, Louve suivit Ian. De dos, ce dernier ressemblait énormément à Reynold, il avait les mêmes jambes nerveuses, les mêmes cheveux sombres, les mêmes vêtements luxueux dont un seul devait coûter ce qu'un métayer gagnait en deux ans.

Louve était d'accord avec lui sur un point : il était grand temps qu'ils se défient en face-à-face. Pour l'heure, il avait affronté Ian en jouant son rôle de cellérier et en patientant. Il devait à tout prix garder la main lors de l'entrevue qui allait suivre. D'ordinaire, Louve pouvait ressentir une certaine excitation à l'idée de se mesurer avec l'ennemi. En l'occurrence, toutefois, l'inquiétude dominait. Il y avait beaucoup trop de joueurs innocents dans la partie, et il voulait en priorité retirer Biedeluue et sa famille du jeu. Or, négocier avec l'aîné des Warstone était effectivement le seul moyen d'y parvenir.

Ils marchèrent le long d'un couloir jusqu'à une pièce dans laquelle il n'était jamais entré. Elle était sombre, à l'exception d'un rai de lumière qui pénétrait par l'unique meurtrière de laquelle Ian s'approcha pour regarder à l'extérieur.

Louve garda prudemment son dos vers la porte pour garder Ian dans son champ de vision. Il ne lui laisserait aucune opportunité de l'attaquer par surprise. D'ailleurs, il comptait garder l'effet de surprise de son côté, aussi lança-t-il :

— Votre frère a la même démarche que vous.

Ian se tourna vers lui avec un petit rire.

— Et moi qui ne savais pas ce que j'allais faire de toi.

— Et ? Une simple phrase de ma part vous a donné la réponse ?

— Une simple phrase qui permet tout de même d'éliminer beaucoup de mensonges et de révéler la vérité. Du moins, une partie de la vérité. Mais n'est-ce pas toujours le cas ?

— Vous lisez les grands philosophes ? demanda Louve, non sans ironie.

— Non, admit Ian en secouant la tête. Contrairement à mon cher frère. Comment va Reynold ?

— Il est vivant.

Ian leva un sourcil.

— Loyal… Mais je le savais déjà.

— Qu'aviez-vous à me dire ?

— Impatient, aussi… Cela, je l'ignorais.

Louve croisa les bras et s'adossa à la porte. S'ils s'affrontaient avec des mots, il devait se montrer extrêmement prudent afin de ne pas révéler involontairement la moindre faiblesse.

Avec un lourd soupir, Ian déclara :

— Je veux être ton ami.

Stupéfié par cette annonce inattendue, Louve ravala un rire nerveux.

— Je vois que tu es surpris… Peut-être qu'ami te semble un lien trop fort ?

Ian lui faisait l'effet d'un serpent : immobile et calme en apparence, mais prêt à se jeter sur sa proie à tout moment.

— Vous prononcez le mot « ami », et je m'attends à recevoir une dague dans le dos d'un instant à l'autre.

— Très bien. Alors préfères-tu le terme « connaissance » ? Ou « allié », peut-être ?

Louve secoua la tête sans sourire.

— Tous sont également inacceptables. Me direz-vous ce que je fais ici, Ian de Warstone ?

— Ne dois-je pas te poser des questions sur la raison pour laquelle Reynold t'envoie ? Je crois savoir que cela a un rapport avec ma mort. Eh bien, me voilà, conclut-il en écartant les bras.

La perspective d'en finir tout de suite était effectivement tentante…

— Pourquoi avez-vous laissé votre intendant partir et vos parents venir ? répliqua-t-il.

— Mon intendant est parti acheter des gobelets, évidemment, dit-il avec un rire grinçant. Une idée brillante, n'est-ce pas ? Quelles que soient tes intentions, je me suis dit qu'un peu de défi serait bienvenu. Une distraction telle que le départ impromptu d'un intendant est un début, cependant, j'apprécie à l'occasion les distractions plus… dangereuses. Or, mes parents sont dangereux… mortellement.

Louve réfléchissait à toute vitesse en laissant parler son adversaire. Quelque chose n'allait pas dans cette histoire. L'intendant avait été impatient de partir, avant même d'avoir discuté avec Ian pour lui demander la permission de quitter son poste. Ce n'était donc pas ce dernier qui lui avait ordonné de partir. Pourquoi cette hâte, alors ? Il y avait là un mystère qui devrait attendre.

— Vos parents semblent particulièrement attentifs à Balthus.

— C'est sans doute qu'ils s'inquiètent… Cela fait trop longtemps qu'il a cette blessure à la main. J'espère qu'elle n'est pas définitivement abîmée. Enfin, il lui restera toujours l'autre, n'est-ce pas ?

Tout en parlant, Ian leva vers Louve ses paumes afin qu'il observe la cicatrice profonde laissée par les flammes sur sa main gauche. Il avait la même sur la droite : deux paumes sévèrement brûlées, voilà comment on prouvait sa loyauté chez les Warstone.

Comme il se tenait debout près d'une torche, Ian fit passer une main puis l'autre dans la flamme, un sourire tranquille aux lèvres, comme s'il profitait simplement de la chaleur du soleil. La pièce s'emplit bientôt de la puanteur de chair brûlée. Malgré le sentiment d'effroi qui s'était emparé de lui, Louve s'obligea à garder le silence.

Pendant des années, il avait pensé que les Warstone étaient tout simplement fous. Les risques qu'ils prenaient, ces jeux mortels et ces intrigues fratricides… Il avait même craint perdre la raison en participant à leurs manigances. Cependant, jamais il n'avait été aussi persuadé de cette folie que devant Ian et son sourire inquiétant alors que sa peau se craquelait.

— Ma mère m'a brûlé la main si souvent que je ne sens plus la douleur. J'étais l'aîné, vois-tu, alors elle a agi différemment avec moi. Elle ne la gardait pas aussi longtemps sur le feu, beaucoup moins que Balthus, en vérité, néanmoins, elle le faisait beaucoup plus fréquemment. En conséquence, je peux toujours les utiliser à ma convenance. En revanche, elles sont toutes les deux insensibles à la douleur.

Seigneur ! Cette femme monstrueuse se trouvait en ce moment même sous ce toit, non loin de Biedeluue, de Tess, de ce petit rouquin que Biedeluue avait voulu défendre et de ce pauvre cuisinier qui pleurait son enfant… Un frisson d'horreur et de dégoût remonta le long de sa colonne vertébrale. Il brûlait tant du besoin de les protéger tous, de la protéger elle, par-dessus tout, qu'il dut serrer les poings pour se contenir. Comme il craignait que la moindre parole ne révèle l'intensité de son émotion, Louve garda le silence.

— Sais-tu ce que cela fait de ne rien ressentir ? continua Ian. Non, j'imagine que non. Tu n'as pas été élevé par des monstres sans âme.

Des monstres sans âme… Il savait que Ian disait vrai, et c'était d'autant plus effrayant qu'il avait vu son père, un homme d'apparence étonnamment joviale, et sa mère, qui avait certes la voix impérieuse des privilégiés, mais de là à les voir comme des monstres ? Non, rien ne transparaissait de leur cruauté.

— Nous avons tous des parents différents, répondit-il

cependant d'un ton détaché. Quel est le but de cette conversation ?

Ian tira enfin sa main fumante de la flamme et s'assit sur le banc étroit qui courait le long d'un des murs.

— N'es-tu pas las ?

— Las de quoi ?

— De toutes ces intrigues ? Chaque jour, chaque heure, chaque souffle de mon existence n'a été qu'un jeu. Je me pose sans cesse la même question depuis que j'ai trois ans, peut-être moins : est-ce que ce sera le dernier jour où je vois le ciel ? Je suis le premier à m'être marié et à avoir mis au monde des enfants. C'est pour cela que je suis aussi le premier à vouloir autre chose… Quelque chose de mieux. Si je mourais, qu'adviendrait-il d'eux ?

— Pourquoi me dire cela à moi, plutôt qu'à votre frère ? Balthus est entre ces murs.

Ian lui lança l'un de ces longs regards scrutateurs dont les Warstone avaient le secret.

— Tu es rusé… Cela aussi est une surprise. Je pensais que Reynold te gardait à son service pour ta loyauté, mais il y a plus que cela, n'est-ce pas ?

Louve garda le silence, accoutumé depuis longtemps à l'habitude qu'avaient les Warstone de formuler leurs pensées à voix haute sans pour autant attendre de réponse. Au début, il avait pris cela pour une tactique d'intimidation de la part de Reynold mais, avec le temps, il avait fini par comprendre que c'était ainsi qu'ils s'exprimaient, voilà tout. D'ailleurs, ce n'étaient pas ces réflexions qui terrifiaient Louve, au contraire, c'était ce qui restait tu.

— Je ne peux tout simplement pas communiquer avec mes frères, expliqua plaisamment Ian. Guy était sans nul doute le pire de nous quatre. Je n'ai jamais pu approcher les mercenaires qui gardaient sa forteresse, encore moins lui. Balthus, quant à lui, est trop confiant, trop doux, donc il n'est pas fiable. Et puis il va sans doute lui falloir un peu de temps pour me pardonner après que j'ai envoyé cet archer à ses trousses.

— Et Reynold ?

— J'ai tenté de le contacter. Tu ne me crois pas ? ajouta-t-il en levant un sourcil amusé. Je sais pourtant qu'il a reçu mes messages… et ce qu'il a fait… ensuite. Il y a quelques mois, à Paris, je lui ai fait savoir que j'étais tout près s'il voulait discuter.

— Vous n'avez envoyé aucun message quand nous étions à Paris. Je le sais, j'étais là. Pourquoi mentir ?

— Je ne mens pas. C'est ma flèche qui a abattu ce mercenaire devant ses portes. Mon frère le savait forcément car j'ai pris soin de faire moi-même les encoches, de façon qu'il reconnaisse ma signature.

Louve sentit la nausée l'envahir. Eude. Son ami. Un excellent guerrier qui n'aimait rien tant qu'agir. Aussi, il avait besoin des longues chevauchées et des combats pour lesquels Reynold le payait. Eude était un homme bon et courageux qui était mort pour rien, victime de la folie de Ian.

— Vous avez tué un homme pour envoyer un message ? articula-t-il. C'est la logique la plus stupide que j'aie jamais entendue. Votre frère n'a jamais vu cette fameuse flèche car c'est moi qui me suis occupé du corps du mercenaire que vous avez assassiné. Reynold n'a appris votre présence près de Troyes que bien après.

— Quel dommage, fit Ian avec une moue. Je n'ai jamais osé m'approcher davantage de Reynold que ce jour-là.

Il n'y avait dans son regard froid ni remords, ni honte, et Louve eut envie de frapper ce visage glacé de ses mains jusqu'à ce qu'une lueur s'allume dans ces yeux morts.

— De la colère ? C'est de plus en plus fascinant… D'autant que c'est toi qui n'as pas cessé de m'insulter, fit remarquer Ian.

— Les amis s'insultent souvent.

— Les ennemis aussi…

— Les ennemis ne se racontent pas leur vie familiale. Qu'est-ce que cela pourrait bien vous faire de savoir que j'ai grandi dans une famille heureuse ? Que ma mère chantonnait tout le temps, que mon père aimait lorsque la peau du cochon était croustillante ? Lorsqu'ils sont morts, je les ai pleurés sincèrement. Heureusement, ma grand-mère passait sa main calleuse de travailleuse dans mes cheveux et me préparait une soupe qui sentait bon notre foyer.

Ian étira ses jambes et ses bras comme si le banc était trop petit pour lui.

— Ce n'était pas le cas, reprit Louve. La plupart d'entre nous n'ont pas connu de foyer chaleureux et aimant, Ian, ils ne sont pas pour autant devenus ce que vous êtes.

Ian haussa les épaules comme s'il tentait vainement de trouver une explication.

— Je suis l'aîné, donc le premier sur lequel ils ont... expérimenté leurs méthodes. Ils ont fait avec moi des erreurs qu'ils n'ont pas recommencées avec les autres.

— La réputation de Guy était infamante. Oserez-vous prétendre qu'il avait l'âme plus douce parce qu'il n'était pas l'aîné ?

Ian se mit à rire tout bas.

— Guy me terrifiait. La cruauté dont il faisait preuve... Ce n'était pas quelque chose qu'il avait appris. Il avait cela dans le sang. Certains chiens de la meute sont plus assoiffés de sang que d'autres. C'est vrai pour toutes les familles aussi, non ? Loin de moi cependant l'idée de prétendre que je suis meilleur. La raison me quitte un peu plus chaque année, aussi, je vis reclus dans cette forteresse, loin de ma femme et de mes enfants. Je suis devenu imprévisible même avec eux. Les jeux, les manigances, les intrigues... Tout cela finit par avoir un prix.

Louve frémit malgré lui. Si c'était vrai, qu'arrivait-il à sa propre raison lorsqu'il se trouvait contraint de participer aux jeux dangereux des Warstone ? Risquait-il de devenir comme eux ?

Après tout, si quelqu'un était entré dans la pièce en cet instant, il aurait trouvé deux hommes en train de discuter civilement, comme des alliés plutôt que comme des ennemis. Qu'est-ce que cela disait de sa propre raison ?

Non ! Il n'avait rien de commun avec Ian ! Ce qui les différenciait, c'était que Louve n'oubliait jamais ce qu'il voulait, ni pourquoi il faisait ce qu'il faisait : pour obtenir ce foyer paisible et cette famille aimante dont il rêvait. Hélas, en présence de Ian, il pouvait presque se sentir tomber dans les eaux troubles de la folie.

— Est-ce si terrible de vivre loin de votre femme quand vous vous accordez de douces tentations ?

Ian émit un nouveau rire.

— Tu veux parler de ma maîtresse ? Trouves-tu qu'elle soit une tentation ? Je dois reconnaître qu'elle est intéressante à regarder. Pourtant, elle ne semble pas aussi intéressante que la femme que j'ai pu voir à ton côté.

Louve sentit un frisson glacé remonter le long de sa colonne vertébrale. Avec une perspicacité qui relevait presque de la magie noire, Ian avait deviné que Biedeluue ne lui était pas indifférente. En revanche, il ne devait surtout pas faire le lien entre Biedeluue et Margerie. Il avait sans nul doute envoyé des messagers pour enquêter sur l'histoire de Biedeluue. Aussi, Louve devait à tout prix faire libérer les deux sœurs avant le retour de ces messagers.

D'ici là, il lui fallait donner le change et jouer finement.

— Vous parlez de cette fille de cuisine ? Vous n'en savez pas beaucoup sur moi si vous ne connaissez pas mes goûts en matière de femmes, déclara-t-il avec morgue.

— Comme si je m'intéressais à tes goûts. Mon esprit est déjà envahi par des informations inutiles. Les petits jeux qui m'opposent à mes frères sont suffisamment épuisants, crois-moi. Celui qui se joue entre Reynold et moi est arrivé à une impasse. Si Reynold n'a pas su écouter mes messages, peut-être t'écoutera-t-il, toi, quand tu retourneras auprès de lui.

Louve ne savait plus que penser. Tout semblait inversé dans cette forteresse de malheur ! Ian paraissait vouloir le garder en vie alors que Balthus rendait joyeusement visite à sa mère et son père !

— Vos parents seraient-ils d'accord pour me laisser en vie ?

— Je ne peux pas parler en leur nom, admit Ian en levant les paumes en l'air.

— J'admets que je suis surpris de découvrir des aspects de leur personnalité que je n'aurais pas imaginés après les histoires que j'ai pu entendre à leur propos. Votre mère a un rire tout à fait charmant et votre père un sens de l'humour appréciable.

Ian se contenta d'émettre un vague grognement avant de demander :

— Pourquoi es-tu encore en vie en train d'aller et venir dans ma demeure, à ton avis ?

— N'est-ce pas parce que vous vouliez que nous soyons amis ? se moqua Louve.

— Certes, seulement, je ne peux apparemment utiliser ce mot sans m'imaginer recevoir ta dague dans le dos, tu te rappelles ?

— Il y a d'autres mots par lesquels nous pourrions commencer, proposa prudemment Louve.

Jusqu'à cet entretien, il n'avait pas pleinement mesuré l'instabilité de Ian. À présent qu'il prenait conscience de sa folie, il s'en voulait d'avoir rejeté les tentatives de conciliation de Warstone. Hélas, il était visiblement trop tard car Ian répliqua froidement :

— Je sais pourquoi tu es là et j'ai peut-être invité mes parents à venir en visite pour t'empêcher d'avoir la moindre occasion de fouiller mes appartements.

Le parchemin… Ian savait qu'il était venu le chercher !

Bon sang ! Il n'en pouvait plus de tous ces complots. Comment en vouloir à Biedeluue lorsqu'elle lui refusait sa confiance, alors qu'il était plongé dans un tel univers de méfiance et de tromperie qu'il ne savait plus qui il était ?

Qui était-il avec elle ? Voilà la question qui importait. Il n'était pas le jeune homme insouciant et heureux de sa prime jeunesse, mais il n'était pas encore dénué de toute joie réelle comme les Warstone. Il n'était qu'un pion sur l'échiquier, transformé au gré du jeu.

Aussi avait-il raison de tout questionner. Devait-il croire que le parchemin était bien ici simplement parce que Reynold l'affirmait ? Ou parce que Ian disait vouloir l'empêcher de fouiller les pièces ?

De toute façon, la présence réelle ou fictive de ce parchemin importait peu. Il semblait impossible de le trouver avec la famille de Ian dans les parages. Cette première partie de sa mission était un échec. Restait la protection de Balthus… Passait-elle par une trêve entre Ian et lui ?

— Pourquoi voudrais-je à tout prix fouiller vos appartements ? l'interrogea-t-il en prenant un air sincèrement étonné.

Ian haussa les épaules.

— Ces petits jeux sont amusants jusqu'à ce qu'on comprenne que ce sont toujours les mêmes joueurs que l'on affronte, et qu'ils ne s'arrêteront jamais.

— Quand nous gagnerons, le jeu cessera.

— Ah… Intéressant, tu aimes jouer, alors ? Eh bien, il est sûrement trop tard, mais je te donne quand même cet avertissement : pars. Sors de la partie avant que tu ne te retrouves aussi prisonnier que je le suis.

Chapitre 15

— Ne veux-tu pas monter te coucher ? demanda encore une fois Tess.

— J'ai encore quelques plats à préparer pour demain.

Biedeluue essuya son front moite de sa manche. Même si les cuisines étaient nettement plus fraîches qu'elles l'avaient été dans l'effervescence de la journée, elles restaient tout de même plus étouffantes que le reste du bâtiment.

Comme tout le monde était parti prendre un peu de repos pour la nuit, Biedeluue s'autorisa à relever ses cheveux en haut de sa tête et à retirer son bonnet. Elle desserra également les lacets qui fermaient son corsage pour respirer plus librement.

La présence du maître queux aujourd'hui l'avait véritablement aidée, même s'il s'était contenté de donner des ordres sans participer. Il avait commencé par ordonner d'allumer tous les feux des fours, raison pour laquelle la chaleur avait été insupportable au plus fort de la journée. Mais le voir là, debout, en dépit de ses épaules voûtées et de sa triste mine, avait donné du cœur à l'ouvrage à tous. Au bout de plusieurs heures, il était reparti en silence, comme il était venu.

Tess marmonna des imprécations contre le désordre qu'il restait à ranger.

— Je n'arrive pas à croire que tu sois restée enfermée ici toute la journée !

De fait, Biedeluue était restée debout tout le jour à préparer des mets. Elle n'avait pourtant pas menti à Louve en lui affirmant qu'elle haïssait les cuisines. Seulement, elle était prête à tout pour aider sa sœur, or, il lui avait dit de rester dans les cuisines, c'était donc ce qu'elle avait fait.

— Monte te coucher, ne m'attends pas, assura-t-elle à Tess.

— Je ne pourrais pas attendre, même si je le voulais, je suis épuisée, soupira celle-ci en se hissant sur les marches.

La porte se referma sur son amie, et le bruit se répercuta en écho sur les murs des pièces vides. Il y avait encore beaucoup à faire pour le lendemain, et les cuisines n'étaient effectivement pas rangées comme elles auraient dû l'être. Cependant, Biedeluue n'avait aucune intention de se remettre à l'ouvrage après la journée qu'elle venait de passer.

Non, si elle était là, c'était parce qu'elle attendait. Avec un peu de chance, Louve se montrerait bientôt. Fidèle à sa parole, il n'était jamais resté longtemps éloigné des cuisines. Tout au long de cette journée éreintante, ses allées et venues avaient constitué une distraction agréable à sa fatigue et son ennui. Il y avait dans sa force tranquille quelque chose d'étonnamment réconfortant, quoiqu'il ait pris grand soin de ne pas regarder dans sa direction quand il venait distribuer ordres et recommandations.

Elle connaissait cet homme depuis quelques jours à peine. Elle n'avait eu avec lui que quelques conversations. Cependant, les secrets qu'ils avaient échangés les avaient liés d'une façon étrange. Elle aimait à croire qu'elle s'était livrée à lui à cause du souci qu'elle se faisait pour Margerie mais, en vérité, il y avait quelque chose en lui qui l'incitait à se confier.

Elle avait pourtant appris depuis longtemps à ne se fier qu'aux membres de sa famille et à se méfier tout particulièrement des hommes qui savaient si bien tirer avantage de la confiance qu'on plaçait en eux. Pourtant, Louve parvenait à apaiser cette méfiance.

Sans doute grâce à sa façon particulière de sembler toujours présent et prêt à l'aider. Et puis également parce qu'il ne l'avait pas rabrouée alors qu'elle lui avait posé des questions aussi audacieuses qu'intimes. Elle en rougissait encore en y pensant ! Par son habitude de voyager et d'aller de place en place, Biedeluue avait pourtant pris l'habitude de ne pas trop parler d'elle, ni d'ailleurs de poser trop de questions sur la vie des autres.

Hormis avec Louve.

Elle lui avait confié son amour pour sa sœur, en revanche, elle avait caché la honte de savoir que Margerie avait reçu une bonne éducation grâce à l'aide de riches donateurs, et ce que cela impliquait. Parce que aucun bienfaiteur, aussi généreux soit-il, n'apprendrait à lire et écrire à une belle jeune fille sans naissance sans attendre quelque chose en retour. Jusqu'à ce jour, Margerie n'avait jamais révélé ce qu'elle avait dû faire pour obtenir le droit d'étudier.

Louve avait bien eu conscience de ce qu'une telle formation avait d'exceptionnel. Il avait compris, bien entendu. Cependant, il avait eu la gentillesse de ne pas commenter.

En échange, elle n'avait pas hésité à exiger des confidences intimes. Plus étonnant encore, il avait fini par lui en donner. Ainsi, elle avait appris qu'il avait quitté une vie qu'il aimait, une amitié qu'il chérissait parce qu'il n'y avait pas trouvé sa place. Elle avait lu la vérité dans son regard : il était parti à cause de cette femme. Biedeluue n'était pas préparée à la brutalité de la jalousie qui avait écorché sa poitrine quand il lui avait dit son nom. Avait-il profondément aimé cette Mary ?

Plus elle se posait ces questions, plus Biedeluue prenait conscience que sa fascination pour Louve allait bien au-delà d'une simple attraction physique pour ses cheveux sombres et ses yeux incroyables.

— Il fait chaud ici…

Elle fit volte-face en entendant sa voix. Il descendait les marches sans plus feindre la faiblesse physique, avec une grâce puissante qu'elle aimait d'autant plus admirer qu'elle était la seule devant qui il la révélait.

Comme son souffle se bloquait dans sa gorge, elle peina à articuler :

— Queux a ordonné d'allumer tous les fours car nous avions du retard pour faire rôtir pigeons et faisans.

Quelques pas de plus et il se retrouva devant elle, si grand, si fort… Sa puissance ne l'écrasait pas, ne l'effrayait pas, au contraire, elle lui donnait envie de…

Pourquoi réagissait-elle ainsi en sa présence ? La réponse n'avait sans doute rien de mystérieux. Après tout, il était là. Il était revenu comme il l'avait promis. Cela n'avait rien de particulièrement héroïque. Il n'avait pas traversé de terres arides ou combattu de dragons comme dans les romans de chevalerie, simplement, il était là, et sa présence lui apportait un sentiment de réconfort immense.

— Y a-t-il quelque chose qui ne va pas ? demanda-t-il, sans doute interloqué par son regard.

Honteuse, Biedeluue s'obligea à relever le regard.

— Euh non, non, vous avez l'air d'aller bien.

Il leva un sourcil amusé.

— Je ne posais pas la question pour moi.

L'humour pétillait dans ses prunelles intenses. Il y avait tant de facettes contradictoires chez cet homme qu'elle ne savait plus les compter. Un instant, il l'embrassait avec passion pour la punir, un autre, il lui promettait de l'aider sans rien demander en retour. Elle pouvait sentir, véritablement, la protection qu'il étendait autour d'elle. Et malgré son passé qui aurait dû la rendre plus prudente, elle voulait cette protection.

— À quoi diable pensez-vous ? demanda-t-il.

— Rien d'important, lui assura-t-elle maladroitement.

— Alors pourquoi vos joues rosissent-elles ?

— C'est simplement la chaleur. Dites-moi où Lord Warstone vous a emmené, tout à l'heure ? Je me suis inquiétée.

Il se détourna pour marcher jusqu'à une table.

— Je n'étais pas certain que vous resteriez dans les cuisines après que vous m'avez dit que vous détestiez cet endroit, dit-il en ignorant sa question.

— Je n'en étais pas certaine moi non plus, mais je suis finalement restée toute la journée !

Il passa un doigt sur la table encore couverte de farine et demanda avec une grimace :

— Et qu'avez-vous donc fait tout ce temps ?

Biedeluue se mit à rire. Cependant, la tension qui existait entre eux nouait déjà ses liens autour de sa poitrine. Alors qu'ils se trouvaient seuls dans les cuisines plongées dans la pénombre des torches et que seul le bruit sourd des portes qui claquaient dans les étages leur parvenait, elle ne songeait pas à rire.

— Je sais que vous lui avez parlé. Racontez-moi.

— Nous n'avons pas vraiment parlé de votre sœur. Dites-moi plutôt, pourquoi n'avez-vous pas quitté les cuisines de la journée ?

— Que voulez-vous dire, vous n'avez pas vraiment parlé d'elle ? Avez-vous l'intention de négocier avec lui, oui ou non ? Je croyais…

— Je ne peux pas négocier tant que vous n'avez rien à échanger contre elle, Biedeluue.

— Mais l'*ale*…

— Cela ne fonctionnera pas. Pour la bonne raison que bon nombre de personnes tentent de tuer Ian de Warstone chaque jour. S'il montrait la moindre faveur à l'égard d'une personne qui tente de lui éviter l'empoisonnement ou l'attaque d'un meurtrier, qu'est-ce qui pourra empêcher un véritable tueur de monter un scénario semblable pour se rapprocher de lui et l'attaquer quand il sera en confiance.

— C'est… balbutia-t-elle. Qui pense comme cela ? Cette logique n'a aucun sens !

— C'est pourtant la logique des Warstone. Par ailleurs, nous ne savons toujours pas qui empoisonne cette *ale* et nous pourrions ne jamais le savoir.

Biedeluue recula d'un pas. La déception lui laissait un goût amer dans la bouche. Ce n'était pas assez ! Elle avait été tout près de se fier à cet homme ! Quelle idiote elle était !

— Vous n'avez aucun plan pour la sauver, n'est-ce pas ?

— Si, il y a une chance que nous parvenions à la libérer,

seulement, il nous faudra choisir le bon moment. En parler à Ian tout à l'heure n'était pas du tout le bon moment, je vous assure.

— Une chance ? Je ne vais pas jouer la survie de ma sœur sur une possible chance !

— Biedeluue, je vais vous aider, je vous le promets, mais il y a d'autres enjeux que je dois prendre en compte. Je dois trouver le juste équilibre.

Elle croisa les bras, de plus en plus dépitée et en colère.

— Il n'y a pas d'équilibre qui tienne quand il s'agit de ma sœur ! Je vous donne un jour, pas davantage. C'est déjà plus que ce que j'aurais dû vous accorder.

Son expression s'assombrit soudain, et ils s'affrontèrent du regard.

— Essayez de comprendre, Biedeluue. J'ai parlé à Ian et, ce faisant, j'ai obtenu certaines informations. Votre sœur est effectivement en danger, de même que vous !

Elle s'apprêtait à lui tourner le dos quand son exclamation, proférée sous le coup d'une émotion évidente, l'arrêta.

— Que voulez-vous dire ? demanda-t-elle d'une voix rauque.

Louve se rapprocha et prit ses mains dans les siennes.

— Je sais qu'il a fait envoyer des messagers aux alentours pour découvrir qui vous étiez. Je ne peux pas garantir qu'il n'a pas déjà reçu une réponse. La situation est hautement dangereuse, Biedeluue. Il y a une véritable guerre qui se joue entre les Warstone. Vous ne le voyez sans doute pas, mais vous et votre sœur vous retrouvez au cœur de ces affrontements.

Au cœur de quoi donc ? Déboussolée, elle attendit qu'il poursuive. En vain. Une fois de plus, il lui délivrait une remarque énigmatique. À quoi s'était-elle attendue au juste ? C'était un homme plein de secrets, un mercenaire en qui on ne pouvait placer sa confiance.

— Dans ce cas, je vais emmener ma sœur loin d'ici au plus vite, grinça-t-elle en lui arrachant ses mains.

Elle avait déjà rejoint les marches lorsqu'il lança :

— Attends.

Il était là, tout proche, juste derrière elle.

— Moi non plus, je n'ai plus guère de patience, lui assura-t-il d'un ton pressant. J'ai été envoyé ici pour tenter d'éviter une catastrophe, or, mes pensées, mon âme tout entière ne sont occupées que d'une chose : de cette femme forte, courageuse, fière dont la seule présence me coupe le souffle.

Biedeluue avait cessé de respirer en sentant son parfum de grand air et la chaleur de son corps tout contre son dos. Sous le choc, elle ne put que l'entendre continuer :

— J'en sais si peu sur toi. As-tu un époux qui t'attend quelque part ? Un amant ? Dis-le-moi, je t'en prie.

Biedeluue comprenait confusément ce qui se passait entre eux. La raison avait perdu ses droits, et ils étaient tous les deux pris dans un envoûtement trop puissant pour être réprimé. Sa propre colère se dissolvait face à ses mots si doux à son âme.

— Il n'y a ni mari ni amant dans ma vie pour le moment. Ni jamais deux hommes en même temps dans mon lit, ajouta-t-elle dans un effort désespéré pour rompre l'envoûtement.

Louve eut une brève expiration.

— Je ne sais pas si j'aime ou si je hais cette idée. Veux-tu savoir pourquoi je hais l'image que tu viens d'évoquer ? murmura-t-il tout près de son oreille. Parce que je n'étais pas l'un de ces hommes.

Biedeluue s'immobilisa, interdite. Il ne se formalisait donc pas qu'elle ne se comporte pas comme une jeune vierge effarouchée ?

— Tu serais prêt à…

— Te partager ? Non, j'en serais incapable. Je suis trop affamé de toi pour cela.

Ses mots étaient comme des caresses sur sa joue, son cou, son oreille.

— Mais j'aime te savoir audacieuse, libre. Je durcis à chaque fois que j'admire ton courage et ton esprit rebelle. J'ai tant besoin de goûter tes lèvres, Biedeluue, si tu savais…

Seigneur ! Que faisaient-ils ? Ils perdaient tous deux l'esprit alors que ce n'était pas du tout le moment. Mais quand, si ce n'était pas maintenant… ?

— Je n'appartiens à aucun homme. Aucun ne m'a jamais déclarée sienne.

— Jusqu'à moi, gronda-t-il.

Il la laissa se retourner entre ses bras pour observer son visage et sa réaction aux mots qu'il venait de prononcer.

Ses yeux avaient une couleur si inhabituelle. Ils n'étaient pas clairs et limpides comme ceux de sa sœur, mais infiniment complexes dans leurs nuances mêlées et chargés d'une multitude d'émotions plus difficiles encore à saisir. Il aimait contempler ce ballet indistinct alors que son regard s'assombrissait lorsqu'elle tentait de discerner sa sincérité. Il aimait qu'elle n'ait pas reculé, de sorte qu'il pouvait sentir l'effleurement de sa poitrine contre son torse à chacune de ses inspirations.

Les mains toujours posées sur ses épaules, il laissa ses pouces caresser délicatement ses clavicules.

— Je ne laisse aucun homme me déclarer sienne, répondit-elle en relevant son petit menton volontaire.

Il la croyait sans peine. Elle était généreuse, loyale, courageuse, mais aussi indépendante et forte. Pourtant, il était incapable d'ignorer ce qui existait entre eux.

— Alors, si tu me laissais… t'emprunter… Juste un moment ? proposa-t-il doucement.

Elle entrouvrit les lèvres en comprenant le sens de sa question. Fasciné par la rougeur qui colorait la peau nacrée de son cou, Louve fut incapable de détourner le regard. Il voulait savoir jusqu'où s'étendait cette délicate coloration, plus bas, sous son décolleté. Commençait-elle juste là, au niveau de son cœur ?

— Je dois gérer des situations qui exigent de moi que je reste concentré, mais, dès que je suis à ton côté, je ne veux plus être cet homme. Je veux redevenir l'homme téméraire et fou qui t'a embrassée.

Il voulait plus encore qu'un baiser, il voulait la découvrir tout entière. Et pas pour une seule nuit, non, il sentait au plus profond de son être que son désir pour elle ne s'éteindrait pas. Tout en elle lui disait qu'elle était *la* femme. Celle qu'il attendait et dont il rêvait depuis si longtemps. Elle connaissait son passé et n'avait pas seulement cligné les paupières en apprenant qu'il était mercenaire. Par ailleurs, il aimait leurs joutes verbales et appréciait son humour piquant. Il admirait son sens de la loyauté et la générosité dont elle faisait preuve avec ceux auxquels elle tenait. Plus que tout, elle le fascinait, et il brûlait de découvrir tous les mystères de son corps sensuel.

Louve s'était toujours demandé si l'amour tel que le chantaient les troubadours existait, si lui tomberait un jour dans les rets d'un tel amour, et comment cela arriverait. Il avait vu ses amis tenter vainement de se débattre avec des sentiments trop puissants pour eux, quand lui savait que jamais il n'essaierait de se détourner d'un tel miracle. Depuis toujours, Louve recherchait l'amour et il avait tant attendu de trouver enfin la personne qui l'épaulerait et l'accompagnerait tout au long de sa vie…

Enfin, elle était là, devant lui.

Alors, tandis que Biedeluue restait dans l'étreinte légère de ses mains, tandis qu'elle se laissait emplir par ses mots et la chaleur de ses doigts sur son cou, il songea qu'elle aussi pouvait peut-être partager le même besoin d'amour et de tranquillité.

Dès que cette mission serait terminée, dès que Margerie serait libérée, il lui trouverait une maison où elle pourrait casser des gobelets à loisir et élever leurs enfants. Leurs filles seraient sauvages et rebelles comme elle.

— M'embrasser ? Coucher avec moi ? Non.

Ce simple mot suffit à refroidir ses ardeurs, et il baissa aussitôt ses mains. Biedeluue recula d'un pas, l'air aussi choqué qu'il l'était par ce refus brutal.

— Je ne peux pas te faire confiance.

Louve sentit un soulagement intense monter en lui en entendant ces mots. Elle ne le rejetait pas, lui. Non, simplement, elle ignorait ce qu'il ressentait pour elle, la profondeur de ses sentiments, la certitude de son amour. Hélas, il était encore trop tôt pour le lui dire.

Il pouvait voir à travers les défenses qu'elle avait érigées autour d'elle. Bientôt, il lui laisserait voir à travers les siennes.

Cet homme était trop… tout. Trop puissant, trop troublant, trop…

Dès le premier instant, Biedeluue avait eu du mal à croire qu'un tel homme puisse exister. Personne d'autre que lui n'avait de tels yeux, ou cette façon irrésistible de tourner légèrement le menton lorsqu'il lui parlait. Plus encore, elle avait envie de lui faire confiance, alors même qu'elle avait appris durement à quel point il était dangereux de se fier aux hommes qui proposaient leur aide. Pourtant, elle voulait croire qu'il l'aiderait à sauver sa sœur, aussi ridicule que ce soit.

— Tu as une mission à accomplir, lui rappela-t-elle.

— Biedeluue, gronda-t-il.

Elle raffermit sa résolution pour se défendre de lui.

— C'est vrai ! Tu es un mercenaire payé par quelqu'un pour accomplir une mission. Tu refuses de me dire quoi ou par qui, mais tout cela met ma sœur en danger, alors, même s'il s'agit de la sécurité de royaumes entiers, je ne veux pas prendre un tel risque.

Il s'immobilisa soudain.

— Pourquoi parles-tu de royaumes ?

— Tu n'arrêtes pas de dire que les enjeux sont plus grands que je ne peux l'imaginer. Je ne suis peut-être pas de sang noble, cependant, j'ai appris à connaître les seigneurs, et nous nous trouvons dans une forteresse Warstone. Que peut-il y avoir de plus que la destinée de nos deux royaumes en jeu ?

Louve baissa un instant la tête pour réfléchir. Elle avait raison, et il ne cherchait visiblement pas à la contredire. Pourtant, force était d'admettre que ce qui existait entre eux lui semblait en cet instant plus réel, plus précieux que tout le reste.

— Si ce qui se passe entre nous était simple, il serait sans doute facile de tourner le dos, de dire non. Te semble-t-il que notre… attraction soit une chose dont tu peux te détourner ?

Biedeluue peinait à reprendre son souffle tant l'étau qui enserrait sa poitrine l'éprouvait.

— Que ce soit facile ou non, nous devrions nous en détourner, murmura-t-elle. Je ne peux tenir qu'un rôle à la fois et, pour l'heure, je ne peux être que la sœur de Margerie qui joue les filles de cuisine pour la sauver !

Comme elle n'avait plus de mots pour combattre la force du lien qui les unissait, elle se détourna précipitamment. Elle n'aurait pas pu résister davantage sous son regard intense. Même ainsi, elle pouvait sentir ses yeux rivés sur elle. Il parcourait du regard ses épaules tremblantes et, plus bas, la courbe arrondie de ses hanches généreuses.

— Et moi, je suis un mercenaire qui prétend être cellérier. Seulement, auprès de toi, Biedeluue, je ne suis plus qu'un homme devant une femme qu'il désire de toute son âme.

Sa voix dans son cou était basse, presque rauque, et un long frisson la traversa. Elle tentait désespérément de trouver des raisons de le maintenir à distance. Or, il y en avait tellement, et d'excellentes ! Pourquoi alors était-ce si difficile ? Sa volonté n'était pas assez forte pour la détourner de cet homme et de ses mots.

— Dis-moi, demanda-t-il.

— Te dire quoi ? répliqua-t-elle en refusant toujours de se tourner dans sa direction.

— Quel est l'opposé de « homme » ?

Femme, voilà la réponse qu'il attendait et qu'elle avait sur le bout de la langue. Oh oui ! Avec lui, elle se sentait infiniment, profondément femme. Savait-il que son cœur battait plus vite à chacun de ses mots ? Que chaque respiration était plus hachée, plus difficile que la précédente ?

— Oserais-tu le nier ? reprit-il en se pressant dans son dos. C'est là depuis la toute première fois.

Biedeluue retint un gémissement de désir en sentant son sexe dur se presser contre ses hanches. Elle se força à déglutir pour articuler :

— La toute première fois, j'étais ivre.

— Pas moi.

— Je n'étais pas moi-même. Empiler des gobelets n'est pas l'une de mes spécialités, se défendit-elle.

Il rit tout bas, et son souffle chaud se mêla aux petites mèches de sa nuque.

— Oh si, ça l'est. J'en suis sûr.

Elle se tourna vers lui, incapable de résister plus longtemps à la tentation. Louve posa les mains sur ses bras, caressant lentement sa peau frissonnante, de ses épaules à ses poignets. Elle avait beau s'en défendre, elle avait besoin de ce contact.

— J'ai dû travailler toute ma vie, murmura-t-elle soudain. Mon aide n'était pas suffisante en restant à la maison, alors j'ai aidé mes frères et ma mère aux champs ou à la cuisine. Il y a eu tellement d'obstacles.

— C'est courant quand on doit gérer l'organisation de toute une maisonnée.

Il ne comprenait pas. Il était né homme. Il n'imaginait pas ce qu'elle avait dû faire pour obtenir le droit d'utiliser le bœuf du voisin afin de labourer la terre de leur petit champ. Elle ne voulait pas y penser. Pas alors que les pouces de Louve passaient et repassaient délicatement dans le pli de ses coudes. C'était à la fois réconfortant et érotique, si bien que ses seins se tendaient douloureusement sous son corsage.

— Ce n'était toujours pas assez, alors j'ai dû partir chercher du travail dans le village d'à côté. À chaque fois que l'aubergiste me payait, je rapportais immédiatement l'argent à la maison et je le donnais à ma mère. Nous pouvions payer les taxes, j'avais des amis, c'était une époque heureuse. Et puis…

— Et puis, tu as mis des braises dans les chausses de quelqu'un.

Son intervention était si loin de ses pensées moroses qu'elle le fixa un instant sans comprendre.

— Tu as versé un seau de pisse sur la tête de quelqu'un, proposa-t-il encore, l'air parfaitement sérieux.

Cette fois, Biedeluue ne put retenir un gloussement.

— Non ! s'exclama-t-elle. Est-ce que, toi, tu as fait cela ?

Il leva ses sourcils d'un air mystérieux.

— J'ai pu participer à ce genre d'aventures…

— Eh bien, j'ai joué un rôle dans une malheureuse aventure, moi aussi, et cela m'a coûté ma place à l'auberge. J'ai dû partir dans un village plus lointain, puis un autre encore… Et ainsi de suite. À présent, je suis très loin de chez moi. Tout ça à cause de mon fichu caractère.

À son expression sérieuse, elle vit qu'il avait compris la souffrance que cela représentait pour elle. Lui non plus n'était pas d'un sang noble et il n'avait pas grandi dans la richesse. Il avait dû gagner sa vie tout comme elle. Il lui serra gentiment les bras.

— Tu ne dois pas changer pour autant, dit-il.

— Il le faut. Je ne peux pas continuer ainsi à m'éloigner des miens parce que mes folies me coûtent toujours mon poste.

— Mais, ici, tu joues un rôle !

Biedeluue sentit son cœur se serrer car, en vérité, elle n'avait jamais autant révélé sa personnalité joyeuse et rebelle qu'ici.

— Pas vraiment, ou si peu… D'ordinaire, il me faut des mois pour me laisser aller à devenir moi-même auprès des autres. Ici, parce qu'il me fallait sauver ma sœur, j'ai dû me comporter tout à fait différemment avec l'intendant et avec le reste des serviteurs, pour gagner leur confiance et leur amitié.

Comme elle se livrait davantage sur sa vie, la flamme qu'elle vit au fond de ses prunelles la réchauffa davantage encore que ses mains sur elle.

— Comment as-tu su, d'ailleurs, que ce stupide jeu des gobelets était mon idée ? Tu venais juste d'arriver…

Ses yeux la contemplaient comme s'il tentait de mémoriser chacun de ses traits, et Biedeluue sentit son corps s'alanguir contre lui alors qu'il immobilisait ses mains autour de ses hanches.

— Parce que tu es l'excès même, souffla-t-il. Non, ne te détourne pas. Reste avec moi.

Affolée par l'intensité de son regard, Biedeluue s'était à nouveau détournée pour ne plus sentir ses yeux posés sur son visage. Encore un instant, elle écouterait ce qu'il avait à dire et puis elle partirait, vite, et sans se retourner. Il le fallait.

— Je suis là, souffla-t-elle.

— Ne fais pas ça. Regarde-moi en face comme tu regardes tous les autres défis. Je veux que tu me regardes pour savoir que ce que je m'apprête à te dire ne te causera aucune souffrance. As-tu conscience de tout ce que tu donnes ? La protection que tu offres aux autres ? Ta générosité ? Ton cœur ? Tu donnes tant, Biedeluue… même à moi.

Ils étaient si proches que leurs fronts s'effleurèrent.

— Tu n'as pas mon cœur, dit-elle dans un souffle.

— Mais j'ai absolument toute ta colère, et tu es incroyablement généreuse en la matière, rétorqua-t-il avec un doux sourire.

Quand il souriait ainsi, une fossette se creusait dans sa joue, comme s'il avait l'habitude de rire souvent.

— Tu aimes rire.

— Oui.

— Comment peux-tu à la fois plaisanter, jouer les cellériers autoritaires, être un mercenaire dans une mission mortelle ?

Son sourire s'élargit.

— Je peux faire plein de choses à la fois, tout comme toi. J'aime aussi me mêler de ce qui ne me regarde pas, d'ailleurs, tout comme toi…

— Et que se passe-t-il quand tu interfères avec mes affaires ?

Les yeux pétillants, il pencha la tête de côté.

— Eh bien, pour commencer, tu as l'air de vouloir me jeter quelque chose à la tête.

Comme elle émettait un reniflement moqueur, il s'approcha davantage pour murmurer :

— Mais il y a autre chose, n'est-ce pas ? Je sais qu'il n'y a pas que cela. Il y a plus…

Elle sentit son souffle caresser son oreille.

— Oui, admit-elle.

— Tu m'as parlé de ta famille, de toi, cela veut forcément dire quelque chose…

Elle se récria aussitôt, comme pour tenter désespérément de garder encore un peu de distance :

— Je ne t'ai pas beaucoup parlé d'eux ! Tu ne connais même pas leurs noms.

Louve se redressa, l'air soudain solennel.

— D'accord. Alors, si c'est vraiment ce que tu veux, si tu ne veux vraiment pas partager plus avec moi, je t'écouterai, Biedeluue. Si c'est ce que tu veux, je pars dans l'instant, je te le promets.

Cette fois, il n'y avait plus trace d'humour dans son regard. Il était sincère. Et si elle l'était à son tour, elle ne voulait pas le voir partir. Elle voulait poursuivre leurs échanges, elle voulait encore sentir ses mains sur elle.

Néanmoins, ce ne pouvait être que temporaire. Il avait ses devoirs à accomplir, et elle avait sa sœur. Dans ces conditions, peut-être… peut-être pouvaient-ils avoir cette nuit ?

— J'admets que je ressens quelque chose de particulier avec toi, admit-elle.

Comme son sourire gentiment moqueur revenait, elle précisa, pince-sans-rire :

— De l'ennui.

— Oh ? Vraiment ? dit-il en tournant autour d'elle pour se placer dans son dos.

— De l'ennui, sans aucun doute, lui confirma-t-elle. Tu me demandes de te faire face et tu te places dans mon dos un instant plus tard. N'est-ce pas la définition même de l'ennui ?

— Est-ce que l'ennui ressemble à cela ? demanda-t-il en effleurant son oreille de ses lèvres. Ou peut-être à cela ?

Cette fois, sa bouche effleura son cou. Biedeluue sentit sa vue se troubler un instant sous le coup d'une émotion puissante. Que voulait-il ? Il ne fallait pas qu'il recommence cela, sans quoi elle se retournerait immédiatement entre ses bras, or, il méritait qu'elle le fasse patienter !

— Non, ça, ce n'est pas de l'ennui, c'est de l'exaspération, dit-elle dans un souffle.

Au même instant, ses dents effleurèrent le lobe délicat de son oreille :

— L'exaspération ressemble plutôt à cela, non ? À moins que ce ne soit plutôt…

Cette fois, sa langue passa le long de son oreille, la faisant frémir violemment.

— De la contrariété ! gémit-elle.

Il changea d'oreille et recommença les mêmes attentions : d'abord son souffle chaud, puis ses lèvres douces, et enfin sa langue brûlante qui descendit plus bas le long de son cou. Biedeluue était incapable du moindre geste, elle ne parvenait plus à penser, terrassée par un plaisir inconnu.

Louve enfouit le visage dans son cou en émettant un grondement rauque qui se réverbéra dans tout son corps. Ils ne parlaient plus, ils n'échangeaient même plus de mots vides de sens. Les sensations étaient trop fortes, trop extrêmes. Chacun de ses contacts, aussi léger soit-il, la faisait vibrer.

Biedeluue ne cherchait plus à cacher qu'elle avait besoin de ses mains sur elle. Il devait parfaitement entendre son souffle haché, tout comme il devait voir les battements affolés de son cœur à travers la fine étoffe de son corsage. Il passa une jambe entre les siennes, et sa cuisse se pressa contre ses fesses. Lentement, il saisit le lacet qui fermait son corsage entre ses doigts et l'éleva à hauteur de ses yeux. Biedeluue attendit qu'il tire dessus. Il n'en fit rien.

Par le passé, les hommes qu'elle avait connus s'empressaient de découvrir sa poitrine avant de se glisser avec impatience entre ses jambes. Louve ne semblait nullement pressé, cependant. Pourtant son désir ne faisait aucun doute. Elle pouvait sentir sa respiration saccadée dans son cou, les battements frénétiques de son cœur contre ses omoplates et la rigidité insistante de son sexe plus bas.

Lentement, il fit aller et venir le lacet entre ses doigts. Il n'aurait eu qu'à tirer légèrement pour que tout le corsage s'ouvre et que sa robe tombe à ses pieds.

— Et cela, Biedeluue, qu'est-ce que c'est ?

Elle ne le savait pas elle-même. Soudain, elle saisit les mains qui jouaient avec le lacet pour forcer elle-même l'ouverture du nœud qui la libérerait enfin. Elle écarta impatiemment les pans du corsage. La robe s'ouvrit devant, mais resta entre eux dans son dos.

— Encore de l'ennui, sûrement, haleta-t-elle.

Un léger rire lui caressa la peau, et Biedeluue n'eut pas à se demander où se posait son regard. Elle savait que les pointes sombres de ses seins apparaissaient clairement sous le fin tissu de sa chemise. Il s'écarta à peine, et l'étoffe qui restait entre eux tomba à ses pieds. Elle n'était plus qu'en chemise, alors que lui était entièrement habillé.

Elle aurait voulu se retourner, mais déjà ses longs doigts agiles détachaient les mèches hâtivement relevées en haut de son crâne.

— Oh ! non, ce n'est pas de l'ennui, ma belle briseuse de gobelets.

Sa voix rauque disait assez qu'il était dans le même état de volupté qu'elle. Il referma les poings sur les pans de sa chemise et attendit patiemment qu'elle lève les bras au-dessus de sa tête. Quand il se mit à remonter le tissu sur ses hanches, elle passa les bras en arrière, autour de son cou et tourna le visage vers lui. Louve saisit aussitôt l'invitation et s'empara de ses lèvres. Leur baiser n'était que passion brûlante et désir affolé. Enfin, il s'écarta, à bout de souffle, mais elle ne relâcha pas pour autant son étreinte. Elle se cambra contre lui, pour mieux sentir son corps.

— Que fais-tu, ma belle ensorceleuse ?

— Je veux te sentir, avoua-t-elle.

Il remonta davantage la chemise sur son corps.

— C'est bien mon idée, gronda-t-il.

Il était grand et fort, mais elle n'était pas vraiment une frêle jeune fille. Or, sa chemise, quoiqu'elle ne cache plus grand-chose, masquait encore un peu ses formes trop généreuses à son goût. Aussi hésitait-elle à le laisser continuer. Biedeluue n'avait pas l'habitude de douter ainsi d'elle-même quand un homme la prenait. Avec lui, cependant, tout était différent. Elle sentait que quelque chose d'inhabituel se jouait entre eux et elle hésitait.

— Biedeluue, je n'ai pas pu te voir la dernière fois, laisse-moi te découvrir enfin.

Les doigts qu'elle avait crispés sur ses mains desserrèrent leur emprise en entendant le besoin dans sa voix.

— Comment ça, tu n'as pas pu me voir la dernière fois ? Que veux-tu dire ? souffla-t-elle en osant lever les yeux sur son beau visage.

Ses yeux pétillèrent d'amusement.

— Tu penses toujours que c'est l'un de tes amis qui s'est occupé de toi le premier jour ? Tu penses que j'aurais laissé qui que ce soit poser les mains sur ce corps délicieux pour desserrer ton corsage ?

— C'était toi ? Mais… Nous venions à peine de nous rencontrer !

— Crois-moi, avec tes seins pressés contre moi, nous étions déjà bien plus que de simples connaissances… Tu devrais voir ton expression, s'amusa-t-il. Tu essaies de te souvenir, c'est ça ?

— Oh non ! Je ne crois pas que je veuille me souvenir de quoi que ce soit !

— Eh bien, sache tout de même que ta robe a quitté ton corps bien plus vite qu'aujourd'hui, ce jour-là, précisa-t-il dans un rire.

Il laissa toutefois retomber les pans de sa chemise et resserra ses paumes autour de sa taille. Son geste était moins doux, cette fois, comme si ce souvenir le rendait presque avide. Elle aussi se sentait douloureusement frustrée.

— J'ai admiré ces huit adorables taches de rousseur sur ton nez, la façon dont ton petit menton se levait pour me défier, l'écarlate de tes lèvres…

Il reposa son visage au creux de son cou et murmura les mots qui coulaient sur elle comme des caresses.

— J'ai passé un linge humide sur ta peau déjà propre pour le seul plaisir de te toucher. Mais je n'ai rien fait de plus, je te le promets.

Ses mains remontèrent en même temps sous ses seins et se refermèrent sur eux, les soupesant tandis que ses pouces passaient sur les pointes. Comme elle ne pouvait retenir un gémissement de volupté, il recommença. Encore et encore.

— Une vraie petite folle, voilà ce que tu étais, à débiter tes absurdités au milieu des cuisines.

Ses paumes glissèrent lentement le long de ses côtes, puis sur son ventre doux et enfin sur le haut de ses cuisses.

— Je te désire depuis ce tout premier instant, souffla-t-il en remontant à chaque nouvelle caresse un peu plus de chemise sur son corps. Laisse-moi te l'enlever, laisse-moi t'admirer nue. Je ne peux imaginer femme plus désirable que toi.

Biedeluue voulait encore sentir ses doigts s'enfoncer délicieusement dans sa chair. Elle voulait sentir sa peau contre la sienne alors elle s'empara enfin de la chemise pour s'en débarrasser. Quand le tissu passa sur seins sensibles, quelque chose l'arrêta. Non plus une quelconque timidité, non, une sensation aussi puissante que délicieuse. Quelque chose de bon, d'évident : elle voulait le séduire. Elle tourna la tête pour le regarder. Elle aimait la lueur de ses yeux et la promesse qu'elle y lisait. Elle aimait la faim qui brillait dans ses prunelles comme elle ne le laissait pas encore découvrir sa nudité.

Lentement, Louve leva ses mains et les laissa à quelques centimètres de sa peau, lui permettant de sentir la chaleur de ses paumes sans pour autant la toucher. Son corps tout entier était pris de frissons de plaisir enfiévré.

— Je sais quel est le nom qui convient pour décrire cela, souffla-t-il.

— Frustration ? proposa-t-elle.

— Non… je dirais plutôt… provocation, répliqua-t-il avec un sourire espiègle.

Soudain, il resserra les mains autour de ses hanches et la fit brusquement tourner entre ses bras. Un instant plus tard, il lui avait arraché la chemise et maintenait d'une main ses deux bras dans son dos pendant qu'il prenait possession de sa bouche. Il l'embrassa follement jusqu'à ce que ses jambes tremblantes ne la soutiennent qu'à peine. D'un geste du pied, il étala sa robe à leurs pieds et ordonna d'une voix basse et caressante :

— Allonge-toi.

Incapable de résister, elle obéit, et il s'allongea auprès d'elle sans que sa bouche et ses mains la libèrent une seule seconde. De plus en plus fiévreuse, Biedeluue serra les poings dans les plis de sa tunique, désespérée de sentir enfin sa peau chaude sous ses doigts. Comme s'il avait compris, Louve s'en débarrassa aussitôt. Il en fit une boule qu'il glissa sous sa tête pendant qu'elle faisait enfin courir ses ongles sur son torse musclé.

Avec un grondement de plaisir, il agrippa ses hanches pour appuyer sa jambe entre ses cuisses.

— Sais-tu à quels mots je pense maintenant ?

Comme elle répondait d'un gémissement, il reprit :

— Douleur, souffla-t-il en appuyant exactement là où elle en avait besoin.

Biedeluue poussa un petit cri haletant tandis que les poils de son torse caressaient sa poitrine, seule marque de douceur sur un corps qui n'était que muscle et puissance.

Le plaisir était trop fort, presque insupportable. Elle souleva ses hanches vers lui et prit ses seins dans ses paumes pour les lui offrir. Louve releva brusquement son regard noyé de désir sur son visage et lut dans son regard sa prière silencieuse :

qu'il cesse son petit jeu de délicieuse torture, qu'il prenne enfin ce qu'elle lui offrait entièrement.

— Oh ! non, ma douce, tu ne m'auras pas si facilement, répondit-il en soufflant légèrement sur les pointes brûlantes de ses seins.

Lentement sa main remonta à l'intérieur de sa cuisse, et il écarta son genou pour s'appuyer entièrement entre ses cuisses. Alors qu'il agaçait ses seins trop sensibles, il pressait ses reins sur sa féminité exposée. Biedeluue était incapable d'empêcher les ondulations frénétiques de ses hanches tandis qu'un plaisir indicible montait du creux de ses reins pour se répandre dans tous ses membres.

— Besoin, ajouta-t-il en se redressant soudain, les deux mains sur ses genoux pour révéler ce qu'il convoitait.

Ses mains empoignèrent l'arrière de ses cuisses et ses hanches vinrent à sa rencontre avec une brutalité délicieuse, comme s'il ne contrôlait pas plus qu'elle la violence de son besoin physique. Sous son regard assombri de désir, Biedeluue n'était plus qu'un corps saturé de plaisir.

Puis, avec une lenteur insupportable, il se pencha vers elle jusqu'à ce qu'enfin sa bouche se pose là où elle en avait tellement besoin.

Son souffle chaud caressa sa fente une seconde avant que sa langue n'effleure sa chair intime. Avec une habileté qui la laissa pantelante, il embrassa les replis secrets.

— Louve… Louve ! Je t'en prie !

Elle voulait plus. Elle le voulait, lui.

— Oui, ma douce, promit-il d'une voix caressante. Dis-moi d'abord ce que tu ressens.

Il reprenait ses baisers, et elle sut qu'elle n'échapperait plus à la montée implacable du plaisir.

— Louve, supplia-t-elle encore, les paupières closes tant le plaisir devenait insoutenable. C'est tellement bon ! Oh ! tellement bon, haleta-t-elle alors que l'extase explosait enfin en elle, la faisant frémir contre la bouche de Louve.

Lorsque le dernier frisson de volupté se fut apaisé, elle l'écarta en riant doucement.

— Non, je n'en peux plus. Arrête.

Avec un grognement de protestation, il aspira une dernière fois la peau sensible, la faisant vibrer d'un dernier spasme de plaisir avant d'embrasser l'intérieur de sa cuisse. Suivit un baiser sur l'autre cuisse. Il continua ainsi jusqu'à ce qu'elle soit alanguie, dans un état de béatitude qu'elle n'avait jamais connu.

Avec un gloussement de bonheur, Biedeluue songea qu'elle devait ressembler à une flaque sur le sol. Louve avait dû en arriver à la même conclusion, car il demanda soudain :

— Qui est chargé de nettoyer le sol ? Ne me dis pas que cette tache de vin est là depuis l'autre soir.

Elle rit tout bas et enroula les jambes autour de lui.

— C'est ta faute, il ne fallait pas ordonner des plats aussi étranges. C'est à croire que… Hum…

Son membre dur se pressait contre son intimité alors qu'il la tenait serrée contre lui. Elle sentit son désir mâle se répercuter dans son propre corps. Jamais elle n'avait partagé autant avec ses anciens amants, alors même qu'il ne l'avait pas encore prise. De ses mains, elle parcourait la peau douce tendue sur les muscles puissants. Elle voulait le sentir, savourer chaque sensation car elle savait que cette joie intense ne durerait pas.

— Quoi ? Tu dois finir cette phrase, maintenant.

— C'est à croire que tu faisais une plaisanterie à quelqu'un avec ce repas improbable.

Ce fut son tour de rire doucement.

— Tu n'as pas trouvé ce service à l'anglaise amusant ?

Pour toute réponse, elle lui administra une claque sonore sur les fesses. Elle se sentait prise d'une irrésistible envie de rire, enivrée par son odeur, par le grain de sa peau, par la merveilleuse complicité de leurs corps, si loin des étreintes brèves et frustrantes qu'elle avait connues avec d'autres. Elle se sentait fondre de plaisir sous ses caresses et ses baisers.

— Est-ce que tu détestes toujours autant les cuisines, à présent ? murmura-t-il contre ses seins.

— Je crois que je commence à voir un intérêt dans certaines parties, admit-elle du bout des lèvres. Comme le sol, par exemple…

— Peut-être qu'il te faudrait une cuisine à toi ? proposa-t-il en déposant des baisers le long de ses côtes, là où la peau fine était incroyablement sensible.

— Non, non, pas de cuisine, haleta-t-elle en lui offrant sa poitrine à embrasser. Pourquoi voudrais-je des cuisines à moi ? Tellement de travail… et il faut recommencer jour après jour !

Il lui donna un baiser pour la faire taire, avant de faire remarquer non sans ironie :

— Cela permet de manger, une activité que la plupart des gens apprécient.

La légèreté de ses caresses indiquait qu'ils pouvaient laisser la conversation se poursuivre sur ce ton léger. Pourtant, elle pressentait que sa remarque n'était pas tout à fait innocente, sans vraiment comprendre où il voulait en venir. De toute façon, le sujet des cuisines ne l'incitait pas vraiment à rire.

— En toute honnêteté, avec une famille, la charge de travail aux cuisines double voire triple très vite. Dans mon cas, avec quatre frères et sœurs, je ne quittais quasiment jamais les cuisines !

— Est-ce pour cela que tu ne prends pas le temps d'assaisonner les plats ? Pour gagner du temps ?

Sa moquerie lui valut une légère tape sur l'épaule.

— Non ! Cette situation était exclusivement due à un problème de clés, pas du tout à ma haine de la cuisine !

— Bon, très bien, pas de cuisine alors, mais tu n'aimes pas non plus être en extérieur, je ne t'y vois jamais.

— Il fait trop froid à cette époque pour se promener dehors !

— Biedeluue, dit-il en lui relevant doucement le menton.

Comme une mèche sombre retombait devant son œil, elle

l'écarta avant de frissonner lorsqu'il posa les lèvres sur la peau frêle de son poignet.

— Non, je n'aime pas non plus l'extérieur. Là aussi, il y a toujours trop de travail. Les récoltes et les légumes à semer et ramasser. Le soleil trop chaud ou le froid qui vous gèle les doigts…

Louve passa les doigts dans ses boucles, l'air fasciné.

— Tu n'as rien d'une paresseuse, Biedeluue. Si tu n'aimes ni les cuisines, ni les corvées en extérieur, qu'aimes-tu ?

— J'aime les gens que je rencontre au cours de mes déplacements, dit-elle enfin.

— Oui, tu aimes Tess. J'ai vu que son amitié comptait beaucoup à tes yeux.

Il avait raison. C'était une amitié aussi inattendue que forte. Bien sûr, elle s'était souvent fait des amis au gré de ses voyages, mais jamais elle n'avait ressenti la même proximité qu'avec sa famille dans ces relations.

— Je tiens beaucoup à elle, convint-elle.

— Et tu aimes ta famille.

— Mes frères et sœurs sont tout pour moi. Ils l'ont toujours été.

— Parle-moi d'eux.

— Tu aimes décidément fouiner, n'est-ce pas ?

— Je ne connais pas leurs noms, tu l'as dit toi-même !

À sa propre surprise, pour la première fois de sa vie, parler des siens à quelqu'un d'étranger ne lui répugnait pas. Toutefois, cela ne faisait que la mettre davantage sur ses gardes. Quel que soit ce qu'elle voulait partager avec Louve, cela ne pourrait pas durer.

— Servet est celui qui est venu après moi. C'était un vieil homme avant même d'avoir été sevré ! Il est marié, sans enfant. Isnard est arrivé moins d'un an après lui et, après ses deux ans, il n'a plus jamais pris la moindre année de maturité. Mabile a épousé un homme de notre village, et ils ont eu une ribambelle de filles, je ne pense pas que j'aurai jamais aucun neveu. Ils sont tous… particuliers, à leur façon, mais je ne les échangerais pour rien au monde.

— Tu as oublié Margerie.

— Margerie, oui… Depuis son premier souffle, elle a causé bien plus de soucis que tous les autres réunis. Parfois, je craignais qu'on l'ait enlevée alors qu'elle était encore dans ses langes. Les voisins nous rendaient visite seulement pour la contempler tant elle était parfaite. J'ai été la seule à ne pas tout lui passer.

— Et tes parents ?

Biedeluue se raidit malgré elle. Elle avait assez parlé de sa famille. Elle n'avait aucune intention de lui révéler le cœur brisé de sa mère et l'abandon de son père. Cela n'avait pas sa place dans les instants merveilleux qu'ils partageaient. Louve dut sentir sa réserve car il demanda avec prudence :

— Tu aimes ta famille plus que tout, pourtant, tu n'en as pas encore une à toi.

Biedeluue avait couché avec des hommes en prenant ses précautions et elle était sans doute infertile car aucune grossesse n'était jamais arrivée. Ce qui lui convenait parfaitement. Ainsi, chaque mois, elle était soulagée de ne pas avoir conçu. Après la catastrophe qu'avait été le mariage de sa mère, elle ne pouvait imaginer se marier.

Pourtant, il y avait Louve, et ses yeux qui cherchaient les siens, et ses mains qui la touchaient avec une tendresse qu'elle n'avait jamais connue. Tout était différent avec lui. Il méritait la vérité, alors, même si elle n'était pas capable de tout lui révéler, elle ne devait pas lui laisser la moindre illusion.

— Je ne veux pas d'un mari. Ni d'un foyer ou d'un lopin de terre.

— Mais…

— Jamais.

Comme il ouvrait la bouche pour protester, Biedeluue posa ses doigts sur ses lèvres :

— Je me connais depuis bien plus longtemps que ces

quelques jours passés avec toi, Louve. Je n'ai jamais voulu d'un époux.

La main qui la caressait tendrement retomba. Son corps était encore pressé contre sa peau nue, mais l'air froid la glaça lorsqu'il s'écarta.

— C'est tout ce que moi, j'ai toujours voulu, murmura-t-il. Un bout de terre, une femme, la paix d'une existence heureuse…

La paix… C'était précisément ce qui venait de voler en éclats lors de leurs derniers échanges. Soudain glacée, Biedeluue se pencha pour récupérer sa chemise qu'elle serra contre sa poitrine.

— C'est ce que tu m'as dit.

— Tu ne me crois pas ? Je me connais pourtant depuis beaucoup plus longtemps que tu ne me connais, répliqua-t-il en reprenant ses mots.

C'était indubitablement vrai, pourtant, non, elle ne le croyait pas. Après tout, il avait laissé derrière lui une existence paisible pour devenir mercenaire. Surtout, quand il parlait de menace et de danger, il y avait dans sa voix quelque chose de presque imperceptible qui lui faisait sentir qu'il aimait cela. Il n'empêchait qu'elle ne le connaissait que depuis très peu de temps et que bientôt leurs chemins se sépareraient.

— Très bien. Admettons que tu veuilles une terre, une femme et une vie tranquille, moi non. Il est heureux que tu aies seulement voulu « m'emprunter ».

Louve parut soudain blessé.

— Quand je parlais de t'emprunter, je voulais que ce soit pour une période fort longue…

Biedeluue posa précipitamment la main sur sa bouche pour le faire taire. Il n'y avait plus ni sourire, ni fossettes sur son beau visage, seulement ses yeux qui cherchaient les siens. Il n'avait rien dit mais elle avait compris, à ses baisers, à ses caresses… Tandis qu'elle planifiait de s'enfuir avec sa sœur, elle avait rencontré cet homme aussi exceptionnel qu'étrange. Un homme qui voulait l'épouser.

Elle laissa lentement retomber sa main. Elle ne voulait pas se marier. Il dut parvenir à la même conclusion, car il se laissa retomber sur le sol près d'elle.

— Qu'est-ce qu'il y a vraiment sur ce sol, bon sang ? grommela-t-il.

Cette fois, il n'y avait plus trace d'humour dans sa voix.

Chapitre 16

— Aller à la chasse ? As-tu perdu l'esprit ?

Louve pressa les doigts sur ses paupières. Les mauvaises nuits commençaient à s'accumuler. Ses pensées revenaient sans cesse à Biedeluue et à la situation inextricable dans laquelle il se trouvait. Il voulait l'impossible avec elle.

Lui qui avait cru que le conflit avec les Warstone serait le seul obstacle entre eux. Cela et le fait que sa confiance avait été mise à mal dans le passé. Seulement, il s'était confié, il lui avait ouvert son cœur, et elle avait parfaitement entrevu la sincérité de son âme… Elle s'était détournée malgré tout.

Aussi ne cessait-il de se demander s'il s'était une fois de plus épris d'une femme qui ne l'accepterait jamais ? Qui voulait seulement qu'il lui tienne chaud la nuit ?

— J'aime chasser, répliqua Balthus en le ramenant à la réalité. C'est vrai qu'à cette époque de l'année, il fait trop froid pour que ce soit un réel plaisir, néanmoins, avec un peu de chance, je pourrais tirer une flèche sur une proie qui traverse un champ. Cela fait trop longtemps que je n'ai pas profité d'un peu de liberté.

— En effet, répliqua Louve avec agacement, et dois-je te rappeler pourquoi cela fait si longtemps ? Parce que la dernière fois que tu es parti chasser avec Ian, une flèche a atterri dans ton dos.

Bon sang ! Il n'avait vraiment pas besoin de cela ! Pendant le souper de la veille, il n'y avait eu aucun incident, et il aurait voulu que cela continue, ne serait-ce qu'une journée de plus. Hélas, alors qu'il était en chemin vers la chapelle, il avait entendu Balthus suggérer à sa famille d'organiser une partie de chasse pour le lendemain. Une chasse, pour l'amour du ciel !

Cela l'avait arrêté net dans sa progression, et il avait adressé un regard lourd de sens à Balthus qui avait à son tour évité d'entrer dans la chapelle pour le rejoindre à l'arrière, dans un petit jardin encore scintillant de la gelée du matin.

Balthus grommela :

— Ce n'est pas mon frère qui a tiré cette flèche, ses talents d'archer sont catastrophiques. Si mes renseignements sont justes, l'archer en question est introuvable. Ian aura donc bien du mal à venir à bout de ma carcasse. Au contraire, je pourrais le provoquer un peu avant la fin de la partie de chasse, ajouta-t-il avec un large sourire.

— T'ont-ils blessé ? Est-ce pour cette raison que tu as décidé de mettre un terme à cet affrontement larvé au moyen de cette chasse ? Ou bien t'ont-ils frappé à la tête alors que je n'étais pas là pour te protéger ?

— Il y a des blessures qui sont invisibles à l'œil nu, répondit Balthus, le regard lointain.

Louve voyait parfaitement de quoi il parlait. La veille, au cours du banquet, il avait pu observer de près les parents de Balthus et il mesurait parfaitement la profondeur de la plaie dont souffrait le jeune homme. Son père, sous son air jovial, avait des mots coupants et durs. Et ses sourires ne parvenaient jamais à cacher la lueur dure et mauvaise de ses yeux. Quant à sa mère, elle semblait absolument sereine. Ses mots étaient doux, ses manières gracieuses. Et pourtant elle lui faisait penser à ce poisson venimeux dont il avait entendu parler : derrière sa grâce et sa grande beauté, on devinait des épines pleines de venins. Tout comme les vives, elle enterrait ses épines dangereuses dans le sable en attendant sa proie. Oui, il y avait chez elle cette patience particulière du prédateur, cette attente menaçante qui pouvait se transformer en attaque mortelle si l'on s'approchait trop près.

Le ton plat et dénué d'émotion qu'employait Balthus à chaque fois qu'il parlait de ses parents le faisait frémir d'horreur. Louve peinait à imaginer l'enfance terrible qu'il avait subie entre ces deux parents dont il mesurait chaque jour un peu plus le caractère monstrueux.

— Ce que je ne comprends pas, c'est pourquoi vous, je veux dire toi et ton frère, restez auprès d'eux.

— Crois-tu que nous ayons le choix ? Ils sont nos parents. Si tu penses que nous serons damnés pour avoir trempé dans leurs manigances, qu'imagines-tu que Dieu fera de nos âmes si nous tuons père et mère ? De toute façon, même si l'un de nous en était arrivé à cette extrémité, je suis d'ailleurs surpris que Guy ne l'ait pas fait, ils sont entourés de gardes à leur solde qui n'hésiteraient pas à s'en prendre à nous.

— Je doute qu'eux soient pris des mêmes inquiétudes à l'égard de la sauvegarde de leurs âmes. Il y a bien des façons de vous tuer. Ils trouveront un moyen.

L'humeur sombre, Louve continua jusqu'au verger. Les jardins n'étant ni très grands, ni très fournis, le meilleur moyen de garder leur conversation secrète était de se déplacer.

— Le plus probable, selon moi, c'est que Ian ne cherchera même pas à cacher une seconde tentative de meurtre. Quant à ma mère, aussi diabolique soit-elle, j'espère qu'elle n'a pas comploté ma mort. Vois-tu, j'aime à croire que je suis son préféré et qu'elle serait contrariée de ma disparition.

— Elle n'aura pas besoin de comploter quoi que ce soit puisque tu t'offres toi-même en sacrifice avec cette chasse !

— Arrête d'être aussi théâtral ! Tu n'es pas Dieu.

— Nul besoin d'être Dieu, je n'ai qu'à voir ta famille. Si tu insistes pour organiser cette partie de chasse, je vous laisserai partir un peu devant avant de quitter mon poste pour rejoindre les écuries et…

— Certainement pas. Tu dois rester dans la forteresse. Pourquoi crois-tu que je veuille organiser cette chasse ? Nous serons tous au dehors, c'est ta meilleure chance de mettre la main sur le parchemin.

Louve n'aimait pas du tout la logique de ce plan. Il aimait encore moins la pensée qui s'était aussitôt formée dans son esprit et qui le ramenait une fois encore à Biedeluue : l'absence de Warstone lui donnait certes l'opportunité de trouver le parchemin, mais aussi celle de libérer Margerie. Le souci, c'était que cela se ferait aux dépens de la vie de Balthus, et donc également aux dépens de son amitié avec Reynold. Rien n'allait sans sacrifice en ce bas monde, songea-t-il avec un cynisme qui l'écœurait.

— J'ai pu parler avec ton frère. Ian sait que Reynold m'a envoyé ici pour le parchemin. Je ne sais pas s'il sait à quoi peut servir ce parchemin, mais il n'est pas idiot…

— Tu lui as parlé ? Que vous êtes-vous dit ?

Louve jeta un regard de côté à Balthus. Il allait devenir fou s'il ne s'en tenait pas aux maigres certitudes qu'il avait. Balthus était bon, Ian mauvais. Sans quoi, il avait fait tout cela pour rien.

— La conversation a surtout porté sur l'amitié. Ian a formulé une offre de paix.

— C'est du beau ! s'exclama Balthus dans un rire. Il suffit que je m'éloigne un instant, lassé de la trop longue compagnie des hommes, si tu vois ce que je veux dire, pour que tu t'allies à mon autre frère !

— Si tu ne comptes pas prendre la situation au sérieux, je ne le ferai pas non plus, rétorqua Louve sans chercher à cacher son agacement.

— Quel intérêt de se montrer sérieux ? Admets-le, tu n'as pas plus confiance en moi qu'en Ian. En revanche, tu te fies à Reynold qui, par chance, t'a dit de me faire confiance.

En effet, Louve avait appris à se fier à Reynold après des années en sa compagnie et une observation constante de son caractère. Cependant, cette confiance était mise à rude épreuve pour l'heure, et pas seulement parce qu'il devait s'occuper de cette tête brûlée de Balthus.

Reynold ne lui avait demandé d'enquêter sur le parchemin qu'après son départ de Troyes, par message. Se pouvait-il qu'il n'ait eu connaissance de l'existence du parchemin qu'un jour et demi plus tard, quand Louve était déjà loin ? Ou bien n'avait-il pas voulu l'informer de sa nouvelle mission en face, avant qu'il ait quitté sa demeure ? Et dans ce cas, pourquoi ?

Bon sang ! Les Warstone et leurs manigances !

Balthus arracha quelques feuilles séchées d'un arbre.

— Je peux presque te voir penser…

— Il faut bien que l'un de nous le fasse, maugréa-t-il en jetant un œil en arrière.

Les portes de la chapelle étaient toujours fermées, et il n'y avait nul domestique à proximité mais la chance tournerait bientôt. Balthus devait nécessairement se montrer à l'office pour les prières.

— Figure-toi que j'ai moi aussi réfléchi à la possibilité que Reynold t'ait écrit ce message à propos du parchemin simplement pour te contraindre à me mener jusqu'ici afin que Ian me tue à sa place. Il est aussi possible que Ian lui-même ait transmis cette fausse information à Reynold afin de nous attirer ici pour nous tuer tous les deux. En vérité, tout est possible du moment que la machination est diabolique, après tout. Mais le résultat demeure toujours le même. Nous devions venir jusqu'ici. À présent, je dois attirer ma famille hors de l'enceinte de la forteresse, et toi, tu dois chercher ce parchemin, qu'il soit réel ou fictif. Nous ne pourrons déterminer la vérité qu'en éliminant les mensonges les uns après les autres. Malheureusement pour moi, à peu près toutes les options envisageables mènent à ma mise à mort.

C'était effectivement la vérité que Louve cherchait à combattre.

— Ma tâche est de te protéger, alors je me moque bien de toutes ces manigances. Une vie, même la tienne, quoi que tu en penses, vaut davantage qu'un bout de parchemin.

Balthus se mit à marcher plus vite, et Louve le suivit en secouant la tête. Le jeune homme tentait de toute évidence d'échapper aux mots qu'il venait de prononcer : il ne supportait pas de s'entendre dire que sa vie valait quelque chose. Louve avait vu tant de fois Reynold rejeter ses mots d'amitié qu'il savait reconnaître le phénomène.

— Tu sais comme moi qu'il ne s'agit pas d'un simple bout de parchemin. La légende existait bien avant que nous venions au monde. Il faut à tout prix éviter que ma famille mette la main sur ce trésor !

— Je ne permettrai pas que ta vie soit sacrifiée pour autant.

— Reynold ne te punira pas pour ma mort ! Lui mieux que tout autre connaît le prix et les sacrifices nécessaires. J'ai écrit un message que tu pourras lui donner si cela devait mal tourner pour moi, ajouta-t-il en sortant un parchemin scellé de sa bourse.

Le cœur serré, Louve tendit la main et serra les mâchoires en voyant qu'elle tremblait.

— Tu es exactement comme ton frère, gronda-t-il en prenant le message scellé.

Avec un haussement d'épaules, Balthus arracha quelques feuilles en demandant d'un air dégagé :

— Nous sommes donc d'accord pour la chasse ?

Louve avait eu des parents et des grands-parents aimants, il avait connu des amitiés solides et sincères. Pourtant, il s'était retrouvé pris dans les intrigues des Warstone qui évitaient tous de se lier d'amitié avec quiconque, qui complotaient les uns contre les autres et qui s'attendaient à recevoir une lame dans le dos à chaque instant. Ils ne connaissaient même pas le sens du mot « confiance » et avaient une compréhension étrange de celui de « loyauté ». Il lui avait donc fallu des années auprès de Reynold pour parvenir à construire ce qui s'approchait le plus d'une amitié avec lui et, apparemment, il lui faudrait autant de temps avec Balthus.

Celui-ci lui adressa un large sourire qui n'atteignit pas ses yeux.

— Si cela peut apaiser ta conscience, sache que j'ai perdu bon nombre de paris auprès de mercenaires que tu auras la charge de payer si je meurs. Si quoi que ce soit devait m'arriver, rappelle-toi seulement que j'ai moi-même piégé bon nombre de personnes pour le compte de mes parents. Ainsi, tu vois, je ne vaux guère le parchemin. Je ne vaux sans doute pas même l'encre qui a servi à écrire le message qui s'y trouve.

Louve serra les mâchoires sans répondre. Balthus avait intérêt à revenir de cette maudite chasse en vie. Pendant ce temps-là, si la fortune lui souriait, il parviendrait peut-être à mettre la main sur le parchemin et à avancer vers ce qu'il voulait : une terre bien à lui et enfin, la paix. De femme, il n'était plus question. Il savait désormais qu'il ne voudrait nulle autre que Biedeluue.

— Quand je disais que tu étais comme ton frère, je parlais du bon.

Balthus se raidit avant de laisser une nouvelle feuille s'envoler dans l'air glacé du petit matin.

— Lequel est-ce déjà ? demanda-t-il avec une nonchalance feinte.

Biedeluue n'avait pas revu Louve depuis qu'il était parti à l'office avec les Warstone. Jouait-il à nouveau le rôle du cellérier ? Ou bien était-il redevenu le mercenaire ? Que pouvait bien faire un mercenaire quand il ne se battait pas ? Peut-être ne jouait-il aucun rôle en particulier et l'ignorait-il après ce qui s'était passé la veille ?

En vérité, il pouvait y avoir mille raisons à son absence, et la bonne explication n'avait sans doute aucun rapport avec elle !

Matthieu, le maître queux, était revenu dans la matinée. Hélas, à peine arrivé, alors qu'il venait de s'emparer d'une cuillère, il avait émis le soupir le plus désespéré qu'elle avait jamais entendu. Henry s'était empressé de le rejoindre pour l'aider à sortir prendre l'air avant qu'il ne s'effondre de chagrin. Aucun d'eux n'était reparu depuis lors.

Biedeluue pensait jusque-là avoir vu la tristesse humaine sous toutes ses formes, pourtant cet homme-là les surpassait toutes. Elle ne savait pas comment il faisait pour tenir debout tant son désespoir était poignant. Si elle avait été aux commandes de cette maison, elle lui aurait donné de l'argent en le laissant partir. Ou bien, s'il avait tenu à rester, elle l'aurait laissé s'occuper du jardin, de n'importe quoi d'autre que de cette maudite cuisine. Elle comprenait fort bien le besoin de faire autre chose pour marquer une rupture avec un passé trop douloureux. Le pauvre homme semblait vouloir s'occuper, seulement chaque moment dans les cuisines lui était une nouvelle agonie.

Et Louve qui n'était nulle part en vue ne faisait rien pour apaiser son propre cœur douloureux. Elle ne savait toujours pas vraiment qui il était. Ce qu'il lui avait révélé montrait qu'il était complexe. Elle aimait la force tranquille qui émanait de lui, et cette irrévérence qui accompagnait ses actes. Quant à ces « jeux » qu'il jouait avec et contre les Warstone, de quoi s'agissait-il et à quel point était-ce dangereux ? Tant de mystères encore l'environnaient…

Et cependant, quand il l'avait touchée, chaque caresse, chaque baiser avait été profondément vrai. Il l'avait regardée sans chercher à cacher ses sentiments. Jamais encore elle n'avait rencontré d'homme qui lui ressemble. Alors peut-être… Oui, si sa famille avait été en sécurité, et s'il ne lui avait pas demandé l'impossible, peut-être aurait-elle voulu plus avec lui.

Il affirmait vouloir quelque chose de différent que ce qu'elle désirait, pourtant, elle en doutait. Les choix qu'il avait faits par le passé semblaient s'opposer en tout point à son désir d'une vie simple et attachée à la terre : il s'était lié à une veuve qui ne voulait plus d'époux, il avait quitté son état d'intendant pour devenir mercenaire…

De son côté, elle devait gagner de l'argent pour sa famille. Ils avaient besoin d'elle, et cela ne lui laissait guère le temps de songer à fonder sa propre famille, même si elle l'avait voulu.

Pourrait-elle persuader Louve qu'il ne voulait pas réellement d'une épouse ? Elle pourrait alors lui proposer qu'ils soient de simples compagnons de route. Après tout, il était mercenaire, et elle ne parvenait jamais à garder une place bien longtemps. D'ailleurs, si elle était assurée que sa famille était saine et sauve, Biedeluue n'était pas contre un peu de danger et d'aventures. Cette existence aussi éloignée que possible du labeur en cuisine ou aux champs n'était pas pour lui déplaire…

Non ! Elle perdait l'esprit et s'inventait des possibles qui n'existaient pas ! La raison lui commandait de refuser l'offre de « l'emprunter » indéfiniment. Si elle agissait autrement, elle aurait seulement l'air d'être revenue sur sa décision.

De toute façon, même si elle le faisait, il n'y avait aucune certitude qu'il veuille d'elle à nouveau. Alors elle ferait aussi bien de se remettre à l'ouvrage et de cesser de penser à lui.

— Tu es en retard, lança-t-elle à Tess en la voyant entrer dans les cuisines et piocher une pomme dans une corbeille.

Tess leva un sourcil en faisant passer le fruit d'une main à l'autre. Biedeluue vit tout de suite à son air que son amie avait une idée derrière la tête. Elle essuya hâtivement ses mains sur son tablier et la suivit dans l'un des celliers. Des herbes pendaient du plafond et Tess, qui était bien plus grande qu'elle, dut les écarter de son visage.

— Qu'est-ce que tu me caches ?

— Qui a dit que je cachais quelque chose ? répliqua Tess avant de lui adresser un petit sourire mutin.

— Dis-moi tout, la pressa Biedeluue.

Tess se pencha vers elle pour murmurer :

— Margerie.

Biedeluue prit les mains de son amie pour les serrer dans les siennes, partagée entre l'impatience et la peur.

— Eh bien quoi ? Quelque chose est arrivé ?

Tess jeta un regard vers les cuisines et baissa davantage la voix :

— Non, rien encore. Seulement, Galen a entendu le seigneur et sa famille parler d'une chasse pour demain.

Biedeluue sentit son cœur cesser de battre. Les Warstone partis, cela signifiait qu'elle aurait le champ libre pour retrouver

Margerie qui serait seule dans sa chambre. Il y aurait sans doute toujours un garde affecté à sa surveillance, et la porte serait sûrement verrouillée, néanmoins c'était une opportunité à ne pas manquer.

Incapable de formuler le moindre mot, elle serra les mains de Tess plus fort. Les yeux brillants, celle-ci hocha brièvement la tête avant de s'écarter.

— Attends ! souffla Biedeluue. Comment as-tu appris ce que Galen avait entendu ?

Tess croqua une bouchée de pomme et roula des hanches sans un mot avant de sortir. Restée seule, Biedeluue éclata de rire. Quand tout serait terminé et qu'elle serait en sécurité loin d'ici avec sa sœur, Tess lui manquerait terriblement.

Chapitre 17

Ce ne fut pas le bruit qui éveilla Louve, mais un frisson qui l'avertit d'une présence. Cela non plus n'aurait pas dû déranger son sommeil puisqu'il dormait depuis des années au milieu de mercenaires. Il avait l'habitude des ronflements et des mouvements des guerriers au repos. Aussi était-il sur ses gardes avant même d'ouvrir les paupières, conscient du pressentiment sinistre qui l'avait alerté du danger.

Bien sûr, si la personne qui se tenait tout près de sa couche voulait le voir mort, il le serait déjà ; ce fut pourquoi il ne prit pas la peine d'ouvrir les yeux pour demander :

— Fallait-il absolument que ce soit aussi tard ?

— Je n'ai pas réussi à trouver un moment dans la journée qui nous attend, répondit tranquillement Ian.

Louve s'assit et prit la couverture qui le couvrait pour la nouer autour de sa taille. Bon sang ! À quand remontait sa dernière nuit correcte ?

— Pourquoi est-ce que personne dans votre demeure ne me laisse prendre ne serait-ce que quelques heures de repos ? grommela-t-il.

Ian s'amusa de sa mauvaise humeur :

— Peut-être parce que si vous dormiez, vous risqueriez d'avoir l'esprit plus clair et de fuir à la première occasion.

Louve se redressa et s'étira en jetant un regard agacé à la silhouette presque imperceptible dans l'ombre.

— Vous dormez sans la moindre tunique ? Dormir nu

est un luxe que je ne me suis jamais permis. Quand vous devez être prêt à tout instant à fuir pour sauver votre vie, une chemise se révèle fort utile.

— Personnellement, j'ai choisi de dépenser mon argent dans des armes qui me semblent bien plus utiles qu'une chemise, aussi luxueuse soit-elle, pour défendre ma vie.

— Est-ce le genre de choix financier que doit faire tout mercenaire ? l'interrogea Ian, l'air sincèrement curieux.

C'étaient en tout cas ceux qu'il avait faits, lui. Louve enfila sa chemise et sa tunique.

— Me direz-vous pourquoi vous êtes là ?

— Il fait trop sombre ici pour discuter, répondit Ian.

— En effet, c'est le moment parfait pour dormir, répliqua-t-il en fermant ses chausses.

— Mais il nous faut parler.

Ian ouvrit la porte et prit une torche dans le couloir. À la lueur des flammes, son visage lui fit à nouveau penser à celui de Reynold. Ils se ressemblaient tant, parlaient de la même manière... Cependant, il ne devait pas oublier que ce qui leur passait par la tête pouvait être bien différent. Louve devait déterminer ce qui, chez Ian, relevait de la folie ou de la prudence.

Rien dans son attitude ne semblait prédire une prochaine attaque. D'autant moins que, au moment où il avait ouvert la porte, Louve n'avait vu personne d'autre dans le couloir. Soit Ian était parfaitement serein quant à ses capacités au combat, soit c'était une nouvelle rencontre aussi étrange que prétendument amicale.

— Comment s'est passée ta conversation avec mon frère dans le jardin ?

Louve n'était pas particulièrement surpris que Ian soit informé de leur échange.

— Il ne vous fait pas confiance. Pas plus que moi, d'ailleurs.

— Cela prendra du temps, non ?

Le temps ne ferait rien à l'affaire, mais il décida de ne pas remuer le couteau dans la plaie.

— J'ai du bon vin ici, en voulez-vous ?

Ian s'approcha.

— Je ne savais pas que j'avais autorisé un tel luxe à mes domestiques.

— Ce n'est pas le cas, en effet.

Seulement, l'*ale* était empoisonnée, et il avait préféré s'assurer une boisson sûre.

Ian accepta la coupe qu'il lui tendait et but sans détourner le regard de Louve.

— Votre présence ici en pleine nuit est tout à fait étrange.

— Que peut-il donc y avoir d'étrange à discuter et à échanger une coupe de vin ?

Ce qui était étrange, c'était que Ian recherche sa compagnie. Avec Balthus et Reynold, c'était plutôt lui qui avait cherché à nouer une relation. De même qu'avec Nicholas, quand celui-ci était rentré sur son domaine.

Louve fit tourner le vin dans sa coupe. Tellement d'éléments de sa vie avaient été dictés par d'autres. Il voulait enfin avoir une vie bien à lui, une vie où il ne serait pas dérangé chaque nuit dans son sommeil par l'intervention d'autres, plus riches, plus puissants, plus fous…

— Tu as bien dû passer des moments comme celui-ci avec mon frère, reprit Ian.

— Une fois ou deux, sûrement.

— Je suis surpris que Reynold comme Balthus aient accepté que tu approches ma forteresse.

— Vraiment ? demanda Louve en lui faisant signe de prendre place sur la chaise en face de son lit.

— Je les aurais crus plus protecteurs vis-à-vis de quelqu'un qui décide d'être leur ami. Je le serais, moi.

— Je préfère décliner votre proposition d'amitié puisqu'elle implique des tentatives de meurtre.

Ian s'adossa dans son fauteuil.

— Me croirais-tu si je te disais que je suis heureux que Balthus en ait réchappé ?

— Vous connaissez déjà la réponse à cette question.

— Je comprends que tu ne me crois pas puisque sa mort aurait servi mes plans. De même que ceux de mes parents, d'ailleurs. Reynold et Balthus ne font rien d'autre que diviser nos richesses et notre pouvoir.

— Vous dites cela et, dans le même temps, vous parlez d'amitié et prétendez vouloir revoir vos frères.

— C'est ce que j'aimerais, oui. Hélas, il se pourrait que nous n'ayons guère le choix. Un seul d'entre nous peut survivre.

Louve lui jeta un regard et vit le rictus douloureux de Ian.

— J'ai parlé à voix haute, n'est-ce pas ?

À nouveau, Louve ne savait plus que penser... Ian avait-il choisi sa folie ? Et comment interpréter ses paroles ? S'agissait-il d'une nouvelle preuve de son esprit dérangé ou d'une mise en garde à prendre au sérieux ? Comment expliquer la vulnérabilité dans sa voix et ses mains soudain tremblantes ?

— Je ne voulais pas dire cela, répéta Ian tout bas.

Il semblait presque... effrayé.

— Vous perdez la raison.

— Pas du tout, du moins en cet instant précis, j'ai toute ma tête. D'ailleurs, où se trouve votre arme ?

— Elle est à portée de main, lui assura Louve sans poser le regard sur la cachette où il tenait une dague prête.

— Nul besoin de se demander qui aurait le dessus. Je sais que c'est toi. D'abord Nicholas, puis Reynold se sont entraînés avec toi. Tu as reçu la meilleure formation qui soit.

À la mention de Nicholas, Louve s'immobilisa. Ian toussota en reprenant :

— Ne sois pas étonné que j'en sache autant sur toi. En vérité, j'ai toujours été surpris qu'un homme aussi grand que Nicholas de Mei Solis soit capable d'une telle rapidité dans ses mouvements. As-tu le même talent ?

— Vous me réveillez au cœur de la nuit pour discuter de mes talents de guerrier ? Je suis assez tenté de vous en faire la démonstration, grommela Louve. Avez-vous l'intention de participer à la chasse, demain ?

Ian se leva brusquement, soudain agité.

— Si mon frère me le demande, je ne vois pas pourquoi je n'irais pas.

— Parce qu'il y aura des conséquences s'il devait ne pas en revenir.

Comme Ian se mettait en mouvement, Louve se prépara à l'attaque, mais il se contenta de se resservir une coupe de vin. Alors Louve leva sa coupe pour voir quelle serait la réaction de Warstone. Après un instant, ce dernier lui versa du vin.

— Toute mort appelle des conséquences, particulièrement quand le défunt est aussi cher. Ma mère tient énormément à Balthus.

Il reposa le flacon de vin sur la table mais ne revint pas s'asseoir.

— Je suis, comme tu l'as noté, en train de perdre la raison. Depuis un moment déjà. Je pensais l'avoir caché à mes parents. Hélas, ils ne pardonnent pas la moindre erreur, or, loger une flèche entre les omoplates de Balthus en était une. Ils ont essayé de me tuer, le savais-tu ?

— Que voulez-vous dire ? S'agissait-il d'un autre de ces entraînements chers à votre mère ?

Il ne pouvait imaginer que les Warstone aient tenté d'assassiner leur aîné récemment puisque Ian les accueillait sous son toit avec la plus grande courtoisie. Mais qui sait ? Rien n'était impossible avec eux.

Ian haussa les épaules et revint jusqu'au fauteuil pour y appuyer les mains.

— J'ai différentes théories… Mais j'aimerais t'entendre me dire pourquoi Reynold t'a ordonné de venir ici et pourquoi tu autorises Balthus à rester à portée d'atteinte ?

— Ordonné… autorisé… Pensez-vous réellement que les autres joueurs aient la moindre initiative dans vos petits jeux ?

Face au silence inattendu de son interlocuteur, Louve l'observa avec attention. Il se raidit mais ne bougea pas lorsque Ian se rassit brusquement dans son fauteuil. Peu à peu, l'expression ouverte et amicale de Ian se ferma, et ses yeux pâles et inquiétants se relevèrent sur lui.

— Il n'est pas ici.

— Quoi donc ? demanda-t-il d'un ton mesuré.

La voix de Ian était à présent tendue et un sourire inquiétant marquait son visage. Le changement était subtil mais même sa façon de s'asseoir était différente. Le bref moment de lucidité avait disparu, la folie avait à nouveau repris ses droits sur son esprit fragile. L'inquiétant Lord Warstone était de retour.

Les dents serrées, Louve tenta de se préparer à ce qui allait suivre alors même qu'il n'avait aucun moyen de prévoir les réactions de l'homme instable face à lui.

Le second frère, Guy, était un tueur sanguinaire et brutal absolument dénué du moindre remords. Ian, en revanche, semblait profondément souffrir de ses propres démons. Était-ce également le destin qui attendait Reynold et Balthus ? Et qu'est-ce que cela disait de son propre devenir, lui qui fréquentait ces hommes depuis si longtemps ?

— Qu'est-ce qui n'est pas là ? répéta-t-il.

— Le parchemin que recherche mon frère. Pensais-tu que je l'aurais laissé dans la résidence en sachant que mes parents allaient y venir ? Je ne suis pas fou à ce point…

Louve se tenait sur ses gardes, prêt à saisir sa dague au moindre signe d'attaque. Il avait face à lui un homme instable. Un homme qui aimait révéler des parcelles de vérité avant de les taire à nouveau. Ian lui avait déjà laissé entendre qu'il savait qu'il était là pour le parchemin qui devait mener au trésor du Joyau des Rois. Inutile donc de le nier.

— Et pourquoi n'auriez-vous pas gardé le parchemin parce que vos parents sont là ? Ils semblent tous deux vous chérir. Quels parents n'auraient pas d'admiration pour leur aîné, celui qui possède l'héritage quand les autres enfants ne peuvent que le convoiter ? Autant je peux comprendre pourquoi ils voudraient s'en prendre à Balthus ou Reynold, mais à vous ?

— Mon statut d'aîné est sans aucun doute l'unique raison pour laquelle je suis encore en vie, siffla Ian.

— Ce n'est que l'une des raisons.

Ian eut un rire grinçant.

— Tant que mes frères sont en vie, mes parents peuvent changer d'avis à tout instant. Ce leur serait sans doute un grand amusement de me tuer moi plutôt qu'eux.

Derrière son regard froid, Louve crut lire une véritable douleur. Se pouvait-il qu'il dise la vérité ou n'était-ce qu'élucubration d'un fou ? Quoi qu'il en soit, Ian semblait sincèrement convaincu que ses parents en voulaient à sa vie. Malgré lui, Louve sentit son cœur se serrer de compassion pour l'homme qui se tenait face à lui.

Ian agita sa coupe en l'air.

— C'est pour cela que le parchemin ne se trouve pas sous le même toit qu'eux. N'imagine pas un seul instant que ma chère mère ou mon bien-aimé père ne nous échangeraient pas sans un remords s'ils pouvaient ainsi mettre la main sur le Joyau des Rois. Le parchemin est très beau, en vérité. Rien à voir avec les quelques lambeaux que Reynold a en sa possession. Non, il s'agit d'une page complète et sans défaut. Bien sûr, elle est désormais inutilisable pour retrouver le joyau et la dague, il n'en reste pas moins que c'est un parchemin magnifique.

Le crépitement des flammes de la torche était le seul bruit à l'exception de la voix presque irréelle de Ian. Louve tendit néanmoins l'oreille pour vérifier que personne ne se trouvait dans le couloir, en train d'espionner leur conversation.

— Que voulez-vous dire, il est inutilisable ?

— Le parchemin explique sans nul doute la localisation du trésor. Du moins, c'est ce que j'en ai conclu… trop tard. Mes parents, quant à eux, devinent que Reynold sait que ce que j'ai en ma possession est un code qu'il faut déchiffrer. Aussi, dans leur quête pour le parchemin, ils chercheront à l'aider lui… contre moi. Cependant, ils ne mettront pas la main dessus, pas tant que je serai en vie.

Un tel pouvoir entre les mains d'un fou… Louve ne put s'empêcher de secouer lentement la tête, partagé entre l'horreur et la pitié.

— Je ne peux guère envier l'enfance que vous avez eue, souffla-t-il.

— Oh ! crois-moi, si nous pouvions échanger, je ne le souhaiterais nullement. Cela t'étonne ? Réfléchis de mon point de vue. Ton enfance a dû être profondément ennuyeuse, bien à l'abri dans un foyer où tu étais aimé et respecté. Heureuse, sans doute, mais tellement peu intéressante. Pis encore, j'ai entendu dire que Reynold avait voulu ce genre d'enfance ennuyeuse pour ses propres enfants ! Comme il est tombé bas.

Louve en avait assez de voir son enfance insultée, d'autant plus qu'il ne pouvait que reconnaître la véracité de l'analyse de Ian. Il avait été heureux, enfant, pourtant, il était parti dès que possible à l'aventure. Voilà pourquoi il se retrouvait aujourd'hui assis en pleine nuit, rêvant d'une bonne nuit de sommeil. L'ironie de la situation était risible.

— Donc je suis là, et le parchemin n'y est pas, reprit Louve.

— Tu me croirais si facilement ?

— Ce n'est pas comme si j'avais la permission d'inspecter vos appartements pour me fier à ma quête plutôt qu'à votre parole. Alors quelle alternative ai-je, à part vous croire ?

Ian l'observa un long moment comme s'il réfléchissait à la demande qui venait indirectement de lui être formulée. Le plus simple aurait été sans nul doute de refuser. Mais Ian n'était ni un homme simple, ni un homme raisonnable. Il finit par répondre :

— Penses-tu que l'amour entre sœurs soit plus fort que celui qui peut exister entre frères ?

Le cœur de Louve manqua un battement, mais malgré la terreur glacée qui montait en lui, il répondit d'un ton parfaitement calme :

— Comment le saurais-je ? Je n'ai jamais eu de frère ou de sœur. Je ne puis comparer ce que je ne connais pas.

— Ah... Peut-être est-ce pour cette raison que tu construis des amitiés aussi fortes. Demain, je serai absent et je préviendrai mes gardes que tu as ma permission pour pénétrer dans mes appartements. Je te laisserai même prendre tout ce que tu voudras y prendre.

Louve cessa de respirer. Où était le piège ? Ce ne pouvait

être aussi simple ? À moins que… ? La folie de Ian l'incitait-elle à l'imprudence ?

— Tout ? répéta-t-il.

— Tout ce que tu pourras prendre sans lutte, oui, bien sûr. Tout ce qui voudra partir de son plein gré.

Cette fois, il n'y avait plus de doute à avoir, ils parlaient bien de Margerie. Le cœur battant, Louve s'efforça de conserver une apparence neutre. Même si Ian semblait lui laisser la possibilité d'emmener Margerie, il était inquiétant de découvrir qu'il savait qu'il voulait la libérer. Que savait-il d'autre ?

— Les parchemins parlent rarement pour exprimer leurs désirs.

Ian émit un rire bref.

— Mais les femmes parlent rarement d'autre chose que de leurs désirs, non ? Ma trop belle maîtresse parle beaucoup. La regarder est un divertissement qui me permet presque d'oublier…

À plusieurs reprise, Ian avait mentionné le fait qu'il aimait observer sa maîtresse et, soudain, Louve comprit. Il ne parlait pas d'elle comme d'une femme qu'il aimait coucher dans son lit, non, il parlait d'elle comme d'un objet d'art. Margerie n'était pas réellement sa maîtresse. Cette nouvelle certitude ne faisait cependant qu'éclairer d'autres mystères. S'il n'entretenait pas avec elle de relations charnelles, pourquoi la gardait-il près de lui ? Pourquoi veillait-il sur elle constamment et avec cette tendresse inquiétante qui pouvait parfois devenir violence s'il fallait en croire la lèvre enflée de la jeune femme.

Il y avait tellement de questions sans réponse qu'il ne savait comment avancer ses pions dans la partie. Le mieux, pour l'heure, était sans doute de continuer à masquer ses liens avec Biedeluue, pour son bien comme pour celui de sa sœur, aussi reprit-il d'un ton plat :

— Il semble qu'il n'y ait rien dans vos appartements qui me soit nécessaire, cela dit l'une de vos deux propositions me semble nettement plus simple à mettre en œuvre parce qu'il est plus facile de voyager avec un parchemin plutôt qu'avec une femme, aussi je l'accepte.

Ian eut un sourire qui n'atteignit pas ses yeux.

— Il y aura des conséquences, tu le sais…

Louve le savait, en effet. Hélas, il ne savait pas quelles seraient ces conséquences. Ian partait peut-être à la chasse, mais tous ses gardes n'y seraient pas. L'attaqueraient-ils quand il monterait dans les appartements de Ian, sur son ordre ? Aussi étrange que cela puisse paraître, il en doutait.

Pour autant, tous ceux auxquels il tenait entre ces murs étaient en grand danger. Il n'aurait voulu se préoccuper que de Biedeluue et en finir avec cette mission. Hélas, il n'était pas venu pour elle. Il avait donné sa parole d'honneur à deux de ses amis, et le jeu devait continuer.

— Permission ou non, puisque vous venez d'affirmer que le parchemin se trouvait caché ailleurs, me ferez-vous la grâce de combler mon esprit ennuyeux avec des informations inutiles sur l'endroit où il se trouve ?

Ian leva sa coupe vers lui avec un sourire.

— À l'abri, auprès de ma femme et de mes enfants que je n'ai pas vus depuis des années.

Le cœur serré, Louve dut reconnaître qu'il le croyait. Le parchemin n'était sans doute pas dans la forteresse de Warstone. Tout ce qu'ils avaient fait pour le trouver depuis plusieurs semaines, était vain.

Désormais, tout ce qu'il pouvait faire pour tenir sa parole envers Reynold, c'était obtenir davantage d'informations si Ian restait d'humeur à livrer ses secrets.

— Avec votre femme ? Qu'est-ce qui pourrait m'empêcher de la…

— Tu ne les trouveras pas, l'interrompit Ian. Je les ai mis à l'abri, loin de tout danger, il y a longtemps, mais ils ne sont plus là-bas. J'ai bien fait d'épouser cette femme. Elle est bonne, véritablement, et innocente. Je l'ai crue docile et, pendant un moment, elle l'a effectivement été. Puis elle a pris de l'expérience… trop, en vérité. Quand j'ai su que mon esprit m'échappait, je l'ai envoyée très loin vers le nord. Pas assez loin pour que je ne puisse pas les tuer, elle et nos enfants, si l'envie m'en prenait en plein milieu de la nuit, mais suffisamment loin, néanmoins, pour que j'aie le temps d'y réfléchir et d'en mesurer les inconvénients.

Un long frisson d'horreur parcourut Louve devant ces aveux terrifiants. Pourtant, il continuait de ressentir une pitié infinie pour cet homme qui avait ainsi lutté contre ses démons pour tenter de sauver sa famille de lui-même.

Par ailleurs, il n'y avait qu'un seul moyen pour Ian de savoir que sa femme et leurs enfants n'y étaient plus…

— Malgré les… inconvénients, vous avez cependant décidé de les tuer un jour, dit-il à voix basse.

— Il n'y a pas si longtemps en vérité. J'ai été assez perturbé de ne pas les trouver là où je les avais laissés, tu peux me croire. C'est après ce voyage que j'ai tenté de tuer Balthus. Pour… tenter de reprendre un peu le contrôle. Cela a été un nouvel échec. Que d'erreurs !

— Qu'y avait-il dans la maison où vous pensiez les trouver ?

— Des toiles d'araignée, de la poussière par paquets, des bêtes dans chaque recoin. Je pense qu'elle n'a même jamais défait ses affaires parce que tout était absolument vide. Elle est sans doute partie le lendemain de mon départ. Il y a plusieurs années de cela. Même si je parvenais à la retrouver… C'est trop tard. Ils ont le parchemin, mais je n'ai ni la dague, ni le joyau… je n'aurais pas assez de temps.

Louve réfléchissait à toute vitesse. Ian estimait qu'il était à court de temps pour mettre la main sur le trésor, mais pourquoi cela ? Il devait certes se sentir acculé par sa raison qui le quittait, néanmoins, il était encore jeune, il semblait étrange de refuser de se lancer dans cette quête pour un homme aussi avide de puissance que Ian. Devant son silence, ce dernier pencha la tête de côté, comme si lui aussi réfléchissait au mystère qu'il avait sous les yeux.

— Tu es un bon ami des Warstone, Louve.

— Je ne suis pas votre ami.

— Tu me rejettes comme quelqu'un qui a encore l'âme intacte, mais je sais comme toi que tu aimes ces jeux. J'ai apprécié une fois de plus notre conversation. T'ai-je donné ce que tu voulais ?

— C'est vous qui êtes venu me réveiller. Avez-vous obtenu ce que vous vouliez ?

— Le vin était acceptable, répondit Ian. Et j'apprécie de pouvoir parler à quelqu'un sans cacher les cheminements compliqués de mon esprit.

— Que voulez-vous, Ian ? Nous sommes tous les deux fatigués et nous avons tous deux besoin de sommeil. Parlez franchement.

Leur petit jeu lui avait peut-être paru agréable, mais la nuit ne durerait pas toujours. Louve n'avait plus assez de vin pour poursuivre cette conversation amicalement. Néanmoins, il n'avait pas davantage envie de se saisir de sa dague pour tuer un homme qu'il peinait à considérer autrement que comme une victime de sa propre folie. Mieux valait qu'ils vivent tous deux un jour de plus.

— Je ne peux pas affronter ma femme et mes enfants et m'excuser devant eux, souffla Ian. Ils sont… bons. C'est sans doute la seule chose pure et bonne qu'il me reste. Le sang des Warstone ne les a pas empoisonnés. Ma femme me croyait bon… Il y a longtemps. Enfin, il est trop tard pour eux. Cependant, j'aimerais sincèrement m'excuser auprès de mes frères pour ce que j'ai fait.

— L'un de vos frères est ici, et vous n'avez certes pas besoin de mon aide pour lui exprimer vos remords.

— Avec mes parents sous le même toit et mon intendant au loin, vraiment ? Je sens que cette expérience sera… intéressante.

Ian ferma un instant les yeux, le visage sombre et cependant imperturbable.

Louve peinait à suivre le cours de la conversation alors que les pensées de son interlocuteur semblaient se dissoudre dans la folie.

Ian cligna les paupières, et ses yeux froids se posèrent sur lui.

— Tu es mon ami, n'est-ce pas ? Je n'en ai jamais eu auparavant et, toi, tu es l'ami de tant de seigneurs... Tu es visiblement très bon pour être l'ami des Warstone. Sais-tu à quel point ce talent est rare ?

— L'amitié ne peut se construire sans confiance, et la confiance met des années à se gagner, lui rappela calmement Louve.

— Je n'ai sans doute plus des années devant moi. Je ne veux plus utiliser ma dague, mais il me faut pourtant faire face aux conséquences de mes actions passées. Et puis, si je n'utilise plus mes armes, rien ne dit que d'autres n'utiliseront pas les leurs.

Ian se leva et posa sa coupe sur la table.

— Fais-moi une promesse.

— Non.

Sa réponse provoqua un bref rire chez Ian qui paraissait soudain las.

— Ne veux-tu pas au moins l'entendre ?

— Non.

— Tu ferais un bon Warstone. Je vais te la dire quand même. Quand l'heure de ma fin sera venue, et ce sera pour bientôt, prends soin de ma femme et de mes fils.

Si sa femme et ses fils se cachaient de lui, ils étaient à l'abri. Inutile, néanmoins, de le lui faire remarquer, ce ne serait que pure cruauté.

— Vous n'avez pas l'intention de me tuer, alors ?

— Tu es l'homme le plus inconséquent que je connaisse, murmura Ian sans logique apparente. Quant à moi, je suis épuisé.

Il ouvrit et referma la porte sur lui sans un bruit.

Louve s'étendit sur sa paillasse, les membres raidis de fatigue, l'esprit saturé de questions. Comment espérer saisir les méandres de l'esprit d'un homme qui n'avait plus toute sa raison ?

Il ne restait que peu de temps avant l'aube, et la partie de chasse qui s'annonçait pouvait tout changer. Mais pour qui ? Pour Ian ? Pour Balthus ? Pour les Warstone ? Lui-même ?

Ou pour Biedeluue…

Louve aurait voulu lui dire… Il avait tant de choses à lui dire, en vérité.

Là, allongé dans l'obscurité, il se promit qu'il ferait tout pour gagner la confiance que d'autres avaient détruite. Il refusait qu'ils ne partagent rien de plus qu'un moment d'intimité sur le sol douteux des cuisines. Ils parleraient, encore et encore, ils trouveraient un compromis, n'importe quoi… Il ne laisserait rien, pas même les intrigues des Warstone, se mettre entre eux.

Or, pour ce faire, il devait d'abord avancer sur le front des Warstone. Demain, ils seraient à la chasse, et pas seulement pour prendre un cerf. Balthus était en danger de mort. Et s'il fallait en croire Ian, lui aussi risquait d'être assassiné par ses propres parents. Ils n'auraient même pas besoin de faire passer cela pour un accident de chasse. Si l'un de ses frères mourait, Reynold viendrait attaquer ses parents au risque d'y perdre à son tour la vie. Aucune de ces perspectives n'avait vraiment de quoi le réjouir, et Louve poussa un lourd soupir.

Au moins, Biedeluue aurait sa sœur, et elles pourraient s'enfuir avant que la chasse ne se termine.

S'il lui disait tout ce qu'elle avait changé dans son cœur et dans son âme, lui laisserait-elle une chance ? Accepterait-elle de lui donner sa confiance ? Ou bien serait-il une fois de plus rejeté ?

Chapitre 18

Tout ce que lui avait dit Tess se révélait vrai. Les Warstone étaient partis à la chasse dès l'aube, y compris le garde monstrueux qui veillait sur Ian. Ils seraient tous absents pendant plusieurs heures. Depuis la grande salle où elle faisait mine de se tenir occupée, Biedeluue guettait les allées et venues des gardes restés dans la forteresse. Margerie était à l'étage, elle l'attendait sans doute…

— Pourquoi n'es-tu pas dans les cuisines ?

Biedeluue sursauta en entendant le chuchotement dans son dos mais elle ne ralentit pas l'allure tandis qu'elle marchait vers l'escalier qui menait aux appartements privés. Bientôt, Louve l'avait rejointe et marchait à côté d'elle.

— Que fais-tu ? insista-t-il.

Elle faisait ce qui devait être fait puisque lui n'avait pas tenu parole. Il devait bien savoir que la chasse serait une opportunité sans précédent, pourtant, il ne l'avait pas prévenue ni n'avait proposé de plan pour libérer sa sœur. Aussi montra-t-elle le plateau chargé qu'elle tenait entre ses mains :

— J'amène son repas à la maîtresse, sir, dit-elle d'un ton froid.

Louve vint se placer en travers de son chemin, et Biedeluue s'arma de courage. Cet homme avait le pouvoir de lui faire oublier la moindre de ses pensées. Un sourire de lui et elle aurait été prête à se jeter dans ses bras. Il n'était pas parfait, non, il était la tentation faite homme avec sa carrure athlétique, ses cheveux sombres et ses yeux extraordinaires.

Biedeluue ne pourrait jamais oublier ce qu'ils avaient partagé dans les cuisines. Ce qu'il avait dit, ce qu'il avait fait, ce qui existait entre eux… Tout cela était aussi déstabilisant qu'inattendu.

Hélas, l'homme avec lequel elle avait partagé des lambeaux de son passé intime n'avait existé que dans son imagination. Pour l'heure, ce n'était pas lui qui se tenait sur son passage, mais le cellérier autoritaire qui donnait des ordres depuis son arrivée. Cet homme-là, le mercenaire en mission, s'attendait à la voir obéir. Toutefois Biedeluue n'était pas femme à se plier aux ordres.

Elle fit un pas de côté pour le contourner, évidemment, il ne la laissa pas faire.

— S'il vous plaît, sir, reprit-elle sur le même ton distant, le pain va rassir si j'attends trop longtemps.

— N'y va pas, lui demanda-t-il d'une voix pressante en jetant un regard par-dessus son épaule.

Il n'y avait personne dans le couloir qu'ils avaient atteint. Cependant, elle ne pouvait lui jeter le plateau au visage, ni forcer le passage, car elle ne pouvait prendre le risque d'attirer l'attention de quiconque.

— Que comptes-tu faire, une fois là-haut ? Passer la barrière des gardes ?

Précisément… Jeanne, la femme de chambre de Margerie, l'avait aidée à préparer le plateau pour qu'il ressemble parfaitement à celui qu'elle lui montait tous les jours. Il n'y avait donc aucune raison que les soldats lui refusent le passage. Ils ne prendraient sans doute même pas garde au changement de servante.

De toute façon, elle ne voulait plus écouter ce qu'il avait à dire. Il ne faisait que la mettre en retard !

— Tu sais très bien ce que je fais, siffla-t-elle, les dents serrées.

Il s'approcha d'un pas pour murmurer :

— Je t'ai dit que je t'aiderais…

— Eh bien, tu as visiblement changé d'avis, alors maintenant, laisse-moi passer.

Elle n'avait pas à expliquer ses actions à un homme !

— J'ai changé d'avis ? s'exclama-t-il.

Le crissement d'un banc dans la grande salle la fit vaciller, et Louve rattrapa au dernier moment la miche de pain qui allait tomber du plateau. Son regard impérieux posé sur elle, il ordonna :

— Suis-moi.

Comme il se tournait vers l'escalier qui menait chez sa sœur, elle le suivit à pas vifs. Il lui faillait lutter pour rester ferme face à lui. Sa raison avait beau la mettre en garde, désormais, elle ne le voyait plus seulement comme le cellérier autoritaire, ni comme le mercenaire qui manigançait dans l'ombre avec les Warstone, non, il serait pour toujours l'homme qui l'avait tenue dans ses bras avec une tendre sincérité. La veille, il n'y avait eu ni mensonge, ni illusion entre eux, voilà ce que son être lui criait.

Comment avaient-ils pu être aussi proches, aussi intimes, alors qu'ils ne voulaient pas la même chose ? Et puis à quoi bon réfléchir à un avenir possible avec lui ? Bientôt, elle serait loin avec Margerie…

À l'étage, les soldats étaient en train d'effectuer leur tour de garde, beaucoup échangeaient des messes basses. De toute évidence, il se tramait quelque chose… Toutefois, comme Louve conservait un pas égal, elle fit de même. Comme ils approchaient d'une porte gardée par un seul homme, Louve s'arrêta :

— Vous savez pourquoi je suis ici, annonça-t-il.

Le garde hocha la tête.

— Vous, oui. Mais pas elle.

— C'est une servante. Vous n'imaginez pas que je vais m'amuser à porter des plateaux à sa place.

L'homme ne bougea pas. Aux bruits dans son dos, Biedeluue comprit que d'autres gardes avaient monté les marches à leur suite. Et de l'autre côté du couloir, deux autres venaient d'apparaître.

— Sa présence est-elle si menaçante que vous hésitiez comme un garçonnet effarouché ? s'impatienta Louve.

Biedeluue vit ses jointures blanchir sur le plateau. Si seulement elle pouvait les faire tous disparaître et ouvrir cette maudite porte ! Comme le garde tournait son regard vers elle, elle craignit d'avoir trahi son émotion. Seigneur ! S'il lui refusait l'accès à cette chambre par sa propre faute, elle ne se le pardonnerait jamais. Aussi prit-elle soin de conserver un visage neutre et de baisser docilement le regard.

— Que croyez-vous qu'il va se passer avec Lord Warstone si vous me refusez l'accès contre ses ordres ? le défia encore Louve.

Le garde avait les yeux rivés sur elle, et elle sur la porte. Elle sentait dans tout son être que la situation était dangereuse, mortellement dangereuse. Sa sœur l'avait prévenue, puis Louve l'avait maintes fois mise en garde. Cependant, tant qu'elle avait été reléguée aux cuisines ou sous la surveillance de l'intendant puis de Louve, elle n'avait pas véritablement ressenti le danger. Pour la première fois, sous le regard insistant du soldat, Biedeluue sentit sa nuque se hérisser, elle venait de sentir le souffle de la mort.

Sans marquer le moindre signe de capitulation, le garde ouvrit brusquement la porte et leur livra passage. Louve entra le premier, accueilli par un petit cri de surprise. Puis Biedeluue le suivit en retenant un tremblement.

Elle poussa un soupir de soulagement en entendant la porte se refermer sur eux. Elle n'avait pas encore levé la tête que sa sœur la prit dans ses bras :

— Biedeluue ! Pour l'amour du ciel, que fais-tu ici ? Comment es-tu parvenue jusqu'à moi ?

Biedeluue posa le lourd plateau sur une console pour rendre à Margerie son étreinte, enfin, elle s'écarta pour expliquer :

— J'ai pris le prétexte de te porter ton plateau. Jeanne est occupée en cuisine à ma place.

— Qui est-ce ? demanda Margerie en faisant un signe de tête vers Louve qui s'était précipité vers l'une des étroites fenêtres pour surveiller l'extérieur du château.

Ils se trouvaient dans une antichambre éclairée par plusieurs ouvertures dans la pierre. Des fauteuils somptueux et de petites tables sculptées étaient disposés çà et là. Même après deux semaines dans cette forteresse, Biedeluue continuait de s'étonner du luxe dans lequel vivait Lord Warstone.

Profondément soulagée d'avoir retrouvé Margerie, elle prit le temps de la contempler. Sa sœur était là, devant elle, en bonne santé, en vie, et elle paraissait bien moins effrayée et mal à l'aise que lorsqu'elle l'avait vue dans la grande salle. Il y avait de nouveau une lueur de vie dans ses yeux violets.

— Voici Louve, le nouveau cellérier, annonça-t-elle, quelque peu gênée.

Sa sœur les observa l'un après l'autre. De plus en plus embarrassée, Biedeluue précisa :

— Il est ici parce que… parce que…

Elle s'interrompit en voyant Louve fouiller parmi les parchemins rangés dans le tiroir d'un petit meuble. Que diable faisait-il ?

— Où est son coffre ? demanda-t-il.

Biedeluue le fixa, médusée, et sa stupéfaction grandit encore quand Margerie lui répondit le plus naturellement du monde :

— Il n'en a pas.

— Où garde-t-il ses papiers ?

Margerie pointa le secrétaire du doigt.

— Il écrit toujours ici.

— Et les messages qu'il reçoit ? Où les met-il ?

— Vous n'êtes pas un cellérier ordinaire, fit remarquer Margerie.

— Dites-moi, la pressa-t-il.

— Le messager qui les apporte fait ce signal étrange. Alors je dois tourner le dos à la porte et rester ainsi jusqu'à ce qu'il me dise de me retourner.

— Mais vous avez quand même regardé…

Ce n'était pas une question mais une affirmation. Biedeluue observait leur échange sans rien y comprendre.

— Un peu, quand je ne me tournais pas assez vite. Il n'aime pas cela.

Biedeluue n'avait jamais entendu sa sœur parler ainsi, d'un ton calme et assuré. Surtout, elle ne semblait absolument pas étonnée par les questions de Louve alors qu'elle ne l'avait vu qu'une seule et unique fois dans la grande salle.

— Y a-t-il un autre endroit où je pourrais trouver un morceau de parchemin ? Il devrait être très bien conservé et coloré.

Margerie secoua la tête.

— Il n'y a rien de tel ici. Croyez-moi, j'ai tout fouillé. J'ai retourné cette pièce chaque jour depuis que j'y suis captive pour trouver un moyen de m'échapper.

— Est-ce que Lord Warstone parle dans son sommeil ?

— Pas à propos de parchemin.

L'expression de Louve se durcit.

— À propos de quoi, dans ce cas ?

— Cela ne vous regarde en rien.

— Rien non plus sur des joyaux ?

Les yeux de Margerie lancèrent des éclairs :

— Rien qui puisse concerner un simple cellérier, répéta-t-elle.

Biedeluue ne comprenait décidément rien à cet échange et elle peinait à reconnaître sa petite sœur dans cette femme assurée. La jeune fille qu'elle avait connue se serait évanouie d'émotion en les voyant entrer dans la pièce et aurait passivement attendu d'être sauvée. Celle qui se tenait aujourd'hui devant elle avait les poings serrés et ne répondait aux questions que Louve posait que parce qu'elle le voulait bien, non parce qu'elle était impressionnée ou effrayée.

Après un dernier regard appuyé à Margerie, Louve retourna près de la fenêtre.

Biedeluue échangea un regard avec sa sœur qui lui demanda :

— Que fais-tu ici ?

De plus en plus stupéfaite, elle posa la première question qui lui passa par la tête :

— Ne vas-tu pas plutôt lui demander pourquoi il pose toutes ces questions ?

— Je suis dans ces appartements depuis fort longtemps alors pour ma sécurité, j'ai appris à ne jamais poser de questions.

— N'ai-je pas amené Biedeluue avec moi ? intervint Louve. Je ne suis pas votre adversaire, au contraire. Je vous garderai toutes deux en sécurité.

Margerie se contenta de lever les yeux au ciel comme si elle n'en croyait pas un mot.

— Pourquoi es-tu ici ? répéta-t-elle pour la seconde fois.

— Mais enfin, tu… tu as dit que tu étais en danger ! J'ai reçu ton message, alors…

— Ce message s'adressait à nos frères ! la coupa Margerie.

Biedeluue fit de son mieux pour ne pas se sentir blessée.

— Qui d'autre t'a toujours aidée par le passé ?

Les yeux de Margerie s'adoucirent.

— Non sans quelques bleus et bosses au passage, lui rappela-t-elle tendrement. Comment as-tu pu être assez téméraire pour venir dans cette forteresse de malheur, Biedeluue ?

Louve émit un petit rire qui signifiait très exactement qu'il lui avait posé la même question à de multiples reprises. Piquée au vif, Biedeluue l'ignora superbement.

— Moi, téméraire ? Qui t'a mise en garde contre Lord Warstone ? Dois-je te rappeler que tu n'arrêtais pas de vanter ses mérites et son charme ! Rien de ce que tu as pu me dire à son propos n'a apaisé mon inquiétude. Et j'avais bien raison !

Margerie pâlit brusquement.

— Est-ce à cause de cela que tu es venue ? Seigneur ! Je n'ai dit tout cela que pour te protéger et te garder à distance, au contraire !

— Pardon ?

— Si je t'avais dit que je voulais suivre un tel homme, seulement pour sa richesse et ses connexions dans le monde, m'aurais-tu laissé partir ?

Bien sûr que non ! Les mots de sa sœur pénétraient lentement sa raison.

— Tu veux dire que… tu n'as pas le cœur brisé ?

Margerie fit une grimace écœurée.

— Moi ? Certainement pas !

— Alors, tu t'es mise en danger auprès de cet homme inquiétant pour… rien ?

— Tu n'es pas rien ! Notre famille n'est pas rien ! répliqua-t-elle fièrement. Tu travailles pour donner de l'argent à mère et aux autres mais, ce faisant, tu ne gardes rien pour toi. Alors, avec ce que Lord Warstone m'a promis, eh bien…

— Tu veux dire que tu as fait tout cela… pour moi ? balbutia Biedeluue que l'émotion empêchait presque de respirer.

— Je savais que Ian n'était pas tout à fait normal… Des rumeurs couraient, j'ai entendu dire qu'il était dangereux, seulement… l'offre qu'il m'a faite nous aurait permis à tous de vivre sans inquiétude. Au même moment, Mabile m'a écrit et…

— Mabile ! Elle ne m'a rien écrit à moi !

— Je ne sais pas pourquoi elle m'a envoyé ce message à moi plutôt qu'à toi, sans doute simplement parce que nous ne savons jamais où t'écrire quand tu pars, pas avant que tu nous envoies ta nouvelle adresse.

— Que se passe-t-il avec Mabile ?

— Elle est à nouveau enceinte. Elle ne s'en sortait déjà pas auparavant, et tu ne pourras pas toujours nous aider tous…

— Vous n'avez que peu de temps, les interrompit Louve.

Biedeluue secoua la tête, submergée par ce qu'elle venait d'apprendre. L'annonce de Margerie la rappelait durement à ses responsabilités familiales. Depuis des jours, son esprit était sans cesse accaparé par Louve. Et voilà que la réalité de l'existence venait la frapper de plein fouet : si Mabile était enceinte, elle ne pourrait bientôt plus envoyer de l'argent à leur mère car elle ne pourrait tout simplement plus travailler autant.

— Il est vraiment là pour nous protéger ? reprit Margerie

à voix basse en jetant un regard curieux vers Louve. Qui est-il vraiment ?

— Je… je ne sais pas, bégaya Biedeluue qui ne voulait pas trahir les confidences de Louve.

Ce dernier, qui leur tournait toujours le dos, s'éclaircit la voix et demanda en tournant la tête :

— Est-ce vous qui avez empoisonné l'*ale* ?

— Comment ? s'exclama sa sœur.

Biedeluue se plaça aussitôt devant elle pour la défendre.

— Margerie ne ferait jamais une telle chose !

— Un fût dans le cellier a été empoisonné. Êtes-vous responsable, ou bien savez-vous qui l'est ?

Loin de paraître offusquée par la question, Margerie s'écria :

— Alors c'est ce qui n'allait pas avec cette *ale* !

— Tu as bien arrêté d'en boire, n'est-ce pas ? s'inquiéta Biedeluue.

Le soulagement qui l'envahit devant la confirmation de Margerie fut intense.

— Oui, je n'y ai plus touché depuis cette soirée dans la grande salle où son goût m'a paru mauvais.

— Et ta main ?

Margerie la leva devant elle.

— J'ai gardé le bandage mais, ne t'inquiète pas, ce n'est qu'une coupure superficielle.

Soulagée, Biedeluue voulut la reprendre dans ses bras mais Margerie se raidit.

— Tu es blessée ! s'écria-t-elle. Partons d'ici ! Tu as besoin de repos pour guérir !

— Calme-toi, ce n'est pas ce que tu crois.

— Ce que je crois ? C'est bien toi qui as écrit ce message, et je te découvre ici avec une lèvre enflée ! Alors dis-moi ce que je suis censée croire !

Margerie haussa les épaules, l'air vaguement mal à l'aise.

— Rien de plus que ce que je te dis.

Biedeluue se retint de soupirer. Sa sœur avait toujours eu

cette tendance à jouer le mystère. Autrefois, cela l'amusait, aujourd'hui, toutefois, elle se sentait surtout exaspérée.

— Je suis venue jusqu'ici pour te porter secours, lui rappela-t-elle plus sèchement.

— Je le vois bien. Et je t'en remercie même si, en l'occurrence, tu devais envoyer quelqu'un d'autre.

— Quand il s'agit de ma famille, tu sais très bien que je viens toujours.

— Bien sûr ! Seulement, cette fois, nous avions besoin de quelqu'un qui sache utiliser ses armes contre des soldats aguerris. Tu ne peux pas combattre les gardes, il me semble…

— Si tu avais besoin d'une épée, tu aurais dû le dire. J'en aurais trouvé une, ou n'importe quelle arme…

Biedeluue avait conscience qu'elle n'était plus raisonnable et qu'elle perdait son calme.

— J'ai cru que les termes « très dangereux » suffiraient à t'indiquer la gravité de la situation. Quand j'ai trouvé ce petit bout de parchemin, j'ai su que je devais saisir ma chance. Ian a beau être immensément riche, il ne laisse pas de parchemin vierge traîner n'importe où !

— Je les vois qui reviennent à travers bois, annonça Louve. Soit ils poursuivent une proie, soit ils sont déjà sur le chemin du retour.

— Cet homme n'est décidément pas un cellérier.

Difficile, effectivement, de faire croire le contraire quand il était à la fois aussi assuré et aussi autoritaire. Afin de préserver les secrets qu'il lui avait confiés, Biedeluue répondit néanmoins :

— Il sait réellement comment gérer une demeure comme celle-ci.

— Il nous faut partir ! Ils rentrent ! intervint Louve.

À son grand étonnement, Margerie recula d'un pas.

— Je n'irai nulle part.

Cette fois, Louve fit volte-face vers elle. Quant à Biedeluue, elle resta pétrifiée sur place :

— Répétez cela, demanda-t-il.

— Je n'irai nulle part sans Evrart, affirme Margerie d'un ton sans appel.

— Evrart ! Qui est cet Evrart ? s'exclama Biedeluue par-dessus le bourdonnement qui s'intensifiait dans ses oreilles. Je croyais que c'était Lord Warstone qui te retenait prisonnière !

Elle n'arrivait pas à croire ce qu'elle entendait. Ce ne pouvait être qu'un mauvais rêve !

— C'était le cas ! Je veux dire : c'est le cas ! Ian s'est montré incroyablement charmant au début, alors je pensais qu'il voulait me séduire, seulement, tout le temps que j'ai passé ici, il n'a jamais demandé à… Enfin, il n'a jamais voulu… Ce dont je lui suis infiniment reconnaissante, néanmoins son attitude n'en était que plus terrifiante, c'est pourquoi j'ai envoyé ce message !

— Ils reviennent, les informa Louve. Je vois Balthus, il est en vie.

Le soulagement qu'elle entendit dans sa voix la fit frissonner. Que voulait-il dire ? Pourquoi craignait-il pour la vie de Balthus ? Quelle menace pesait exactement sur cette forteresse, dont elle ne savait rien, alors que Louve et Margerie semblaient se comprendre à demi-mot ?

— Il y a un second homme que je ne reconnais pas avec eux. Lord Warstone va sans doute bientôt sortir du bois. Il faut y aller. Maintenant ! Il n'y a pas le temps d'emporter quoi que ce soit !

— Je ne pars pas.

Atterrée, Biedeluue regarda sa sœur qui venait d'annoncer cela d'une voix parfaitement calme. Puis Louve qui attendait déjà à la porte. Son regard désespéré passa de l'un à l'autre.

— Aide-moi, le supplia-t-elle.

Louve gardait les yeux rivés sur Margerie.

— Votre sœur ne comprend pas, lui dit-il.

— Parce que toi tu comprends quelque chose ? s'exclama Biedeluue dont la voix partait dans les aigus à mesure que la panique la gagnait.

— Ta sœur veut s'éloigner de Ian, en revanche, elle ne veut pas quitter cet homme.

— Evrart, confirma Margerie.

— Et où est Evrart en ce moment ? Nous n'avons qu'à partir avec lui, dit-elle, de plus en plus affolée.

— C'est impossible. Il est avec Ian.

— Biedeluue, il faut partir, tout de suite, la pressa Louve.

— Non ! Rien de tout cela n'a le moindre sens ! Je ne partirai pas sans ma sœur !

Cependant, les deux autres semblaient poursuivre leur échange secret. Ils ne la regardaient même pas.

— Quel marché avez-vous conclu avec Ian ? demanda Margerie. En échange de quoi vous a-t-il laissé entrer ici ? Je suis bien placée pour savoir qu'il négocie mieux que le diable en personne.

— Il m'a dit que je pourrais vous emmener du moment que vous vouliez quitter cette pièce. Comme Biedeluue m'avait parlé de vous, du message que vous aviez envoyé et que je savais que vous étiez très proches, il me semblait impossible de perdre ce marché.

— Qui est Evrart ? demanda Biedeluue en s'efforçant de ne pas perdre patience ni céder à la panique qu'elle sentait monter en elle.

— Il est le garde personnel de Ian.

— Tu veux parler de cette brute menaçante que j'ai vue au banquet ?

— Je t'interdis de parler de lui comme cela ! s'écria Margerie. C'est un homme bon, et il souffre assez de devoir feindre l'apparence d'un soldat violent au service de Ian !

Louve revint à grands pas à la fenêtre.

— Ils viennent de passer les portes et se dirigent tous vers les écuries. Profitons de ce délai inespéré. Margerie, expliquez-vous et vite, sans quoi votre sœur ne quittera pas cette pièce, et nous serons tous condamnés.

— Je suis amoureuse !

Biedeluue avait entendu sa sœur soupirer après un joli cœur bien trop souvent pour s'en émouvoir.

— Est-ce que tu plaisantes ?

— Non, je suis vraiment amoureuse, cette fois. Tu dois me croire, Biedeluue. Nous avons vainement essayé de lutter contre nos sentiments. Avec Ian tout près, le danger était mortel. Seulement… il a semblé ne rien voir et, petit à petit, nos sentiments se sont renforcés.

— Ian a tout vu, la contredit Louve.

Margerie blêmit.

— Que voulez-vous dire ?

— Ian aime observer les gens. Il note tout et s'en sert ensuite à son avantage.

Margerie porta sa main bandée à sa poitrine.

— Non, c'est impossible, il ne peut pas savoir, il… Oh mon Dieu ! Evrart ! Seigneur, je crois que je vais être malade.

— Ah, c'est un souci familial, fit remarquer Louve en lui adressant un sourire en coin. Votre sœur m'a dit exactement la même chose la première fois que je l'ai rencontrée.

— Ce n'est pas le moment de plaisanter ! s'agaça Biedeluue avant de prendre la main de sa sœur dans les siennes. Margerie, nous devons partir. Tu as la lèvre coupée, et je t'ai vu grimacer de douleur au souper, l'autre jour. Lord Warstone te fait du mal.

— Non ! Ce n'est pas… Lord Warstone n'a rien fait. Evrart, enfin, il est grand et moi… Dois-je vraiment en dire davantage ? bégaya Margerie en rougissant.

— Non, c'est inutile, intervint Louve, j'ai compris.

— Oh que si, elle doit s'expliquer ! répliqua Biedeluue. Ma petite sœur a été blessée par un garde brutal et…

Margerie émit un gémissement exaspéré.

— Biedeluue, ce n'est pas du tout ce que tu crois ! Evrart est très grand et fort. Je lui ai… sauté dessus, il a perdu l'équilibre et nous sommes tombés. Tu peux me croire, il se sent atrocement mal depuis mais… moi pas. Tu l'as bien vu agir comme un idiot et se donner en spectacle pour m'amuser le soir du souper.

Comprenant enfin, Biedeluue se sentit rougir à son tour.

— Très bien, très bien, j'en ai assez entendu, marmonna-t-elle. Mais j'ai vu de mes propres yeux Lord Warstone te couper la main ! Si tu restes, comment peux-tu être certaine qu'il ne te blessera pas plus sévèrement ? Surtout s'il sait que tu entretiens une relation avec son garde.

— Ian est profondément instable, confirma Louve. Ce genre d'acte est dû à l'entraînement violent que les Warstone lui ont infligé depuis l'enfance. Est-ce que ce genre de choses s'est produit à plusieurs reprises ?

— Je ne le connais pas si bien que cela, mais Evrart dit qu'il a commencé à glisser sur les pentes de la folie, admit Margerie en secouant la tête d'un air sincèrement navré.

— Tu ne peux quand même pas te sentir désolée pour cet homme ! s'exclama Biedeluue en lisant une inquiétude réelle sur les traits de sa sœur.

— Si tu l'entendais la nuit, ce qu'il dit dans son sommeil…

Louve posa sur elle un regard assombri, lui aussi voulait savoir ce qu'elle leur cachait. Néanmoins, il n'insista pas et annonça :

— Ils ont quitté les écuries. Il est temps. Si Ian nous voit ici, nous sommes perdus. Il ne doit surtout pas nous croiser dans l'escalier.

— Que faire, alors ? s'alarma Biedeluue.

— Biedeluue, tu le sais comme moi : nous devons la laisser, annonça-t-il d'un ton parfaitement calme.

Biedeluue sentit son cœur manquer un battement.

— As-tu perdu l'esprit ? Jamais je ne la laisserai ! Cet Evrart n'aura qu'à nous suivre !

— Il ne peut pas ! dirent les deux autres d'une même voix.

Biedeluue pointa un doigt accusateur vers Louve.

— Qu'est-ce que tu ne me dis pas ?

Ce fut cependant Margerie qui lui répondit :

— Evrart a une dette envers Ian, et ce dernier sait où trouver sa famille.

— Non, non, je ne suis pas venue jusqu'ici pour rien !

répéta Biedeluue que la panique empêchait de reprendre son souffle.

— Je t'en prie, sois raisonnable. Je n'aurais jamais dû t'envoyer ce message. Je pensais qu'avec nos frères et quelques soutiens nous aurions pu parvenir à nous échapper.

— À moins que vos frères n'aient été entraînés par le diable lui-même, ils n'avaient aucune chance.

Margerie détourna le regard.

— Vous le saviez, comprit Louve. Evrart vous a dit de ne pas envoyer ce message, que cela ne ferait qu'aggraver le danger.

— Hélas ! Je ne lui ai parlé de ce message qu'après l'avoir envoyé, se lamenta-t-elle. Quand j'ai écrit sur ce maudit bout de parchemin, je n'étais pas là depuis assez longtemps pour mesurer le danger que représentait Ian.

Louve hocha solennellement la tête.

— Biedeluue, Ian sait qui tu es. Il faut partir.

— Non ! s'emporta-t-elle. Lâche-moi !

— Pas cette fois. Ta sœur est en sécurité pour le moment. Mais si Ian nous trouve ici en revenant, nous sommes tous perdus. Il observe et écoute absolument tout ce qui se passe entre ces murs, il sait que vous êtes sœurs. C'est précisément pour cela qu'il a accepté de négocier avec moi. Ce n'était qu'un jeu de plus pour lui.

— Un jeu ? Combien de jeux y a-t-il exactement ?

— Partez, vite ! lança Margerie en les poussant vers la sortie.

Dans une dernière étreinte, Margerie murmura :

— Je te retrouverai, je te le promets. Ian ne peut pas être éternel, il finira par faire une erreur, et nous saurons en profiter, Evrart et moi.

Louve resserra son emprise sur son poignet et l'entraîna au-dehors.

Chapitre 19

Louve allongea le pas, obligeant Biedeluue à courir. Il prenait soin de ne pas lui serrer le poignet trop fort, et son pas pressé l'obligeait à se concentrer au lieu de noter la peur que trahissaient ses gestes brusques. Entendait-elle la panique dans son souffle inégal ?

Ils dépassèrent en hâte les gardes sans leur jeter un regard. Ils tournèrent au bout du couloir et, enfin, il put refermer sur eux la porte du petit placard à linge dans lequel ils s'étaient déjà retrouvés.

— Louve !

Il ne la laissa pas continuer et la plaqua contre le mur du fond. Son corps pressé contre le sien, un soulagement intense l'envahit, comme si c'était exactement ce dont il avait besoin pour rejeter la peur au loin.

— Pas un bruit, murmura-t-il tout contre son cou.

Avec délectation, il inspira le parfum suave de sa peau. Il savait qu'il perdait pied, qu'il se laissait emporter par l'envoûtement qui existait dès qu'il se trouvait seul en sa présence. Deux envies contradictoires divisaient son âme, d'un côté, il aurait voulu la serrer plus fort contre lui et éclater de rire, simplement heureux d'être encore en vie après l'insoutenable tension des derniers instants ; de l'autre, il voulait la secouer et proférer des jurons avant de l'embrasser passionnément parce qu'elle avait pris des risques inconsidérés par son entêtement.

Au lieu de cela, Louve la tint simplement contre lui. Ils étaient saufs pour l'heure, hélas, cela ne durerait pas.

— Petite folle, souffla-t-il. À quoi pensais-tu ?

Elle voulut s'écarter mais il ne la laissa pas faire. Au contraire, il la pressa davantage contre le mur pour s'enivrer de la chaleur et de la douceur de ses courbes.

— Je savais très bien ce que je faisais, prétendit-elle d'un petit ton décidé où perçait malgré tout le doute.

— Je t'avais dit que je t'aiderais. Je te l'avais promis. Ne pouvais-tu attendre ?

— Pas après…

— Après quoi ? Tu as cru que parce que tu ne voulais pas être ma femme, je trahirais ma promesse et t'abandonnerais ?

L'aurait-il voulu qu'il en aurait été incapable ! Autrefois, son rêve d'un foyer et d'une femme l'avait aidé à traverser les pires moments de son existence. Mais depuis qu'il l'avait rencontrée, il n'imaginait plus aucune autre femme qu'elle auprès de lui.

Cela prendrait le temps qu'il faudrait mais il n'abandonnerait pas. De toute façon, il lui faudrait encore beaucoup de temps avant de venir à bout de sa quête du Joyau des Rois. Il avait donc du temps devant lui pour la convaincre de l'accepter dans sa vie.

Le ferait-elle ? Elle avait déclaré ne pas vouloir de mari. Mais peut-être avait-elle simplement besoin de temps pour lui faire confiance.

Avec douceur, il prit son visage entre ses mains.

— Biedeluue, je ne t'abandonn…

La douleur fut si vive qu'il n'eut pas le temps de comprendre ce qui se passait avant de la voir s'échapper. Elle l'avait mordu. Déjà, il avait rejoint la porte pour l'empêcher de sortir. Avec un regard meurtrier, elle ordonna :

— Laisse-moi sortir.

Il ne faisait aucun doute que, si elle avait eu une coupe ou n'importe quel objet à portée de mains, elle le lui aurait jeté à la figure. Au lieu de quoi, elle n'avait que sa colère comme arme contre lui. Apparemment, ses quelques mots avaient touché une corde sensible, et elle réagissait avec violence.

Elle se tenait devant lui, les joues rosies par la fureur, la gorge haletante, les mains posées sur ces hanches merveilleuses dont il rêvait depuis qu'il l'avait vue vaciller dans la cuisine, le premier jour. Cette image suffit à faire courir un frisson d'anticipation dans tout son corps.

Biedeluue dut percevoir le cours de ses pensées car leurs yeux s'accrochèrent, et il vit la rage se transformer en autre chose dans ses iris aux couleurs mêlées. Une lueur sauvage, féroce, aussi incontrôlable que la puissance qui l'animait en cet instant. Elle aussi voulait prendre, donner, réclamer…

— Je ne peux pas te laisser sortir, gronda-t-il, c'est trop dangereux. Recule, Biedeluue.

Les yeux étrécis, elle s'empara d'un drap sur les étagères et le lui jeta au visage. Il évita le second.

— Que crois-tu faire avec ça ? l'interrogea-t-il.

— Te faire bouger !

En un instant, il l'avait de nouveau plaquée contre le mur. Il pouvait sentir la chaleur de son souffle et le rythme effréné de son cœur.

— Je n'irai nulle part. Je ne peux qu'aller vers toi, ne le comprends-tu pas ? gronda-t-il d'une voix rauque.

Il avait saisi ses bras, et elle tenta de les libérer. Pour la faire cesser, il pressa son bassin contre ses hanches. Biedeluue s'immobilisa aussitôt, en poussant un gémissement de volupté involontaire.

— Si tu étais montée toute seule avec ce plateau, les gardes t'auraient forcée à goûter à tout pour vérifier que ce n'était pas empoisonné.

— Et alors, gémit-elle ? Rien ne l'était.

— Nous le savons, pas eux.

Il se perdait dans la contemplation de ses yeux envoûtants.

— Une fois qu'ils auraient eu la confirmation que rien n'était empoisonné, ils t'auraient interrogée.

— Et je ne leur aurais rien dit. De toute façon, pourquoi

m'auraient-ils questionnée ? Je n'étais qu'une domestique qui apportait un plateau de nourriture.

Elle ne comprenait pas. Comment l'aurait-elle pu, d'ailleurs ? Elle ne connaissait pas le pouvoir de malveillance des Warstone. Elle ne savait pas… Lui aussi, autrefois, s'était montré aussi naïf.

— Tu n'es pas la domestique assignée à cette chambre. Crois-moi, ils t'auraient interrogée, et l'expérience n'aurait pas été agréable. Ils auraient utilisé leurs dagues pour te blesser, ils t'auraient brisé les doigts…

Les yeux agrandis d'horreur, elle secoua la tête.

— Ian n'était pas là, ils n'auraient eu aucune raison de se montrer aussi méfiants et agressifs alors qu'il n'y avait que Margerie.

— Ce sont ses appartements privés, et il leur a sans nul doute donné l'ordre de prendre toutes les mesures de protection qu'ils jugeraient nécessaires. Elle est à nous, désormais, ajouta-t-il sans lien.

— À nous ? De quoi parles-tu ?

Ses mains glissèrent sur ses hanches, et il enfonça les doigts dans sa chair tendre en grondant tout bas de plaisir.

— Cette pièce… Elle est à nous.

— Je… Tu es en colère après moi, moi après toi, et tu trouves encore le moyen de plaisanter ?

— Pourtant, crois-moi, mon humeur n'est pas à la plaisanterie, j'ai tout autre chose en tête… La douceur de ta peau, la perfection avec laquelle nos corps se rencontrent, cela me fait perdre l'esprit. Tu me rends fou, Biedeluue. Quand je pense que j'ai failli te perdre pour de bon… Sans avoir eu aucune chance de rectifier les choses entre nous.

— Que dis-tu ? haleta-t-elle. Après ce que nous nous sommes dit dans les cuisines, tu sais comme moi qu'il ne peut pas y avoir d'avenir pour nous. Tu dis que tu en veux un, mais je ne veux pas parler de ça maintenant ! Tu me distrais ! Laisse-moi passer, je n'ai plus rien à faire ici, je dois part…

Louve se pencha et passa la langue sur la peau douce de

son cou. Un intense sentiment de triomphe l'envahit lorsqu'il la sentit frémir sous sa caresse.

— Ils sont rentrés, lui rappela-t-il tout bas. Et, à présent, des soldats doivent battre la campagne tout autour. Si nous partons maintenant, non seulement je vois mal comment nous pourrons leur échapper mais, de surcroît, ta sœur serait en danger.

Soudain, la lueur d'angoisse bien réelle qu'il lut dans son regard brisa l'enchantement sensuel du moment. Louve la voulait plus que tout, mais pas au prix de sa souffrance.

— Biedeluue, tu ne peux pas sortir tout de suite, au cas où nous croiserions Ian ou ses parents, mais je m'écarte si tu en as besoin, dit-il d'un ton sérieux.

Il s'écarta et posa doucement ses lèvres sur les siennes. Elle ne chercha plus à s'éloigner, et il fut incapable de résister à la tentation de mordiller tendrement sa lèvre.

— D'accord, je reste, capitula-t-elle. Mais je veux des réponses, lâcha-t-elle tout bas.

Elle entrouvrit les lèvres, et leurs langues se caressèrent.

— Parle-moi, dis-moi ce que je ne sais pas encore, dit-elle.

Pouvait-il lui parler ? Son corps saturé de désir rejetait cette idée, aussi se força-t-il à s'écarter assez pour que leurs deux corps ne se touchent plus. Seuls leurs souffles haletants se mêlaient encore. Biedeluue méritait des réponses. Alors si c'est ce qu'elle voulait, il les lui donnerait.

Il s'efforça de ne pas laisser son regard s'écarter de ses yeux écarquillés pour ne pas être tenté par ses lèvres entrouvertes et gonflées de leurs baisers.

Elle serra les poings dans sa tunique et l'attira à elle pour poser les lèvres sur sa gorge, à l'endroit où son pouls battait follement.

— Qui es-tu réellement ? Je veux savoir.

— Je suis Louve. Je suis simplement…

Elle embrassa son cou, juste à l'endroit où il brûlait de sentir ses lèvres.

— Je veux te connaître, Louve. Entièrement.

— Biedeluue, souffla-t-il en tentant de garder le contrôle.

C'était peine perdue. Il l'avait tout à elle, pendant ces trop brefs instants, elle était à lui. Alors il devait s'assurer qu'elle veuille la même chose que lui.

— Est-ce vraiment ce que tu veux ? articula-t-il comme elle alternait baisers légers et morsures délicates dans son cou.

Elle fit glisser ses doigts fins sur son torse, sur ses épaules et enfonça délibérément ses ongles dans ses muscles. Enfin, ses lèvres se posèrent sur les siennes.

Le baiser passionné de Louve signa sa perte. Bien sûr, les questions se bousculaient en elle, non seulement le concernant mais aussi sur son avenir à elle. Pour l'heure, toutefois, elle avait besoin de tout autre chose.

Un instant plus tôt, lorsqu'il s'était volontairement écarté d'elle, il avait gagné sa confiance. Il l'avait laissé lire sur ses traits le combat qu'il menait contre ses propres sentiments, il l'avait laissé voir ses faiblesses et ses failles. Les mots avaient été inutiles, elle avait lu ses efforts dans les muscles saillants de ses bras lorsqu'il avait agrippé l'étagère pour ne plus la toucher, dans ses mâchoires serrées, dans le pouls qui battait à son cou…

Il s'était tenu à l'écart malgré son désir, et elle avait compris qu'elle pouvait se fier à lui. Aussi avait-elle répondu à la bataille qu'il menait contre lui-même en posant les lèvres sur ce pouls affolé, transportée d'émotion et de reconnaissance.

D'une main tremblante, Louve enserra sa taille en déposant des baisers enflammés dans son cou puis, plus bas, le long de son corsage. Comme elle passait les doigts dans ses cheveux sombres, son parfum l'enivra. Son instinct prit le dessus, et elle laissa ses mains courir sous sa chemise, en quête de sa peau douce et brûlante.

Il arrêta sa main qui descendait le long de son ventre.

— Biedeluue, haleta-t-il.

Elle leva les yeux sur lui.

— Tu cherches tout le temps à emprisonner mes mains.

— Parce qu'elles ont raison de moi.

Elle sourit.

— C'est précisément le but recherché, en l'occurrence.

À cet aveu, son regard s'illumina d'un seul coup. Il la saisit par la taille et remonta ses jupons d'une main. Le volume de ses jupes ne lui permettait plus de voir ce qu'il faisait, mais elle sentit sa cuisse musclée entre les siennes, et il plaça une main derrière son genou pour lui soulever la jambe. Biedeluue posa les mains sur ses épaules pour garder l'équilibre. Du pouce, il caressait la peau fine à l'arrière de son genou, la faisant délicieusement frissonner.

— Louve, s'il te plaît, reprit-elle en gémissant lorsqu'il pressa son grand corps puissant contre le sien.

Comme il se retenait toujours, l'empêchant de sentir la pression de ses reins entre ses cuisses, elle le saisit par les hanches et s'arqua contre lui. En vain.

— C'est maintenant que tu décides de te défiler, gémit-elle sans masquer sa frustration. Tu es trop grand !

Il lui répondit d'un sourire arrogant.

— Peut-être que j'ai envie que tu me grimpes dessus. Est-ce que tu sais quel effet tes courbes ont sur moi, ma belle ?

Cette fois, ce fut elle qui lui jeta un regard plein d'assurance :

— Je crois bien que oui…

Il leva sa jambe un peu plus et pressa enfin son sexe dur contre sa féminité.

— Tu as envie de moi, Biedeluue ? Est-ce vraiment ce que tu veux ? Tu sais que…

— Tu te répètes, haleta-t-elle. Eh oui, je veux… Oh…

Elle ne put finir sa phrase car d'un mouvement agile, il avait défait les lacets de ses chausses, et son membre passa le long de son sexe, lui coupant le souffle. Louve rit tout bas, jouant encore avec son désir, la rendant impatiente et palpitante. Puis, avec une force merveilleuse, il la hissa contre le mur et s'enfonça en elle. Le plaisir fut si violent qu'elle poussa un cri qu'il étouffa vite d'un baiser. Ses pensées se fondirent dans la vague de volupté qui emportait aussi bien ses sens que sa raison.

Le visage dans son cou, Louve murmurait des mots sans suite :

— Mon audacieuse ensorceleuse, ma douce…

Alors elle se pressa contre lui, et ils basculèrent ensemble dans un univers où les mots n'étaient plus nécessaires.

Il leur fallut un long moment après l'extase de leurs corps pour retrouver leur souffle.

— Est-ce que tu vas bien ? demanda Louve, une réelle inquiétude dans le regard.

Elle allait mieux que bien ! Elle ne pensait pas s'être un jour sentie aussi bien, à vrai dire. Néanmoins, ses questions demeuraient toujours sans réponse, et elle ne le laisserait pas s'en tirer à si bon compte.

— J'ai besoin de réponses, lui rappela-t-elle, l'air faussement sévère.

Avec un petit rire, il posa un baiser sur sa tempe.

— C'est vrai.

Il se mit en devoir d'arranger sa robe quelque peu froissée par leurs ébats. Comme Biedeluue posait sur lui un regard interrogateur, il répondit :

— Laissons les questions pour plus tard, tu veux bien ? J'aimerais passer un peu de temps avec toi ailleurs qu'à même le sol ou contre un mur. Je veux pouvoir te déshabiller lentement et entièrement pour te découvrir.

— Il y a beaucoup à découvrir sur ma personne, grimaça-t-elle en pensant à ses courbes généreuses.

— Ne me tente pas ! Je me retiens à peine en ce moment même.

— Alors c'est cela quand tu te restreins ? plaisanta-t-elle.

— Crois-moi, petite moqueuse, dès que j'aurai trouvé l'endroit et le moment où je pourrai enfin explorer tous tes trésors, tu verras que ce que nous venons de partager était effectivement restreint.

Biedeluue sourit malgré elle. Elle aimait son humour facile, elle aimait ses sourires. Savait-il que sa fossette droite était plus profonde que la… Des bruits de pas de l'autre côté de la porte la firent sursauter.

— Ne savent-ils donc pas que c'est notre chambre ? chuchota Louve à son oreille.

Elle aurait voulu rire, cependant, il y avait une soudaine lueur de tristesse dans son regard qui l'arrêta. Elle eut envie d'apaiser sa mélancolie. Elle voulait partager le fardeau secret qu'il portait et affronter avec lui la menace qui les guettait hors de cette pièce minuscule qui était effectivement devenue leur havre.

Dans le même temps, la confiance qu'elle avait déjà en lui l'effrayait, alors que les hommes lui avaient prouvé leur duplicité tant de fois. Heureusement, son inquiétude était apaisée par la chaleur de ses mains qui caressaient ses bras et par la joie de ce qu'ils venaient de partager et qui irriguait tout son corps.

— Parle-moi, maintenant, pria-t-elle tout bas. Quel était le sens de toutes ces questions que tu as posées à ma sœur ? Et pour quelle véritable raison l'avons-nous laissée là ?

Louve sentit sa gorge se serrer tandis qu'il continuait de la toucher, encore et encore, comme un homme pris au piège d'un sortilège. Quand il lui aurait dit ce qu'elle avait besoin d'entendre, elle ne voudrait peut-être plus tolérer son contact. Ou bien les conflits qui déchiraient les Warstone leur coûteraient peut-être la vie, tout simplement. Louve avait vu le regard des gardes tout à l'heure et, sans les ordres de Ian, ils seraient déjà morts.

Toutefois, il ne voulait pas renoncer à elle. Il en était incapable, de toute façon.

Il lui avait dit qu'il était mercenaire, mais savait-elle ce que cela signifiait ? Probablement pas. Et comme il n'était pas un simple soldat armé mais un proche de Reynold plongé jusqu'au cou dans les intrigues mortelles des Warstone, la différence avec un simple soldat était de taille. Il avait dû affronter cette vérité lorsqu'il était entré dans les appartements de Ian seulement pour découvrir qu'il avait été piégé. Les frères Warstone semblaient tous convaincus qu'il aimait leurs petits jeux, pourtant, il n'hésiterait pas un seul instant à s'en extraire si c'était ce que Biedeluue voulait. Il n'aimait pas cela, non. Simplement, il comprenait leurs intrigues et leurs manigances.

Quand il avait mesuré le danger où ils se trouvaient tout à l'heure, face aux gardes, Louve avait compris qu'il ne pouvait plus prendre de risque avec sa vie à elle. Alors, même si cela le plongeait d'avance dans un profond désespoir, il devrait peut-être envisager de renoncer à elle. Pour son bien.

Lui dire la vérité lui laissait au moins l'opportunité de faire un choix. Avec un soupir, il libéra ses bras et recula d'un pas.

Il fut soulagé de voir qu'elle ne cherchait pas à mettre de la distance entre eux, se contentant de le regarder d'un air curieux. Par le passé, il n'avait eu aucune peine à éviter de réfléchir à qui il était, à ce qu'il faisait. Quand on le lui demandait, il n'avait qu'à sourire et lancer une plaisanterie pour distraire son interlocuteur. Il avait appris depuis longtemps à ne jamais parler de lui.

Seulement, cette fois, c'était Biedeluue qui l'interrogeait et c'était elle la distraction. Une distraction qu'il voulait garder.

— Qu'est-ce que tu fais ? demanda-t-elle.

— J'essaie de te prendre la main.

— À chaque fois que tu me prends la main, quelque chose arrive.

Il baissa le visage.

— Je te promets que cette fois, ce ne sera rien d'autre que des réponses.

— Les réponses, c'est déjà bien, mais je veux aussi ma sœur.

— Je le sais, mais nous ne pouvons pas l'emmener maintenant. De toute façon, nous n'aurions pas pu rester une minute de plus là-bas sans mourir.

Biedeluue n'était pas effrayée, non, elle était déterminée,

aussi devait-il apprendre à négocier avec sa volonté. Pour commencer, il devait lui faire comprendre quelque chose que lui-même venait tout juste de saisir : elle avait bien plus d'importance à ses yeux que sa mission, seulement ils n'auraient peut-être pas la chance d'avoir plus que ces moments volés. Même s'ils parvenaient à s'échapper tous les trois, sa compagnie mettrait nécessairement les deux sœurs en danger. Ian n'était pas homme à se laisser berner et il les pourchasserait sans relâche. Or, après tous ces échecs face à lui, Louve mesurait mieux la force de son adversaire.

— Que se passe-t-il, ici ? le pressa-t-elle.

— Tu étais là, Biedeluue, tu as entendu ce qui se passe avec ta sœur. Elle ne partira pas sans Evrart.

— Margerie aime sa famille. Je suis sa famille, et elle m'a appelée au secours !

— Elle a demandé des bras armés.

Comme Biedeluue baissait le regard, blessée, il s'excusa aussitôt :

— Pardon, je m'y prends mal.

Il prit sa main dans les siennes et savoura la chaleur de ses doigts. Elle était en vie, et il devait lui parler. Maintenant.

— J'ai été intendant autrefois..., commença-t-il avant de s'interrompre.

— Tu me l'as déjà dit. Ensuite, tu es devenu mercenaire. Et, maintenant, tu passes ton temps à jouer aux petits jeux de Ian de Warstone. Tout de suite, je ne veux pas connaître ton passé, je veux que tu m'expliques pourquoi tu m'as éloignée de ma sœur !

Louve retint un sourire amusé. Il aimait cette impatience, c'était tellement elle.

— Je t'en parle parce que c'est important. Je suis devenu mercenaire, en effet, et je me suis battu pour Reynold, l'un des quatre frères Warstone.

Biedeluue blêmit brusquement et lâcha ses mains.

— Non. C'est lui qui t'a engagé ? Tu es le mercenaire d'un Warstone ? Non, c'est impossible, je...

Il comprenait sa détresse. Elle se croyait trahie parce qu'ils venaient de partager un moment d'une intimité bouleversante et qu'elle apprenait ensuite qu'il était ami avec un Warstone, l'ennemi de sa famille.

— Reynold est bon, Biedeluue. Parmi tous les autres, il a une âme bonne. Et le plus jeune, Balthus, pourrait lui aussi être meilleur. Quant à Ian… C'est compliqué.

— Compliqué ? En quoi est-ce compliqué ? Ian doit être mis hors d'état de nuire !

Louve la contempla avec une tendresse émue. Elle était si forte, si courageuse… Quelle autre femme serait venue s'enfermer dans une forteresse Warstone pour sauver sa sœur ?

— C'est sans doute vrai, admit-il. Toujours est-il que Reynold nous a envoyés, Balthus et moi pour…

— Assez ! l'interrompit-elle. Tu… Tu es l'allié privilégié de ces hommes, voilà ce que je comprends ! De monstres qui se battent entre eux et se fichent des victimes qu'ils engendrent !

— Biedeluue, je t'en prie, tu sais que tout n'est pas aussi simple. Reynold fait tout son possible pour empêcher sa famille d'obtenir davantage de pouvoir et de richesse.

Sur son visage, se mêlaient la confusion, le doute et bientôt la compréhension. Cela ne l'étonna guère, il avait déjà été témoin de son esprit rapide.

— Tu es ici pour ce parchemin. L'un des frères t'a envoyé en voler un autre. En quoi ma sœur est-elle concernée par toute cette histoire et où se trouve le danger ?

— Dans ce parchemin, précisément. Enfin, plutôt dans ce qu'il représente. À vrai dire, je ne comprends pas tout moi-même. Te fies-tu aux légendes ?

— Les légendes peuvent fort bien être des histoires vraies.

— Celle-là l'est, du moins, je le pense, confirma-t-il. Elle n'appartient ni à la France, ni tout à fait à l'Angleterre. Elle est particulièrement connue dans cette région. Il y a cette pierre précieuse. Elle n'est pas particulièrement belle, seulement, au cours des âges, une histoire y a été attachée. Quiconque la possède détient le pouvoir sur ses ennemis. Bien sûr, l'histoire a varié au cours des siècles. Plus récemment, elle a encore changé en raison du conflit contre l'Écosse. Désormais, quiconque la possède, détient le pouvoir sur l'Écosse. Tu comprends, à présent, pourquoi le roi et toutes les puissantes familles d'Angleterre veulent mettre la main dessus.

Biedeluue hocha la tête.

— Cette histoire me semble familière. J'en ai entendu parler au cours de mes déplacements. Ce joyau… Le Joyau des Rois, c'est cela ?

Louve hocha lentement la tête alors que sa gorge se serrait. À présent qu'il lui révélait ce qui était en jeu, il avait l'atroce sensation que le destin se chargeait de hâter leur séparation.

— Le Joyau des Rois, comme Excalibur, est une légende fondée sur une vérité. Il serait caché dans la poignée d'une dague depuis des années et aurait récemment refait surface. Reynold… Reynold aime beaucoup lire. Tu n'imagines pas les chargements de manuscrits précieux qu'il déplace avec lui. Il a déjà laissé des armes dans sa hâte du voyage, mais ses livres, jamais, ce sont les premiers objets qu'il fait emballer et charger.

— Quel rapport avec le parchemin ?

Sa petite impatiente… toujours tellement exigeante. Cependant, son cœur s'emplissait de reconnaissance : elle était toujours là, malgré son amitié avec un Warstone. Elle n'avait pas fui aussitôt.

— Il se pourrait aussi qu'il y ait un trésor attaché à ce joyau… Toutes les informations sont disséminées de part et d'autre. Une partie se trouve dans le manche de la dague, une autre sur le parchemin. Il se pourrait même qu'il s'agisse d'un manuscrit complet, je ne sais pas. Tout ce que Reynold sait, c'est que Ian a en sa possession une page entière, et il la veut.

— Afin de pouvoir régner sur les autres. Pour s'approprier pouvoir, richesse et…

— Non ! Il veut au contraire cacher le tout et en finir avec cette quête éperdue. Il ne veut rien d'autre que vivre en paix auprès de sa femme.

— Si tu le dis…, soupira-t-elle. Le parchemin n'est pas ici, n'est-ce pas ?

— Apparemment pas, admit-il.

— Ian sait qui tu es ?

Comme il acquiesçait, elle poursuivit :

— Et Balthus ? Comment peut-il être bon s'il chasse avec sa famille ?

Comment expliquer la personnalité de Balthus alors qu'il avait passé si peu de temps avec lui ?

— Je pense qu'il prétend être un Warstone loyal à sa famille, exactement comme j'ai prétendu être un cellérier.

Biedeluue émit un petit claquement de langue.

— J'espère qu'il est meilleur que toi à ce petit jeu.

— Il l'est, sans quoi il serait déjà mort. Je suis ici pour le protéger.

— De son frère et de ses parents ?

— En effet.

Biedeluue fronça les sourcils, l'air pensif.

— J'ai connu des parents sans honneur, des adultes qui ne méritent pas de se trouver en présence d'enfants. Tess m'a effectivement appris que les Warstone ne venaient presque jamais ici, ce qui prouve assez que leur relation avec leur aîné est conflictuelle. Cela m'a d'autant plus frappée que, si ma famille en avait les moyens, je donnerais tout pour vivre avec eux sous le même toit.

— Dans le cas de Balthus ou Ian, je ne peux pas exclure que leurs parents ne s'en prennent pas à eux.

— C'est ce que tu voulais dire, tout à l'heure, quand tu as déclaré que Balthus était en vie à leur retour de la chasse ! s'exclama-t-elle horrifiée. Est-il possible qu'ils aient fait empoisonner l'*ale* avant même de rendre visite à leur fils ?

Louve voyait mal comment, néanmoins, il ne pouvait effectivement écarter aucune hypothèse les concernant.

— Tu comprends tout cela trop vite et, à présent, tu veux m'aider à résoudre l'un de ces mystères ?

— J'ai des frères et sœurs que j'ai souvent dû protéger.

Margerie plus encore que les autres. Ce que je veux, c'est la faire sortir d'ici.

Lui qui avait cru qu'il serait difficile de lui parler, de lui faire comprendre… Louve était fasciné par les pensées qu'il devinait derrière ses traits concentrés. Il avait cru qu'elle le rejetterait dès qu'elle saurait qui l'avait engagé. Soudain, elle déclara :

— Si je comprends bien, nous avons affaire à une famille puissante prête à s'entre-tuer pour mettre la main sur un trésor après lequel le roi d'Angleterre court également.

— Les parents Warstone ont un pouvoir de nuisance extraordinaire. Ils disséminent partout le danger et la mort autour d'eux. Et ils n'auraient pas pu aller aussi loin, accumuler tant de pouvoirs sans alliés ni soutiens solides. Ils ne sont donc pas seuls, d'autres familles avides ont dû également soumettre et asservir des territoires.

— Tout cela arrive alors que ma sœur est prisonnière de ces murs !

Certes, néanmoins, Louve avait découvert avec étonnement une Margerie bien plus forte et courageuse qu'il ne s'y attendait. La femme qu'il avait rencontrée dans cette chambre n'avait rien de commun avec la jeune fille fragile que lui avait décrite Biedeluue. Ni, d'ailleurs, avec la jeune femme qu'il avait vue au banquet et qui semblait prête à vaciller à tout instant. Il avait pu noter que Biedeluue elle-même avait paru stupéfaite devant l'assurance de Margerie.

— Reconnais tout de même que le fait que ta sœur se trouve enfermée là-bas n'est pas entièrement du fait de Ian. Vous avez bien plus en commun que je ne l'imaginais, toutes les deux. Vous êtes fières, entêtées et d'une détermination féroce.

Troublée, Biedeluue dut admettre :

— C'est vrai, elle m'a semblé presque féroce. Je me demande… Est-ce cet endroit qui l'a changée à ce point ou…

— Elle n'aurait pas longtemps survécu à la présence imprévisible et inquiétante de Ian si elle n'avait pas déjà eu cette force en elle.

— Sans doute, murmura-t-elle, le regard perdu. Elle n'est pas du tout aussi vulnérable que je l'imaginais. Il n'empêche qu'elle court un grave danger. Toutes ces batailles pour des légendes et des royaumes…

— Eh oui ! Voilà ce qui est arrivé au monde pendant que nous nous cachions dans notre petite chambre, plaisanta-t-il.

Elle leva les yeux au ciel.

— Je n'arrive jamais à déterminer si tu as un sens plus aigu de la plaisanterie ou de la tragédie.

Les deux sans doute. Avec un soupir, Louve referma les paumes sur ses épaules.

— J'aurais voulu plaisanter davantage avec toi, t'en dire plus sur les intrigues des Warstone, seulement, tu ne me faisais pas confiance et…

Il la sentit se raidir et s'interrompit, inquiet.

— Confiance ? À quoi bon parler de confiance maintenant ? Il est trop tard.

Ses mots lui déchirèrent le cœur. Il comprenait bien sûr qu'elle se sente perturbée par tout ce qu'il venait de lui apprendre, seulement, il n'avait aucune envie de la voir se détourner de lui si vite. Le temps leur était déjà compté.

Une fois qu'ils seraient sortis de cette pièce, tout aurait changé. Ian saurait qu'il avait échoué à emmener Margerie ; Balthus avait sans nul doute fait quelque folie provocatrice qui avait dévoilé son jeu, et il n'avait aucun parchemin à rapporter à Reynold. Quant aux parents Warstone, ils n'avaient pas encore révélé leur jeu.

Il devait se faire à l'idée qu'ils n'auraient pas d'autre moment que celui-ci. Il avait besoin d'elle mais, plus encore, il avait besoin de la savoir à l'abri. Or, la confiance était essentielle pour cela.

— C'est important parce que tu dois connaître la vérité, pas seulement celle qui concerne les Warstone, rappela-t-il avec douceur. Laisse-moi prendre le temps de te dire mes sentiments.

Elle émit un petit reniflement de mépris.

— Connaître tous ces détails sur les Warstone m'aide à comprendre ce qui se passe, cela ne te fait pas gagner ma confiance pour autant.

— Biedeluue, je… Peut-on essayer de se comprendre ? Peut-être que tu pourrais me laisser… « emprunter » ta confiance, comme j'ai « emprunté » ta personne ?

— C'est impossible, dit-elle en secouant la tête. Bien sûr, tu as nécessairement un peu de ma confiance… Comment ne serait-ce pas le cas après ce que nous venons de partager ? Seulement, je ne suis pas certaine que ce soit ma confiance que tu aies besoin de gagner, mais bien plutôt la tienne. Tu affirmes aspirer à la paix, cependant quand ta vie a-t-elle été autre chose que ces aventures périlleuses ? Je crois… je pense que c'est cette vie-là que tu veux. Or, c'est tout simplement une existence bien trop dangereuse pour ma famille.

Le front baissé, Louve songea à ce qu'elle venait de dire. Était-ce cela qu'il voulait ? Les dangers ? Les complots ? Les subterfuges ? Il savait comment jouer selon les règles des puissants, cependant, ce qu'il voulait, c'était ce qu'avait Nicholas, ce que tentait de construire Reynold : une famille, quelque chose à quoi s'attacher, vers quoi revenir.

Comme des voix dans le couloir s'approchaient, Biedeluue poussa un nouveau soupir :

— Nous n'avons pas le temps de discuter de tout cela. On pourrait nous entendre.

— Je ferai tout mon possible pour vous sortir d'ici, toi et ta sœur. Quand nous aurons quitté cette pièce, tout sera différent. Je devrais peut-être…

— Je sais, l'interrompit-elle en posant un doigt sur sa bouche. Tu devras protéger Balthus et, pour cela, tu pourrais me donner des ordres comme un véritable cellérier ou te montrer violent ou autre chose encore que je n'imagine pas. De mon côté, sache que je devrai protéger Evrart.

Comme elle prononçait ces mots, un irrésistible sourire partagé naquit sur leurs lèvres. L'idée de Biedeluue protégeant le géant était aussi absurde que plaisante. Elle hocha solennellement la tête, la lueur d'amusement toujours dans ses yeux.

— Je dois le protéger parce que, si quoi que ce soit devait lui arriver, ma sœur ne me le pardonnerait pas.

Elle était parfaitement sérieuse, et Louve sentit sa poitrine se serrer douloureusement. Il aurait voulu rire et pleurer à la fois. Cette femme ! Elle était tellement incroyable, tellement courageuse ! Il la revoyait comme au premier jour, les bras écartés et tempêtant pour protéger les enfants de sa vindicte.

— Dans ce cas, nous devrons nous arrêter aux cuisines, répondit-il sur le même ton grave.

— Pourquoi ?

— Pour récupérer des gobelets, bien sûr !

Cette fois, il ne retint pas un rire bas lorsqu'elle lui jeta au visage le reste des draps de l'étagère. Puis elle quitta la pièce d'un air digne tout à fait comique.

De son côté, Louve jeta un dernier regard nostalgique à la minuscule pièce avant de la suivre.

Chapitre 20

À peine la porte de leur abri fut-elle ouverte que toute envie de rire le quitta.

Dans son âme, la lutte se poursuivait. Il savait qu'il n'aurait pas même dû songer à la garder près de lui. Elle devait se trouver aussi loin que possible du danger.

Ian était en train de gagner. Depuis son arrivée entre ces murs, Louve n'avait cessé d'être dupé. Les mots de Balthus tournaient et retournaient dans son esprit, il avait eu raison : les Warstone savaient. Ils savaient toujours.

Aurait-il pu se méfier davantage ? Les signes paraissaient pourtant limpides : la première fois qu'il l'avait vue, Margerie avait le visage tuméfié, elle paraissait terrorisée et elle avait envoyé un appel au secours à Biedeluue… Pourtant, il aurait dû prendre en considération la situation dans son ensemble. Il n'avait pas su voir Evrart qui tentait de la divertir par ses histoires. Peut-être que s'il avait pris la peine d'observer l'immense guerrier, il aurait remarqué un échange de regards. Au lieu de quoi il avait gardé les yeux rivés sur son adversaire, ce que Ian n'avait pas manqué d'exploiter à son avantage.

Même maintenant son regard ne prenait pas assez en compte ce qui l'entourait. Il était irrémédiablement attiré par le mouvement des hanches de Biedeluue quelques pas devant lui. Alors même que le danger était partout autour d'eux, il ne voyait que cela.

Ils venaient de se quitter et, déjà, Louve brûlait de la

retrouver. Comment pourrait-il jamais la laisser partir loin de lui ? S'il pouvait écouter son cœur, il se perdrait dans la distraction qu'elle offrait pour toujours.

Hélas ! Il devait se concentrer sur l'essentiel pour la tenir loin du danger. Pour l'heure, Balthus était sauf, mais le temps ne jouait sans doute pas en leur faveur.

Lorsqu'ils parvinrent au pied de l'escalier, il saisit le poignet de Biedeluue pour l'entraîner vers les cuisines. Il pourrait peut-être l'y garder en sécurité le temps qu'il…

La grande salle était bondée.

Près du dais, Ian et Balthus discutaient. La tête penchée l'un vers l'autre, ils ressemblaient davantage à des frères qu'à des ennemis.

Le choc de ce spectacle le pétrifia sur place, et Biedeluue se cogna contre lui. Le mouvement attira malheureusement l'attention sur eux. Ian croisa son regard, descendit jusqu'à sa main qui tenait celle de Biedeluue et remonta vers son visage, un sourire aux lèvres. À son côté, Balthus leva les yeux au ciel. Le premier frère se réjouissait de découvrir sa faiblesse, le second s'exaspérait de le voir se trahir.

Bon sang ! Pourquoi avait-il pris son poignet ? Inutile de débattre de sa propre stupidité, c'était trop tard.

Déterminé à la protéger coûte que coûte, Louve se plaça devant elle.

Biedeluue peina à reprendre l'équilibre après avoir percuté de plein fouet Louve. Quand elle leva les yeux, elle perçut aussitôt l'atmosphère menaçante de la grande salle. Elle ne reconnaissait pas la plupart des gens assemblés, des gardes armés majoritairement, ceux des parents Warstone.

— Mon fils ! Pourquoi n'y a-t-il aucun repas servi sur les tables ?

La voix hautaine de Lady Warstone s'éleva tandis qu'elle traversait la vaste salle comme si elle était chez elle. Sa longue robe verte dotée d'interminables manches était taillée dans un tissu si fin que la soie scintillait à chacun de ses pas.

— Oui ! s'exclama Lord Warstone dont la carrure était encore plus impressionnante que celle de ses fils parce qu'il était plus épais. Devrons-nous mourir de faim ?

Ian avait dû donner un signal invisible car trois gardes se mirent en marche vers les cuisines, leurs pas martelant le sol d'un piétinement inquiétant.

Louve n'avait pas proféré le moindre son, mais la façon dont il serrait son poignet et se tenait devant elle en disait plus que des mots. Ils étaient pris au piège entre des prédateurs. Il l'avait prévenue que tout serait différent lorsqu'ils quitteraient leur petit havre de paix, mais elle n'était pas préparée à un changement aussi radical. Elle avait cru qu'ils auraient un peu de temps pour s'y préparer au mieux.

Cependant, tous les protagonistes du jeu semblaient réunis dans la grande salle. Louve se doutait-il qu'ils seraient accueillis par une telle assemblée ? Quel rôle jouerait-il ? Celui du cellérier ou celui du mercenaire ?

— Ah ! voilà le cellérier ! lança Lady Warstone. Apparemment, il a mieux à faire que vous servir, mon fils, il tient compagnie à une servante pendant que vos gardes font son travail !

— Il y a largement assez de gardes pour se permettre de les envoyer aux cuisines, mère, et ils étaient plus près des portes, répliqua Ian du même ton hautain. Le cellérier et la cuisinière sont nouveaux ici, laissons-les rester pour célébrer avec nous notre succès à la chasse ainsi que le retour d'un serviteur dévoué.

Lady Warstone eut un geste agacé de la main.

— Reste-t-il de cette venaison qui nous a été servie hier ? Si oui, que la cuisinière la prépare, nous sommes affamés.

La dame posa sur elle son regard glacial comme si elle considérait sa future proie. Biedeluue s'efforça de ne pas trembler. Comme s'il avait senti sa nervosité, Louve passa un doigt apaisant sur son poignet, juste là où battait son pouls, et elle prit ce qu'elle pouvait de réconfort dans ce geste.

Biedeluue se sentait prête à fuir ou à combattre alors qu'ils n'avaient rien fait d'autre qu'entrer dans la vaste salle. Ses cheveux se dressaient sur sa nuque, et elle aurait voulu avoir une arme, n'importe laquelle, pour se défendre contre les menaces invisibles qu'elle sentait peser sur eux.

Biedeluue n'avait jamais expérimenté un tel effroi au cours de ses nombreux voyages. Si elle avait dû mettre un mot sur ce qui se tramait entre ces murs, elle aurait parlé de pure malveillance. Pourtant, même cela ne décrivait qu'à demi l'atmosphère terrifiante des lieux.

À l'acmé de la tension, alors qu'elle était sur le point de trahir sa terreur, les portes des cuisines s'ouvrirent miraculeusement, et tout le monde tourna son attention vers les domestiques qui entraient, les bras chargés de plats. Il y avait là Tess, Galen et Henry et d'autres encore qu'elle avait appris à aimer ces dernières semaines.

Ses yeux s'élargirent quand elle vit arriver des plateaux chargés de gobelets. Les mêmes exactement qu'elle avait renversés. Elle émit un souffle heurté, et Louve resserra son emprise sur son poignet pour lui montrer qu'il avait lui aussi compris ce que cela impliquait. Le loyal serviteur pour le retour duquel Ian se félicitait n'était autre que l'intendant !

Dans leurs dos, d'autres gardes arrivaient depuis l'étage. Il n'y avait nulle trace de Margerie. Or, Biedeluue ne savait pas si elle devait s'en féliciter ou s'en épouvanter. Par les grandes portes d'entrée, d'autres soldats arrivaient, dont Evrart qui échangea un regard furtif avec chacun d'eux. Étrangement, ce signe de reconnaissance la réconforta alors que l'apparition de l'intendant juste derrière lui la glaça.

Un rictus tordait son visage, et il semblait au plus mal. Sa frêle silhouette était courbée, et sa peau pâle luisait de sueur. Pour qu'elle remarque un tel détail à cette distance, c'est qu'il devait transpirer abondamment. Avait-il fourni trop d'effort en allant chercher les gobelets de Lord Warstone ou bien était-il simplement aussi mal à l'aise qu'elle entre les murs de cette salle ?

— Voici les rafraîchissements qui arrivent, mère ! déclara Ian d'une voix puissante. Et du vin pour tous !

La mère de Ian, cependant, ne regardait pas les plateaux chargés de vin. Son regard était rivé sur l'intendant, qui le lui rendait. Lord Warstone, en revanche, sembla ravi de cette annonce et vida sur-le-champ une première coupe avant d'en saisir une seconde.

L'esprit aux aguets, Biedeluue se fit la réflexion que cette façon de servir le vin déjà dans les coupes était inhabituelle. D'ordinaire, celles-ci étaient disposées vides devant les convives, et des écuyers servaient le vin directement à table. Peut-être s'agissait-il d'une autre coutume anglaise qu'elle ne connaissait pas.

Alors que Biedeluue cherchait à capter l'attention de ses amis qui s'occupaient du service, elle vit Balthus s'éloigner du dais où se tenait sa famille en compagnie d'un garde. Evrart, quant à lui, restait à côté de l'intendant qui semblait sur le point de s'évanouir.

Elle ne comprenait pas elle-même pourquoi elle enregistrait de cette façon les positions de chacun dans la pièce. Son instinct de survie semblait avoir pris le dessus. Elle ne pouvait voir l'expression de Louve qui se tenait devant elle, toutefois, à la rigidité de sa posture, elle devina qu'il était lui aussi sur ses gardes.

Alors que les convives buvaient et que les serviteurs resservaient les coupes, les effluves de nourriture se répandirent depuis les cuisines. L'odeur, pourtant appétissante, lui souleva le cœur. Ses lèvres étaient sèches, et elle aurait voulu les tremper dans une coupe de vin, mais à mesure que les plateaux de gobelets passaient entre les tables, il devint évident qu'elle et Louve étaient volontairement écartés du service.

Les jambes tremblantes, elle avança d'un pas pour tenter d'apercevoir le profil de Louve et déterminer le cours de ses pensées. Elle fut stupéfaite d'y découvrir la même expression vaguement ennuyée que sur les visages des Warstone. S'il n'avait pas continué de lui serrer le poignet, elle se serait écartée de lui dans un mouvement d'effroi. Elle ne reconnaissait pas cet homme froid et dur. Qui étaient-ils, tous ? Et comment pouvait-elle se sentir soudain aussi faible, aussi fragile ? Elle serait tombée sans le contact de Louve, alors qu'un instant plus tôt, elle avait prétendu défendre coûte que coûte Evrart au nom de Margerie.

Les portes de la cuisine s'ouvrirent à nouveau, et Tess apparut, portant un plateau avec seulement trois gobelets. Le regard intense de son amie tentait de lui faire passer un message, mais lequel ? L'expression de Louve, elle, ne changea pas un seul instant alors qu'il la regardait approcher. Quand Tess se tint devant eux, il lâcha enfin son poignet pour s'emparer de deux gobelets.

— Des rafraîchissements pour les domestiques, mon fils ? J'espère que tu ne leur sers tout de même pas de ce délicieux vin ?

— Ce sera de l'*ale*, pour eux, expliqua Ian.

— Vous faites bien, mon fils, intervint Lady Warstone. Certains serviteurs peuvent parfois se révéler une véritable déception. Il ne faut jamais trop les gâter.

Comme celle-ci tendait son verre vide à un écuyer pour qu'il le remplisse, Biedeluue vit nettement que son bras tremblait, et un peu de vin se répandit au sol. Quelque chose se jouait entre la mère et le fils, elle en était certaine.

Louve lui tendit une des deux coupes, et elle eut la sensation de se noyer dans l'intensité de son regard. Il y avait tant d'émotions diverses dans les profondeurs de ses prunelles, tant de choses qui n'avaient rien à voir avec la malveillance qui les entourait et tout à voir avec un sentiment bien plus doux, bien plus vrai.

— Je t'aime, articula-t-il tout bas avant de se détourner aussitôt, l'expression aussi vide qu'un instant plus tôt.

Le cœur submergé d'émotions qu'elle peinait à interpréter, Biedeluue se sentit légèrement vaciller. Il y avait d'abord la joie pure, puis une peur nouvelle qui lui serrait le ventre et l'emplissait d'énergie tout à la fois. S'il ne s'était pas déjà détourné, si elle avait pu lui répondre, les aurait-elle prononcés, ces mots ? Ressentait-elle la même chose pour lui ?

Après la peur vint la colère. Elle explosa en elle, salvatrice. Comment osait-il lui dire une chose pareille au milieu de cette célébration à glacer le sang ? S'ils y survivaient, elle lui jetterait des dizaines de gobelets à la figure ! Avant de l'embrasser à perdre haleine.

Encore fallait-il qu'ils sortent d'ici en vie, or, rien n'était moins sûr, puisqu'on venait de leur servir de l'*ale*. Ian n'avait certes pas agi de la sorte sans poursuivre un but bien précis. Alors, s'agissait-il de l'*ale* empoisonnée ?

Avec une fascination macabre, Biedeluue vit Tess marcher jusqu'à Evrart et l'intendant et leur tendre le plateau qui ne portait plus qu'une seule coupe.

— Non ! murmura-t-elle, horrifiée.

— Ne te trahis pas, Biedeluue, souffla Louve tout bas.

Heureusement, personne ne regardait dans leur direction, et sa réaction était passée inaperçue. L'angoisse lui serrait la gorge. L'amant de Margerie était-il en danger, lui aussi ?

L'intendant s'empara faiblement du dernier gobelet. Biedeluue poussa un soupir de soulagement, remarquant un peu tard qu'Evrart tenait déjà un gobelet de vin entre ses mains. De l'autre côté de la pièce, Tess lui lança un regard avant de disparaître dans les cuisines avec Henry et Galen. Au moins, ses amis étaient à l'abri.

Ian leva soudain son gobelet, faisant tomber un silence de mort dans la pièce :

— Allons, bois pour te remettre de tes émotions, intendant ! Tu sais comme l'*ale* a été brassée avec attention.

Puis il se tourna vers ses parents, son inquiétant sourire aux lèvres :

— À présent, je veux remercier la générosité sans fin de mes chers parents qui, malgré leurs journées tellement remplies, trouvent toujours le moyen de rendre visite à leurs enfants.

Ian laissa son regard froid passer sur la salle. Le silence était tel dans la pièce que Biedeluue entendit le bourdonnement de son propre sang à ses oreilles.

— Enfin, reprit Ian, je souhaite remercier mon frère pour être revenu entre ces murs, pour avoir partagé cette chasse avec moi. Cela représente bien plus à mes yeux que je ne pourrais le dire.

Balthus se raidit à ces mots, et Biedeluue sentit Louve en faire de même à son côté. En réponse, Balthus leva son gobelet :

— À ta bonne santé, cher frère.

Le sourire de Ian était immense lorsqu'il avala d'un seul coup son vin. Du coin de l'œil, Biedeluue vit Evrart faire de même, puis Louve. Alors, elle avala à son tour l'*ale* en remerciant le ciel d'avoir mis cet homme sur son chemin.

Chapitre 21

Louve les maudit tous intérieurement pour ce qu'ils faisaient subir à la femme courageuse qui restait près de lui malgré la menace qui pesait sur elle.

Les Warstone et leurs maudits jeux…

À tout moment, Biedeluue aurait pu tenter de partir, elle n'en avait rien fait. Il ne savait pas ce qui se serait passé si elle avait agi ainsi.

Louve avait le pressentiment que ce rassemblement ne leur était pas destiné, d'ailleurs, en voyant l'intendant arriver, ce pressentiment s'était mué en certitude.

De fait, il ne se sentait pas particulièrement inquiet et il avala sa bière sans hésitation dans l'espoir que Biedeluue comprenne le message et en fasse de même. Donner l'apparence de la force et de l'assurance était parfois plus important qu'en avoir réellement.

— Quelque chose te déplaît dans l'*ale*, intendant ? résonna la voix de Ian sous les hauts plafonds de pierre.

L'intendant se figea en même temps que les acclamations de joie s'éteignaient.

— Pas… Pas du tout, mon seigneur. Elle est aussi bonne qu'il se doit dans une forteresse Warstone.

— Dans ce cas, pourquoi ne bois-tu pas ?

La voix de Ian n'avait rien perdu de sa bonhomie, pourtant Louve sentit Biedeluue se tendre près de lui. Elle avait senti la menace latente dans ses paroles d'apparence anodine.

— Je bois, mon seigneur, je bois ! Je suis seulement ému, balbutia-t-il. Moi, qui ai vu grandir mon seigneur, je suis plus qu'honoré de pouvoir célébrer ce moment avec votre famille.

Le sourire de Ian, en cet instant, trahissait une victoire absolue. C'était le sourire d'un homme qui avait tout risqué contre son adversaire et qui venait de gagner.

— Eh bien, célèbre, mon brave, célèbre ! Bois !

— Allons, mon fils, intervint Lady Warstone, cet homme est un loyal serviteur depuis tant d'années, peut-être mérite-t-il mieux que de l'*ale* ?

Ian tourna la tête vers sa mère. Ses yeux ne clignaient pas, comme s'il ne la voyait même pas. Puis, soudain, il pencha la tête de côté, exactement comme certains prédateurs guettant leurs proies et reporta son attention sur le serviteur blême et tremblant.

— Vous avez raison, mère. Mon intendant est trop loyal pour que je le traite de la sorte. Ainsi, dès que sa coupe sera vide, je lui servirai du vin.

— Et moi alors ? lança son père. M'oublierait-on ? J'ai soif ! Du vin !

Seul Lord Warstone semblait tout à fait indifférent à la tension qui régnait. Mais l'assemblée, comme Louve et Biedeluue, avait compris que quelque chose de grave se jouait, et chacun était concentré sur l'échange entre Ian et l'intendant.

En parallèle, Louve gardait un œil sur Balthus qui semblait pour l'heure en sécurité, à bonne distance de tout garde Warstone. Cela lui permettait au moins de se concentrer sur Biedeluue qu'il sentait trembler près de lui. Il aurait voulu pouvoir la réconforter, car elle ne tremblait pas pour elle. Non, elle avait compris ce qui se produirait lorsque l'intendant boirait sa coupe. Hélas, il ne pourrait ni empêcher ce qui allait suivre, ni lui éviter d'y assister. Surtout, il devait à tout prix l'empêcher de révéler la moindre émotion. Le moindre frémissement pourrait être utilisé contre eux.

Il prit cependant le risque de reculer légèrement pour qu'elle puisse s'appuyer contre son épaule. Elle ne lui faisait peut-être pas entièrement confiance, mais tant qu'elle serait près de lui, il serait là pour elle. Il ne pouvait rien faire de plus que la serrer un peu plus contre lui lorsqu'ils regardèrent l'intendant livide avaler entièrement la coupe mortelle.

Le silence dans la grande salle était terrifiant.

Enfin, l'homme baissa la coupe vide et voulut la reposer sur la table devant lui sans y parvenir. Son corps se raidit brusquement tandis qu'il semblait manquer d'air. Il ne fallut que quelques secondes avant qu'il ne s'effondre en avant, laissant le gobelet choir dans un bruit mat. Celui-ci roula avant de s'immobiliser, parfaitement intact.

Un frémissement parcourut la salle, et Biedeluue trembla plus fort contre lui. Il ne pouvait la prendre dans ses bras, aussi la pressa-t-il discrètement contre lui pour lui insuffler sa force. Elle devait tenir encore car le spectacle n'était pas terminé, et il fallait à tout prix garder l'attention de la foule et de Ian loin d'eux.

Dans un silence sépulcral, Ian se leva lentement et contempla un interminable instant le cadavre de son intendant avant d'ordonner à Evrart :

— Débarrasse-nous de cela, c'est un spectacle peu agréable pour le dîner.

À côté de lui, Biedeluue se raidit, et la tension de Louve s'accrut. Si elle révélait son courage téméraire, cela ne leur vaudrait rien de bon. Le plus discrètement possible, il se tourna vers elle et chuchota :

— Ne bouge pas, ce n'est pas terminé.

— Comment ça ? Margerie ? s'inquiéta-t-elle, soudain pâle.

— Elle est en sécurité, assura-t-il. Et Evrart le sera bientôt. Nous, en revanche…, acheva-t-il.

— Et Balthus…, comprit-elle à son regard qui désignait l'endroit où ce dernier se tenait.

Celui-ci n'avait pas cessé de s'approcher pas à pas d'eux.

Evrart disparut, emportant le corps de l'intendant, et Ian se tourna vers l'assemblée avec un large sourire.

— Eh bien, dînons !

À son signal, les serviteurs entrèrent, les bras chargés de lourds plateaux garnis de nourriture. Le vacarme reprit bientôt ses droits tandis que les bancs raclaient le sol et que tous commentaient ce qui venait de se produire. Le mot poison était sur toutes les bouches. Sous le dais, Ian échangeait quelques mots avec sa mère sans baisser la voix, de sorte que Louve put saisir quelques bribes de leur conversation :

— Tout est préparé… Restez… Il est bien tôt pour que vous repartiez déjà… Oui… je comprends. Dans ce cas, prenez un peu du repas avec vous.

Louve chuchota :

— Nous devons nous asseoir à cette table là-bas, près de Balthus et loin des parents de Ian.

Comme elle ne réagissait pas et posait sur lui des yeux arrondis d'horreur, il souffla :

— Dès lors que l'intendant avait empoisonné l'*ale*, son sort était scellé, Biedeluue. Nous ne pouvions plus rien pour lui.

— Je ne le portais certes pas dans mon cœur mais ce pauvre homme n'a sans doute pas même eu le choix ! Il était sûrement contraint par…

Pour la faire taire, Louve saisit ses doigts dans les siens et les serra. Elle répondit à son geste avec la même force, et il vit un peu de couleur revenir à ses joues.

Biedeluue aurait voulu s'effondrer ou partir en courant. Elle était profondément ébranlée par la scène qu'ils venaient de vivre, par cette violence inouïe qui s'était déchaînée sans même un éclat de voix. Elle se sentait vidée de ses forces.

Aussi, quand Louve lui retira sa main, elle faillit protester, car elle avait besoin de sa chaleur et de sa solidité. Dire que quelques jours plus tôt, il lui aurait paru tout bonnement inimaginable de s'appuyer ainsi sur un homme.

— Ne vaudrait-il pas mieux que j'y retourne ? Je ne suis qu'une fille de cuisine, après tout, souffla-t-elle.

— Je ne veux pas que tu t'éloignes de moi. Et puis, Ian ne nous a pas congédiés, et il y a d'autres femmes ici.

— Ma robe n'a rien de commun avec les leurs…

— Ta robe et toi resterez exactement où vous êtes.

Biedeluue ne chercha plus à lui demander pourquoi ils ne profitaient pas de la distraction de Ian et de ses parents pour s'éclipser. De toute façon, elle ne comprenait pas tout ce qui se jouait… Elle avait seulement saisi que l'intendant était responsable de l'empoisonnement de l'*ale*, et, à voir la réaction de Lady Warstone et les échanges de regards entre celle-ci et le pauvre intendant, il avait apparemment agi sur son ordre. Comment Ian allait-il réagir envers sa mère, à présent ?

Louve les conduisit au bout d'un banc et la fit installer avant de prendre place tout au bord.

Un peu plus loin, sous le dais, la conversation entre Ian et sa mère se poursuivait. Biedeluue n'entendait pas ce qu'ils disaient mais les joues de Lady Warstone étaient rouges, et ses yeux avaient pris la teinte d'un acier meurtrier. Pourtant, à l'exception de son regard, son attitude paraissait absolument sereine.

Se pouvait-il qu'elle ait ordonné à un serviteur de tuer son propre fils ? En dépit de toutes les horreurs qu'elle avait connues, Biedeluue n'aurait jamais imaginé une telle chose possible. Et Louve appelait cela des « jeux » ?

Quant à Ian, il gardait sur le visage un sourire imperturbable. Il semblait même ravi d'avoir froidement mis à mort l'intendant. Son père, en revanche, paraissait furieux. Il mangeait sans que jamais ses yeux qui lançaient des éclairs ne quittent le dos de sa femme. Enfin, Balthus, qui était installé un peu plus loin à la même table qu'eux, observait tour à tour son père et sa mère, comme s'il craignait une menace imminente.

— Je te ferais sortir d'ici dans la seconde si je pensais que nous pouvions fuir en toute sécurité, murmura Louve près d'elle. Quand nous sommes sortis, tout à l'heure, je pensais qu'il nous restait assez de temps pour rejoindre les cuisines.

Il gardait les yeux rivés sur les allées et venues des gardes des Warstone. Leurs mouvements rapides et efficaces laissaient penser qu'ils s'étaient préparés pour ce départ précipité.

— Si je pouvais emmener Margerie loin d'ici, moi aussi je te ferais sortir de cette maudite salle.

— Au moins, je connais l'importance que tu accordes à ma personne, répliqua-t-il avec une grimace comique.

Biedeluue ne put retenir un léger rire, et elle se mit à tousser pour masquer son hilarité. Comme elle ne parvenait pas à reprendre le contrôle, Louve dut lui taper dans le dos.

Du calme ! Elle devait garder le contrôle, rester solide pour sa famille.

— Je ne pense pas qu'il reste un seul garde à l'étage, ce qui signifie qu'elle reste volontairement dans les appartements de Ian, chuchota Louve comme s'il avait deviné son inquiétude.

Biedeluue n'était pas certaine de trouver cela particulièrement rassurant. Elle peinait à imaginer ce que sa sœur avait dû subir entre ces murs pour être persuadée qu'elle était plus à l'abri dans la chambre de Ian plutôt que dans la grande salle.

Soudain, son regard fut attiré par la main de Louve qui s'agitait sur sa jambe, le regard posé sur Balthus. Comme elle tournait le regard vers le plus jeune Warstone, elle vit que lui aussi agitait ses doigts sous la table, malgré son attitude détendue. S'agissait-il d'une sorte de signal convenu entre eux ?

— Ai-je besoin d'en savoir plus ? souffla-t-elle.

Son expression dure la fit frémir de peur. Quelque chose allait se produire, et très bientôt. Son regard paniqué enregistra les mouvements de tous les protagonistes : Ian remontait la salle vers son père, toujours attablé sous le dais, tandis que Lady Warstone rejoignait Balthus pour lui faire ses adieux.

L'air toujours aussi nonchalant et jovial, ce dernier lui rendit son embrassade. Curieuse, Biedeluue écouta les mots tendres de mère qu'elle prononçait et se figea, horrifiée, en la voyant tordre brusquement l'un des doigts bandés de Balthus. Le bruit de craquement la glaça jusqu'au sang. À l'exception d'un léger palpitement des narines, Balthus ne laissa pas apparaître la moindre réaction à la douleur que sa mère venait de lui infliger.

Glacée jusqu'à l'âme, Biedeluue ne parvenait plus à retrouver son souffle. Soudain, Lady Warstone fit volte-face et marcha jusqu'à eux de sa démarche impérieuse. Aussitôt, Louve se leva et s'inclina courtoisement. Biedeluue en était pour sa part incapable.

— Je n'ai jamais vu un serviteur tel que vous, lança la femme avec dédain. Vous vous montrez bien trop familier avec mes fils. Votre place n'est pas ici.

Le cœur affolé, Biedeluue se prépara à agir. Non loin, Balthus demeurait parfaitement stoïque, sa main bandée inerte sur le banc. Si sa mère agissait de même avec Louve, elle…

— En tant que cellérier de cette demeure, je me dois d'assister au repas pour vérifier que tout se passe comme mon seigneur le souhaite, ma lady. Surtout à présent que l'intendant… n'est plus. Je suis navré de vous voir partir si vite, ma lady.

Le regard froid de Lady Warstone se fit calculateur.

— À présent que j'ai fait votre connaissance, cellérier, je suis convaincue que le temps passé ici se serait révélé intéressant. Hélas, je crains de n'avoir que trop abusé de l'hospitalité de mon fils.

— Il y aura toujours une occasion de partager une coupe en famille.

Lady Warstone afficha un sourire, mais ses yeux restèrent glacés.

— Ah… Oui, la famille, répéta-t-elle lentement. Faites savoir à cet… homme qui n'est plus mon fils qu'il ne gagnera pas.

Sur ces mots, elle se détourna sans attendre de réponse et rejoignit Ian et son mari sous le dais.

— Fais semblant de manger, souffla Louve sans se rasseoir.

Il prit un tranchoir qu'il couvrit de poisson, de légumes rôtis et d'amandes qu'il plaça devant elle. Bien que son corps soit, de fait, affamé, Biedeluue ne parvint qu'à grand-peine à avaler le morceau de poisson aromatisé au romarin. Il fallait pourtant bien reconnaître que le goût de la cuisine aromatisée était autrement plus agréable que celui de la sienne…

Par-dessus le brouhaha des gens attablés, elle perçut le bruit des chevaux dans la cour. Il était impossible que les Warstone et toute leur suite aient pu être prêts à partir en si peu de temps sans avoir anticipé leur départ. Il avait fallu pour cela qu'ils anticipent la mort de l'intendant. Ainsi, Lady Warstone avait bien ordonné à l'intendant d'empoisonner son propre fils et avait prévu qu'en cas d'échec il lui faudrait partir sur-le-champ.

Dire que sa sœur avait dû être témoin d'événements aussi perturbants depuis plusieurs mois ! Pauvre Margerie ! Biedeluue ne s'étonnait plus de l'avoir vue si transformée.

Malgré le départ des Warstone, l'atmosphère de la pièce ne se détendit pas. Lorsque Ian se leva pour marcher en direction de leur table, Biedeluue sentit la peur monter en elle.

Arrivé à leur hauteur, Ian claqua joyeusement dans ses mains et déclara sans ambages :

— Une fois de plus, ils ont tenté de me tuer et ont échoué !

Le rire sombre de Louve la figea sur place. Jamais elle ne l'avait entendu rire de la sorte, avec cette ironie tirée du désespoir.

— Ils ont peut-être essayé de vous tuer mais, vous, vous avez assurément tué l'intendant.

— Il suivait les ordres de ma mère. Apparemment, sa loyauté allait plus à elle qu'à moi. Quel imbécile ! Il aurait dû se douter que je reconnaîtrais l'odeur du poison entre mille après toutes les fois où elle nous en a fait boire. Il aurait dû essayer autre chose.

— Peut-être était-ce simplement… un essai. Un peu comme vos tentatives d'assassinat.

Le sourire de Ian disparut.

— Je pensais que nous avions résolu cette question…

— La confiance se construit sur des années, Ian, vous vous rappelez ? répondit Louve sans que Biedeluue comprenne à quoi il faisait allusion.

Le regard de Ian se fit soudain absent, puis il cligna plusieurs fois les paupières.

— Je me souviens… Mais cela concernait l'amitié, n'est-ce pas ? Une chose dont les frères n'ont pas besoin, je me trompe ? En conséquence, une malencontreuse dague lancée ici ou là, sur une mauvaise impulsion, importe peu.

Biedeluue perçut la tension soudaine de Louve sans qu'il ait trahi la moindre réaction. Néanmoins, elle était certaine que ce que venait de dire Ian l'avait mis sur ses gardes. D'instinct, elle se rapprocha davantage du bord du banc. S'il se montrait prudent, elle le serait aussi.

Tout à coup, Balthus, qui s'était approché, lança avec bonne humeur :

— Il va y avoir une dispute de tous les diables entre nos parents ce soir !

Un léger sourire revint sur les lèvres de Ian.

— J'étais certain que père allait lui jeter son couteau entre les omoplates.

— Oh ! pour ça ! Il voudra en faire une affaire personnelle. Après tout, qu'y a-t-il de plus personnel que de ne pas le prévenir de ses plans pour te tuer, toi, le fils qu'il préfère ?

— C'est aussi personnel, en effet, que de ne pas avoir prévenu notre mère de sa tentative pour te tuer, toi, le fils qu'elle préfère…, s'amusa Ian. Décidément, tu as bien de la chance de ne pas avoir de frères et sœurs, Louve.

— Je suis surtout chanceux de ne pas avoir eu des parents comme les vôtres.

Balthus et Ian rirent ensemble. Malgré la folie de cette scène, Biedeluue se détendit légèrement. Elle jeta un regard furtif vers l'escalier. Margerie était-elle toujours à l'étage ? Et Evrart ?

Toutefois, elle n'était pas dupe. Les trois hommes parlaient d'amitié et de famille, pourtant, leurs regards, eux, parlaient de champs de bataille et de mort. Que se passait-il réellement dans leur échange, pour que le mot amitié mette Louve en alerte et fasse serrer le poing à Balthus ?

Aux aguets, elle scruta la grande salle sans repérer de danger imminent. La plupart des soldats étaient à présent attablés et mangeaient de bon appétit. Aucun ne semblait regarder dans leur direction ou s'intéresser à la conversation qui se poursuivait entre les trois hommes.

— Est-ce que vous imaginez le chaos que nos parents pourraient créer autour d'eux s'ils s'alliaient et partageaient leurs plans ? reprit Balthus.

— Oh ! mais ils parlent, parfois ! assura Ian. Je crois qu'ils ont incité le roi à commettre ce massacre à Berwick. Et aussi dans cet autre village, en Écosse.

— Je pensais que c'était vous qui étiez responsable de cela, fit remarquer Louve.

Seigneur ! Ils parlaient de massacres sans se troubler. Même Louve gardait aux lèvres ce sourire dur qui la glaçait. Si seulement elle pouvait disparaître ! Ne plus entendre ces horreurs !

— Je déteste l'Écosse, répondit Ian avec un frisson exagéré. Mais qu'est-ce qui te fait penser que je suis responsable ?

— L'Anglais que vous avez engagé et qui a mené les opérations d'attaque, peut-être ?

— Oh ! eh bien, il semble que la loyauté de Sir Richard Howe à mon égard ne vaille guère mieux que celle de feu mon intendant. Qui sait de quel côté il est réellement ?

Soudain, le regard perçant de Ian se posa sur son frère.

— Quel était ce regard ?

— Quel regard ? demanda Balthus.

— Tu viens juste d'échanger un regard avec mon cellérier… En vérité, il est plus que mon cellérier. Il est un ami, n'est-ce pas, Louve ?

Le sourire figé de Ian et la tension invisible qui venait de s'installer mit Biedeluue en alerte avant même qu'elle comprenne ce qui se passait. Puis ses yeux s'écarquillèrent d'horreur lorsqu'elle vit le mouvement brusque de sa main qui tirait des plis de son manteau une lame acérée et prit conscience de sa trajectoire mortelle.

Avec un grondement féroce, Louve réagit aussitôt et jeta sa propre dague en direction de Ian. Cependant, Balthus, ralenti par sa blessure à la main, réagit trop lentement. Alors, n'écoutant que son instinct, Biedeluue bondit par-dessus la table pour écarter Balthus de la trajectoire fatale du couteau.

Pas assez vite, hélas. La lame lui entailla la paume avant de frapper Balthus. Biedeluue, qui n'avait pas quitté Ian des yeux, le vit tout à coup tressaillir, et une lueur soudaine alluma son regard froid. Puis il s'écroula.

Dans le même temps, Biedeluue se sentit tomber, emportée par la chute de Balthus. À peine au sol, elle s'écarta vivement pour ne pas risquer d'aggraver sa blessure. Aussitôt, le soulagement l'envahit : la lame l'avait touché au bras. Cependant, son souffle rapide et sa peau blême et luisante lui indiquèrent qu'il était au plus mal : il était tombé sur sa main bandée. Affolée, elle se tourna vers Louve qui s'était agenouillé pour prendre Ian dans ses bras. Tout autour d'eux, les gardes, alertés par la scène, avaient accouru et semblaient comme figés par la stupéfaction.

— Maudits soyez-vous, toi et tes ancêtres, gronda douloureusement Louve. Tu n'avais pas besoin de faire cela.

Il n'y avait nulle colère dans sa voix, seulement une tristesse infinie.

— Bien sûr que si, je n'avais pas d'autre choix, souffla Ian tandis qu'un filet de sang coulait de sa bouche. C'est bien ainsi. N'oublie pas… la promesse que je t'ai demandée…

Sur un dernier râle d'agonie, il expira. Louve serra plus fort contre lui le corps inerte en répétant dans une douloureuse litanie :

— Non, non, non, non…

— Louve ! appela-t-elle pour le sortir de sa transe, Balthus… il vit.

Chapitre 22

— Il faut que tu ailles te reposer, recommanda Louve en rejoignant Biedeluue dans le couloir des appartements seigneuriaux.

Il était tard, et la plupart de la maisonnée était déjà allée se coucher, éprouvée par les événements de la journée. Louve était plus ébranlé encore. Toute la journée, il n'avait cessé de se repasser les événements de la grande salle, tentant encore et encore de rejouer la scène pour comprendre ce qu'il aurait dû faire afin d'éviter la mort de Ian et l'aggravation de la blessure de Balthus. Juste après l'attaque, ils avaient emporté ce dernier, inconscient, dans l'une des chambres où une guérisseuse avait pris soin de lui.

Les gardes avaient emporté le corps de Ian dans la chapelle. Pour une raison que Louve ne saisissait pas, le prêtre avait allongé son corps auprès de celui de sa victime, l'intendant. Leurs funérailles devaient être arrangées dès le lendemain. D'autres décisions devraient être prises et, cette fois, il espérait de tout cœur qu'il prendrait les bonnes.

Alors qu'il aurait voulu rester au chevet de Balthus, Louve avait dû faire face à une multitude d'urgences dont la gestion retombait sur lui en l'absence de seigneur et d'intendant. Tout d'abord, il avait dû faire entrer les mercenaires sous son commandement au sein de la forteresse. Ils étaient jusque-là restés dans la forêt, attendant ses ordres.

Dans le même temps, il avait fallu convaincre les mercenaires engagés par Ian - et qui l'avaient vu le tuer de son poignard - de se mettre également sous ses ordres à présent que leur employeur ne pourrait plus honorer leurs paiements. Or, cela n'avait pas été sans peine. Par deux fois, il lui avait fallu sortir son arme pour répondre à l'agressivité d'un soldat. Cette même arme avec laquelle, il avait dû, la mort dans l'âme, sacrifier la main de Balthus.

Ce souvenir lui serrait le cœur à chaque fois qu'il y pensait. En effet, il n'avait pas fallu longtemps à la guérisseuse, une fois qu'elle avait retiré le bandage, pour voir qu'il n'y avait plus rien à faire pour sauver sa main. Elle était atrocement enflée et commençait à noircir. Biedeluue, qui était restée à son côté, avait posé toutes les questions qu'il n'avait pas eues la force de poser. Puis, quand l'évidence s'était imposée, elle avait tourné vers lui son regard navré et, grâce à son soutien, il avait pu accomplir ce qui devait l'être pendant que Balthus était encore inconscient. Mais le cri d'agonie de ce dernier, alors qu'il lui avait tranché la main, résonnait encore à ses oreilles. Heureusement, il était presque aussitôt retombé sur les draps, inerte et oublieux de toute souffrance.

Désormais, au moins, il avait une chance de vivre, et les gardes loyaux au nom de Warstone avaient plus ou moins accepté de se plier au commandement de Louve le temps que Balthus guérisse. Il avait alourdi leur charge et leurs tours de garde au cas où Lord et Lady Warstone auraient été informés de ce qui s'était passé et en auraient profité pour revenir mettre la main sur la forteresse.

Il avait également envoyé un messager à Troyes pour prévenir Reynold qu'un de ses frères était mort et l'autre sévèrement blessé. Quand il arriverait, il lui apprendrait de vive voix la responsabilité qu'il avait dans un cas comme dans l'autre.

Au cours de cette journée particulièrement sombre, Louve avait vainement essayé, comme il le faisait par le passé, d'appeler à son esprit douloureux les images d'un foyer et d'une femme aimante. Hélas, il savait désormais qu'aucune de ces images ne prendrait jamais vie. Il ne pouvait imaginer à son côté d'autre femme que Biedeluue, même si les événements de la grande salle avaient définitivement anéanti toute possibilité d'un avenir pour eux.

Comment pourrait-il jamais la convaincre de rester auprès de lui après ce déchaînement de violence insensée ? Elle avait vu, réellement vu, en quoi consistait son quotidien au service des Warstone.

En dépit de tout, hélas, il l'aimait. Il l'aimait de tout son être. C'est pourquoi, même si par miracle elle parvenait à accepter son statut de mercenaire, d'homme sans bien ni foyer, il ne pouvait accepter de la laisser prendre une place dans sa vie alors que les derniers mots de Ian l'enchaînaient à sa promesse de retrouver sa femme et ses fils et, par là même, le Joyau des Rois. Non, il ne pouvait avoir la faiblesse de la mettre en danger pour son seul bonheur.

Les événements de la journée l'avaient par ailleurs amené à accepter une autre vérité, celle que Biedeluue avait déjà suggérée et qu'il avait tenté de contredire : il avait affirmé vouloir un foyer paisible, mais il n'avait fait que se mentir à lui-même en prétendant qu'il avait quitté Mei Solis parce qu'il n'y trouverait pas la compagne qui lui convenait. En vérité, il n'avait jamais cherché à se lier avec aucune autre femme qu'une veuve qui n'était absolument pas disponible.

De surcroît, il n'était pas simplement bon aux petits jeux d'intrigues et de complots des Warstone, il était fasciné par eux. Voilà pourquoi il avait tenu à se lier d'amitié avec Reynold. Parce qu'il aimait les longues conversations nocturnes, pleines de stratégies et de plans.

Alors, même s'il désirait Biedeluue avec une violence presque douloureuse, même s'il la voulait jusqu'à son dernier souffle, il ne pouvait l'avoir auprès de lui.

Aussi, tout au long de la journée, Louve avait accompli ses devoirs en sachant qu'il devrait bientôt se résoudre à lui faire ses adieux. Mais pas encore…

Dans le couloir, la plupart des torches étaient éteintes, néanmoins, l'une d'elle entourait sa silhouette d'un halo lumineux.

Elle s'était changée, et ses cheveux étaient encore humides du bain qu'elle avait dû prendre. Elle avait beau paraître moins blême qu'un peu plus tôt, il pouvait presque voir le fardeau invisible qui continuait de peser sur ses épaules. Sa démarche était fragile et comme inégale, et les larges cercles noirs autour de ses yeux devaient être un parfait reflet des siens.

Toute la journée, il l'avait vue organiser le nettoyage de la grande salle, réconforter les domestiques perturbés et répondre autant qu'elle le pouvait à leurs multiples questions. Il l'avait suivie du regard régulièrement, mais il n'avait guère pu lui voler davantage que quelques moments pour s'enquérir de sa main, qui n'avait heureusement qu'une égratignure superficielle. Cela faisait des heures qu'il ne s'était pas trouvé aussi près d'elle, et leur étreinte dans la petite lingerie lui paraissait dater de plusieurs siècles.

— Je vais aller me reposer, répondit Biedeluue. Je suis juste passée voir ma sœur. Evrart est avec elle depuis ce matin. Savais-tu qu'un tunnel creusé dans le mur permettait de rejoindre directement la chambre seigneuriale depuis la cour ? Dès qu'il a quitté la grande salle avec le corps de l'intendant, il l'a rejointe et…

Elle s'interrompit, sans doute consciente de la pointe d'amertume qui perçait dans sa voix.

— Ne te méprends pas, je suis heureuse qu'elle n'ait pas eu à traverser cette journée seule, ajouta-t-elle avec lassitude.

— Vont-ils rester dans la chambre de Ian ?

— Non ! Non, ils sont déjà installés dans la pièce contiguë où Evrart dormait. Qui sont tous les nouveaux gardes que j'ai vus aujourd'hui ?

— Balthus et moi étions venus avec une troupe de mercenaires. Ils attendaient dans la forêt pendant tout le temps où nous étions là.

— Donc, désormais, ils seront payés pour attendre dans des couloirs plutôt que des clairières.

Il sourit doucement à sa tentative d'humour.

— Ils doivent protéger ta sœur. Et je vais en mettre également devant ma chambre. Viens…

Avec douceur, il referma sa main sur la sienne et l'entraîna.

Biedeluue ne protesta pas quand Louve l'entraîna à sa suite. Dans sa chambre, le lit était large et semblait bien plus confortable que sa maigre paillasse. Surtout, il ne partageait l'espace avec personne d'autre, or, elle n'aurait pas eu le courage de rejoindre Tess et les autres après le tumulte de la journée.

Louve garda le silence tandis qu'il trempait un linge propre dans une bassine pleine d'eau. Avec tendresse, il le lui passa sur les tempes et la nuque. Biedeluue ferma les yeux, savourant la fraîcheur et la douceur de ses gestes. Ensuite, il fit de même avec son visage.

À bout de forces, elle s'allongea sur le matelas et remonta la couverture sur elle. Un instant plus tard, il la rejoignit et se serra contre elle. Elle se laissa aller entre ses bras, heureuse de s'abandonner au silence apaisant qu'il avait su créer entre eux. Il semblait deviner avec précision la façon dont il fallait prendre soin d'elle.

Hélas, malgré son épuisement, son esprit refusait de s'apaiser.

— Je pensais qu'elle nous était destinée, souffla-t-elle tout bas.

— Quoi donc ?

— L'*ale*. Lorsque les trois gobelets ont été apportés, j'ai cru que c'était pour Evrart, toi et moi. Et sûrement, à l'étage, Margerie aussi.

Louve resserra les bras autour d'elle.

— Mon Dieu… Tu as dû avoir tellement peur. Et tu l'as bue malgré tout ?

— Eh bien, si Margerie buvait, si tu buvais…

La gorge serrée par l'émotion, elle dut s'interrompre.

— Je me suis sentie soulagée qu'Evrart n'en prenne pas, au moins, je pouvais tenir la promesse que j'avais faite à Margerie.

Elle le sentit frotter doucement le haut de sa tête du menton et sentit ses cheveux se prendre au piège de sa barbe. Elle aimait ce détail chez lui, elle aimait… Elle aimait tout chez lui. Elle avait bien peur de l'aimer lui, tout simplement.

— Je ne sais pas comment expliquer…

— Je sais, l'interrompit-elle doucement. C'est la vie que tu as choisie.

— Je ne connaissais pas à l'époque l'étendue de l'univers sombre dans lequel je m'apprêtais à entrer mais, oui, j'y suis entré volontairement… et j'y suis resté.

Elle se tourna légèrement pour tenter de l'apercevoir dans l'obscurité.

— Tu m'avais parlé du danger, souffla-t-elle, la voix soudain tremblante. Mais… Ce que j'ai vu… Un homme a été assassiné devant tous et emporté au-dehors comme un simple détritus !

— Je sais. Il… Ce n'est pas facile d'expliquer le danger quand on ne sait ni de quel côté ni quand il va frapper, j'aurais voulu te protéger mieux que je ne l'ai fait.

— Je ne suis là que parce que ma sœur a envoyé ce message, Louve. Et même avec cet Evrart dans sa vie, je vais la supplier de rentrer chez nous. Il pourra venir, bien sûr.

— Je sais, dit-il encore.

— Crois-tu toujours que tu ne désires rien d'autre qu'une femme et un lopin de terre à toi ? Je t'ai vu… Tu es doué pour tout cela.

— J'y ai réfléchi… à ce que tu m'as dit à propos des choix que j'avais faits. À ce que je voulais réellement…

Comme il gardait le silence un long moment, elle crut qu'il s'était endormi. Il devait être aussi exténué qu'elle, et ils ne parlaient que parce qu'il y avait tant à dire avant que… Biedeluue ne parvenait pas à penser à la fin, tout en sachant qu'elle était proche.

— Tu avais raison d'avoir des doutes, reprit-il enfin. Il y a des contradictions entre ce que je dis vouloir et ce que je fais réellement. Néanmoins, oui, je veux toujours ces choses dont je t'ai parlées. Seulement, je les veux un peu différemment de ce que je croyais.

Il caressa du doigt la petite cicatrice qu'elle avait au menton.

— Un navet brûlant, c'est ça ?

La chaleur de ses bras avait sur elle un effet berçant, et elle peinait de plus en plus à formuler ses pensées.

— Un navet qui a sauté hors de la marmite et atterri directement sur moi, confirma-t-elle. Très douloureux. Moi aussi je vis dangereusement, tu vois.

Riant tout bas, Louve continua de tracer la petite marque, se demandant sans doute quel lien faire entre l'histoire qu'elle lui racontait et ce qu'il sentait sous son doigt.

— En voulant échapper au dangereux légume, je me suis cognée sur une table, ou une chaise, je ne sais plus exactement.

Son rire doux la secoua délicieusement. Du doigt, il traça la ligne de ses mâchoires, les contours de son visage. La délicatesse de ses gestes rendait ses paupières plus lourdes à chaque instant. Elle lui était tellement reconnaissante de ne pas être seule, de le sentir près d'elle. Oui, elle n'aurait voulu être avec personne d'autre après cette journée éreintante.

En bâillant, elle remonta la couverture plus haut.

— Il faut que nous parlions de nous, marmonna-t-elle.

Son doigt s'interrompit brusquement.

— Parce qu'il y a un nous, maintenant ?

Elle savoura la sensation de ses jambes chaudes contre ses pieds glacés. Le sommeil la plongeait déjà dans une torpeur agréable, mais elle parvint encore à demander :

— Pensais-tu ce que tu as dit dans la grande salle ?

Il ne risquait pas de comprendre de quoi elle voulait parler avec une telle formulation ! Elle était tellement fatiguée, elle ne parvenait plus à exprimer clairement sa pensée. Pourtant, il la surprit en répondant d'une voix basse et assurée :

— Absolument.

Son corps frémit sous la caresse de ce simple mot. Elle connaissait pourtant déjà la réponse. Oui, elle la devinait dans la façon dont il la serrait contre lui en cet instant, dans la façon dont il tentait de la protéger du mieux qu'il le pouvait depuis son arrivée à Warstone.

Cependant, même si elle partageait ses sentiments, il restait sa famille… Ils avaient besoin d'elle, de l'argent qu'elle leur donnait. Les subsides de Margerie allaient s'interrompre maintenant que Ian n'était plus de ce monde, et il en irait bientôt de même avec ceux de Mabile à cause de sa grossesse. Les jours à venir s'annonçaient compliqués pour les siens, d'autant plus qu'il lui faudrait trouver du travail ailleurs.

Louve avait affirmé que ses désirs n'avaient pas changé, qu'ils étaient seulement un peu différents. Néanmoins, elle l'avait vu, elle avait compris qu'il rechercherait sans cesse le danger, ou du moins l'aventure. Et lui aussi devrait toujours gagner sa vie.

Même s'il parvenait à leur trouver un foyer, comment pourrait-elle rester en cuisine ou aux champs toute la journée ? Ce serait revivre son pire cauchemar !

Alors, parce que Louve avait été si bon avec elle, Biedeluue décida de lui dire la vérité dans un murmure presque inaudible.

— Je ne vois pas comment nous pourrions être ensemble…

Et sur ces mots qui lui serraient la gorge, elle plongea dans le sommeil, terrassée par l'épuisement.

Chapitre 23

Biedeluue s'éveilla, cligna plusieurs fois les paupières, les ouvrit enfin, vit deux yeux qui l'observaient et poussa un cri de terreur en se redressant violemment. Ce faisant, elle cogna son bras dans le mur si fort qu'elle le sentit vibrer.

Louve sursauta devant sa réaction et s'écarta précipitamment… avant d'éclater de rire.

— Quel plaisir pervers trouves-tu à venir te glisser en douce jusqu'ici pour m'espionner ? s'écria-t-elle en serrant son bras endolori contre elle.

— J'ai passé toute la nuit près de toi, explique-moi comment j'aurais pu me glisser en douce jusqu'ici ?

Biedeluue se figea, quelque peu prise de court par l'évidence. Elle n'avait encore jamais passé toute une nuit avec un homme. Bien sûr, elle avait couché avec des hommes dans toutes sortes d'endroits, mais simplement dormir dans les bras d'un homme, y trouver du réconfort et du repos… C'était entièrement nouveau.

— Je ne sais pas ! C'est ce que tu as fait, voilà tout ! répliqua-t-elle d'une voix boudeuse.

— Tu es très belle dans ton sommeil, dit-il d'une voix caressante en s'appuyant sur son coude.

— Ah ! Tu vois ! Je savais bien que tu avais l'esprit pervers ! Me regarder dormir, franchement !

— Tes lèvres s'entrouvrent d'elles-mêmes et donnent envie de…

— Si tu prétends que je ronfle, tu vas devoir trouver une autre pièce où dormir ! l'interrompit-elle en glapissant.

— Hum… Tu menaces d'investir ma chambre ? ronronna-t-il en lui massant le mollet.

Oh ! s'il faisait cela, il pouvait rester… Elle ferma à demi les yeux pour mieux savourer son massage. Il lui adressa un sourire triomphant. Il savait parfaitement ce qu'il faisait.

Comme elle s'apprêtait à remonter la couverture sur elle, elle s'exclama :

— Tu es nu !

— Au contraire ! J'ai fait un effort : j'ai passé une tunique pour ne pas froisser ta pudeur. D'ordinaire, je dors entièrement nu.

Cette idée lui donna envie de retourner se blottir sous les draps contre lui. Hélas, au même instant, le monde extérieur se rappela à elle. Il dut remarquer son changement d'expression parce que ses mains cessèrent leurs caresses.

— Nous devrions y aller, dit-elle.

Louve ferma les yeux. Quand il les rouvrit, l'humour en avait disparu.

— Je sais que tu es venue secourir ta sœur mais que feras-tu si elle ne veut pas partir ?

— Où pourrait-elle aller si elle ne rentre pas chez nous ? Evrart n'a pas d'autre maison qu'ici, et cet endroit n'est pas sûr. Peu importe sa taille, il ne pourra pas toujours la protéger. Et qui nous dit que Balthus acceptera de la garder ici ? Ce n'est pas leur maison, alors…

— Je comprends cela mieux que personne, confirma-t-il sombrement. Tout le temps que j'ai passé à diriger le domaine de Nicholas, je n'ai jamais perdu de vue que rien de tout cela ne m'appartenait. Surtout, ce n'était pas la maison que je rêvais de partager avec mon épouse.

— Avec Mary, dit-elle tout bas.

— Jusqu'à ce que tu me fasses parler d'elle lors de notre conversation dans le cellier, je n'avais plus repensé à elle depuis des années. En fait, j'étais davantage attaché à ce qu'elle représentait qu'à elle véritablement. Je n'en ai pris conscience que tout récemment. Elle n'était pas toi, Biedeluue. Je ne lui ai jamais dit que je l'aimais, pas plus que je ne lui ai proposé le mariage. De toute façon, elle n'était ni assez audacieuse, ni assez téméraire pour moi. Figure-toi qu'elle avait même trouvé le moyen d'assaisonner ma nourriture !

Biedeluue rit à travers ses yeux embués de larmes. Comment parvenait-il à lui donner envie de rire et de pleurer en même temps ?

Sa main se mit à aller et venir le long de sa jambe. La pression en était douce et possessive à la fois. Comme une offrande. Si elle voulait plus, il lui donnerait plus, toutefois, elle pouvait aussi choisir de profiter simplement de ses mains pour atténuer les peines et les douleurs de la veille.

Ses mots l'effrayaient en même temps qu'ils la réchauffaient. Elle savait déjà qu'il n'avait pas aimé Mary. Louve était trop… Il était homme à rester avec ceux qu'il aimait. Il était prêt à se sacrifier pour eux. Elle l'avait compris lorsqu'il avait jeté ce poignard vers Ian pour sauver Balthus et, ensuite, quand il avait pris Ian dans ses bras pour recevoir son dernier souffle.

Non, quand cet homme s'attachait à quelqu'un, il l'aimait réellement, profondément, et c'était ce qui l'effrayait le plus. Parce que, alors, qu'adviendraient-ils d'eux ?

Risquait-elle d'oublier ses responsabilités familiales pour connaître le bonheur dans ses bras ? Lui aussi avait des responsabilités. Toutes les intrigues des Warstone, ces mensonges, ces meurtres… Il semblait pris dans ces filets depuis tant de temps… Si elle n'avait rien su de lui, hormis ce qu'elle en avait vu dans la grande salle, la veille, il l'aurait terrifiée. Seulement, ce même jour, ils avaient ri ensemble, elle lui avait jeté du linge au visage, ils avaient fait l'amour.

Comment savoir ce qu'il voulait réellement si lui-même ne le savait pas ? Un homme qui s'adonnait à cette vie de complots et de dangers ne pouvait pas réellement vouloir d'une existence paisible. Pas plus qu'elle d'ailleurs.

— Je ne veux pas concocter de repas assaisonné, ni

m'échiner en cuisine, ni d'un coin de terre sur lequel il nous faudra travailler jour après jour.

Il l'allongea sur le lit.

— Je sais. J'ai gardé cette idée en tête parce que j'avais besoin de rêver à quelque chose qui soit… à moi. J'étais naïf et égoïste.

Non, ni naïf, ni égoïste, simplement seul. Mais comment un tel homme pouvait-il se sentir seul ?

— N'as-tu aucune famille ? Ni parents ? Ni frères et sœurs ?

Il secoua la tête. Biedeluue sentit son cœur se serrer d'émotion. Elle aurait tant voulu lui dire qu'elle désirait être sa famille. Hélas, c'était impossible sans trahir celle qu'elle avait déjà…

— Il y a tant d'obstacles, lâcha-t-il. Je sais bien qu'il ne peut y avoir aucun… nous. Mais pourquoi ai-je la sensation qu'il y a plus qui nous sépare que ce que tu veux bien me dire ? Il ne s'agit pas seulement de ta famille ou de mon mode de vie dangereux, n'est-ce pas ?

Biedeluue prit une profonde inspiration et ferma les yeux. Était-elle prête à lui confier l'histoire de son père et de sa mère ? Et ce qu'elle avait dû faire pour pallier l'absence de ce dernier ? Il méritait de savoir, bien sûr, mais elle se sentait trop à vif après les événements de la veille pour trouver les mots et le courage de lui faire cet aveu. Elle secoua doucement la tête avant de rouvrir les paupières. Le regard doux de Louve sembla comprendre sa réserve.

— Que va-t-il se passer, à présent ? demanda-t-elle tout bas.

— Je dois parler avec le prêtre à propos des funérailles. Quand Balthus reprendra conscience, il voudra peut-être prendre lui-même certains arrangements, hélas, nous ne savons pas quand cela arrivera.

— Que penses-tu faire, alors ?

— Eh bien, Ian doit rester dans les mémoires pour le bien qu'il a fait, et il y en a eu. Il n'était pas une mauvaise âme, juste une âme perdue, rongée par la folie et par la cruauté de son enfance. Même s'il n'a pas reçu l'extrême-onction, je veux qu'il soit enterré sur le sol consacré du cimetière. Surtout, je ne veux pas qu'il soit inhumé sur les terres ancestrales de sa famille, ces monstres ne le méritent pas. Quant à l'intendant, il a empoisonné l'*ale* et mis en danger tout le monde ici. Loyal ou non, je laisse son âme à Dieu. Je suis aussi parvenu à un accord avec les gardes de Ian. Tant que Balthus vit, ils obéiront à mes ordres. Evrart et les mercenaires de Balthus me soutiennent, heureusement d'ailleurs, car leur charge de travail à tous a doublé.

— J'imagine. La protection de la forteresse risque de représenter un sérieux défi si Lord et Lady Warstone décidaient d'attaquer. Ces trahisons et ces attaques sont dangereuses pour les miens.

— Personne de ta famille ne doit se trouver à proximité d'eux, confirma-t-il. Peu importe ce que j'aimerais être, je reste un simple mercenaire et je ne peux pas constamment te protéger d'eux. Je sais que tu veux partir avec ta sœur, hélas, pour l'heure, je ne peux te garantir un passage sûr loin d'ici.

— Je vais rester un moment, Louve, au moins jusqu'au réveil de Balthus. Je tenterai de t'aider au mieux…

Le coup frappé à la porte les fit tous deux sursauter.

— Louve, appela Evrart de l'autre côté de l'huis. Je dois vous parler.

La conversation avec Evrart lui apprit que le messager qu'il avait envoyé auprès de Reynold n'était jamais arrivé à destination. Il avait été stupide d'envoyer ce pauvre homme en plein jour sans avoir vérifié que ce dernier avait une expérience suffisante pour se cacher.

Le cœur lourd d'avoir commis cette erreur, Louve alla rendre visite à Balthus dont la fièvre refusait de tomber. Puis il passa à la chapelle pour organiser les rites funéraires et, enfin, il dut intervenir dans une bagarre entre ses hommes et ceux de Ian.

Une fois de plus, il ne put apercevoir Biedeluue qu'en de

trop rares occasions. La journée lui parut interminable et plus épuisante encore que la veille. Sa poitrine souffrait du poids de trop nombreux regrets.

Alors, quand il n'y tint plus, quand la douleur se fit trop intense, il n'attendit pas le soir pour chercher Biedeluue et l'entraîner dans la petite lingerie qui était leur coin secret. Une fois à l'abri du reste du monde, il la contempla avec avidité, incapable de prononcer la moindre parole, à l'exception de son nom :

— Biedeluue.

Comme si elle partageait le même besoin de le voir et de le sentir auprès d'elle, ses pupilles étaient déjà élargies, son souffle court. Tout en elle était une tentation délicieuse. Il ne comprenait pas lui-même quelle force l'avait fait l'entraîner jusque-là, mais le fait qu'elle reste le grisait. Il avait tant besoin d'elle.

Alors Louve prit ses lèvres comme il brûlait de le faire depuis le matin.

— Hum, murmura-t-elle en écartant une mèche de son front. Tu es plein de poussière.

En effet, il avait roulé dans la poussière pour mettre à terre un garde à l'esprit rebelle. En conséquence de quoi, il était couvert de terre et il avait désormais un homme valide en moins pour la défense de la forteresse. Il n'avait pas envie de parler de cela.

— Comment va ta sœur ?

— Tu m'as entraînée jusqu'ici pour discuter d'elle ?

Non, bien sûr que non. Mais s'il se laissait aller à faire ce qu'il voulait réellement faire, il ne serait que plus difficile encore de la laisser partir quand le moment serait venu. Seulement, elle était là, avec ses beaux yeux pleins de douceur et de feu, et il la saisit par les hanches pour la presser contre lui jusqu'à ce qu'elle rie.

— Hum, d'accord, tu peux « m'emprunter » encore un peu… plaisanta-t-elle.

— J'aime tellement la façon dont tu ondules des hanches. Cela dit, j'aimerais qu'il y ait un lit sous ces hanches.

Il déposa une multitude de baisers légers dans son cou.

— Je veux te voir débarrassée de cette robe, poursuivit-il en embrassant l'autre côté de son cou. Et puis je veux enlever mes vêtements…

Biedeluue rit doucement.

— Les hommes sont toujours pressés de se mettre nus. Comment sais-tu que je t'accorderai une nouvelle faveur ?

Louve sentit sa gorge se serrer. Non à cause de sa plaisanterie, mais parce qu'elle venait de lui rappeler que rien de tout cela ne serait permanent.

Même si Balthus acceptait de les laisser rester, elle et Margerie, il ne savait même pas où lui-même serait envoyé au réveil de celui-ci. Son destin était entre les mains d'autres, une fois de plus. Aucun avenir n'était possible entre eux. Cependant, il leur restait encore ce jour et peut-être quelques autres.

— Comment je le sais ? ronronna-t-il, mais parce que je sais comment t'enchanter par mes mots.

— Hum, c'est peut-être le cas, admit-elle avec une moue séductrice. Merci, ajouta-t-elle en cessant de jouer. Merci pour tout, Louve. Ma sœur va bien. Il n'y a plus de gardes pour la surveiller, et elle a pu enfin explorer la forteresse. Elle aime beaucoup les jardins. Je ne pense pas qu'elle se soit jamais intéressée au jardin dans notre village… Figure-toi que, hier, elle n'a pas cessé de donner des ordres et des conseils en cuisine jusqu'à ce que Tess la menace avec une casserole si elle ne sortait pas immédiatement ! Elle a dû être enfermée trop longtemps.

— Et toi ? Avec elle, je veux dire, comment cela se passe-t-il ?

— Eh bien, elle répugne toujours à partir. Plus précisément, elle ne semble pas vouloir rentrer chez nous. Evrart a une famille et il pense qu'elle n'est plus menacée désormais. Margerie est tellement différente de la dernière fois que je l'ai vue. Elle sait ce qu'elle veut, et… et c'est une bonne chose, bien entendu. Toutefois, je ne peux m'empêcher de me dire qu'elle n'a pas été témoin de ce qui s'est passé dans la grande salle et que, peut-être, elle n'a pas pris la mesure du danger que les Warstone représentent.

— Ou bien, il est possible qu'elle soit tout simplement plus au fait de ce type de dangers. Après tout, elle ne s'est pas évanouie comme tu t'y attendais en nous voyant entrer dans la chambre et elle a répondu à toutes mes questions sans se troubler.

— Oui… Oui, tu as sans doute raison. Elle ne m'a pas écrit pour que je vienne à son secours, seulement pour avoir de l'aide afin de se sauver elle-même. Elle est plus forte, n'est-ce pas ? Pendant le banquet, alors que je la croyais terrifiée et malheureuse, elle se contentait de détourner l'attention de Ian de moi. C'était elle qui me protégeait…

— Je pense tout de même qu'elle a gagné du courage et des forces en te voyant assez téméraire pour venir jusqu'ici seule. Et les attentions d'Evrart à son égard ont également joué un rôle, à n'en pas douter.

— Oh ! je ne me fais guère d'illusions ! répondit-elle dans un rire léger. Je n'ai joué qu'un rôle très mineur dans son changement de caractère. Comment pourrais-je rivaliser avec un géant prêt à se ridiculiser en contant des histoires à la veillée, simplement pour l'amuser ?

Son sourire se fit rêveur, et Louve se retint de l'embrasser pour la distraire de ses pensées. En vérité, il voulait les connaître, il voulait partager ses peines. Aussi se contenta-t-il de caresser d'une main le côté de sa robe en soupirant :

— Il y a tant de choses que je ferais différemment si je le pouvais…

Il aurait pu changer le cours des événements tant de fois ces derniers jours. Ian l'avait prévenu qu'il n'avait pas de temps devant lui. Il lui avait dit qu'avec ses parents au sein de la forteresse son rôle serait déterminant. Il lui avait pratiquement annoncé ses intentions ! Hélas, il n'était finalement parvenu à sauver un frère qu'en sacrifiant l'autre. Où était la justice dans tout cela ? Quand les véritables coupables, leurs parents, continuaient à faire le mal sans punition ?

— Il s'est passé quelque chose ? s'alarma Biedeluue devant sa mine assombrie. L'état de Balthus a-t-il empiré ? Je ne l'ai pas vu depuis…

Comme elle posait sa paume sur sa joue, il se détendit à ce contact et savoura la chaleur de ses doigts. Il voulait qu'elle partage ses fardeaux à elle, au lieu de quoi il lui imposait les siens.

— Non, non, ce n'est pas cela. Hier, j'ai envoyé un message à Reynold qui se trouve à Troyes pour le prévenir. Le messager n'est jamais arrivé. Il n'est pas non plus revenu jusqu'ici, seul son cheval est de retour.

Biedeluue laissa retomber sa main, le cœur plus lourd soudain. Elle découvrait cette existence faite de drames et d'inquiétudes, elle qui n'était là que depuis deux semaines environ. Louve, en revanche, vivait depuis des années dans un univers où la vie des uns et des autres ne tenait qu'à un fil.

Tant qu'elle était ici, tant qu'elle était près de lui, elle lui apporterait toute l'aide qu'elle pourrait lui donner.

— Raconte-moi, demanda-t-elle doucement.

— J'en ai sans doute trop dit dans le message. Je ne l'ai même pas codé, j'aurais dû savoir… Par ma faute, les parents de Ian savent sans aucun doute que leur aîné est mort et que Balthus est gravement blessé. J'ai passé la journée à attendre une attaque.

— Les soldats sont nombreux, ils sauront…

Louve secoua la tête.

— Je n'en ai que peu à notre solde, les autres seront sans doute loyaux aux Warstone. Regarde ces bleus et ces contusions… J'ai dû me battre. Ils savent parfaitement que je n'ai aucun pouvoir réel. Dès que Balthus reprendra connaissance, je ne serai ni plus ni moins qu'eux, un mercenaire comme un autre. Je serai peut-être moins encore quand Reynold arrivera et verra ce que j'ai fait.

— Ce que tu as fait ? Tu as sauvé la vie de Balthus !

— En lui coupant une main et en tuant son autre frère ! J'ai dû envoyer une nouvelle missive à Reynold pour le lui dire. Tu n'imagines pas comme ces mots étaient difficiles à écrire alors que je savais que j'envoyais peut-être un second messager vers la mort. Et le pauvre homme aussi le savait.

Biedeluue ne savait comment réagir face à sa détresse.

— Ils étaient frères ! Du même sang, souffla Louve d'une voix altérée. En dépit de la haine qu'ils se portaient, je ne crois pas qu'aucun d'eux voulait la mort des autres. J'étais là, au milieu et j'aurais pu… j'aurais dû… Je n'ai ni famille, ni femme, ni enfants… J'aurais dû me mettre entre eux pour éviter ce carnage.

Biedeluue se sentit vaciller devant l'agonie qu'elle lisait sur ses traits. Comment en étaient-ils arrivés là ? Des baisers aux regrets ? Elle refusait de le laisser souffrir de la sorte.

— Louve, tu ne peux pas te sentir responsable de tout.

— Dit la femme qui est venue à la rescousse de sa sœur sans rien d'autre que son courage.

Bon, certes, elle était assez mal placée pour le raisonner…

— Eh bien, après avoir discuté avec Margerie, il se trouve que je suis sans doute un peu trop protectrice avec ma petite sœur et mes autres frères et sœurs.

— Pas seulement avec eux, s'amusa-t-il. Dois-je te rappeler que tu t'es jetée au-devant du danger pour protéger Balthus ? Tu aurais pu être blessée, tuée même !

Il laissa échapper un juron avant d'ajouter :

— Et tu m'as défendu, moi.

Biedeluue sentit son cœur se serrer. Elle allait essayer de laisser ses frères et sœurs faire leurs propres choix sans interférer, quant à laisser cet homme sans protection, il ne fallait pas y compter !

— Je dois te dire quelque chose… à propos de ce qui

s'est passé hier soir. Tu dois comprendre que rien de ce qui est arrivé n'est ta faute.

Louve ferma les yeux, le visage douloureux.

— Je ne veux plus parler de ce moment, lâcha-t-il d'une voix altérée. Je n'ai que des visions cauchemardesques de ta témérité.

— Ce n'est pas cela… Quand je me suis jetée au-devant de Balthus, je n'ai pas un instant quitté Ian du regard. J'ai vu le couteau qui arrivait vers lui.

Les mâchoires de Louve se serrèrent comme si la vision que ces mots évoquaient était trop insoutenable.

— Ian a bougé.

Louve rouvrit des yeux égarés.

— Que veux-tu dire ?

— Il s'est tourné, articula-t-elle aussi nettement que possible. Au dernier moment, il s'est jeté sur la dague.

Les incroyables yeux bleus fixèrent sur elle un regard anxieux.

— Il ne méritait pas de finir ainsi. Tout ce qu'il a trouvé, c'est une trahison de ma propre main.

— Non ! À la fin, ce qu'il a trouvé, c'est ta promesse. Il t'a rappelé une promesse !

— Oui… Oui, il voulait que je retrouve sa femme et ses enfants pour leur présenter ses excuses.

Louve se passa la main sur le visage.

— Je… J'ai menti au prêtre à propos de ses derniers mots, d'ailleurs, avoua-t-il. J'ai affirmé que Ian avait confessé ses péchés afin qu'il accepte de le laisser reposer en terre consacrée.

Biedeluue prit son visage torturé entre ses mains et essuya une larme qui avait coulé sur sa joue. Ses bras forts l'entourèrent, et elle posa avec soulagement sa joue sur son torse.

— Je ne voulais pas le tuer, gronda-t-il à mi-voix.

— Je sais. Il était… un ami, d'une certaine manière, et je dois reconnaître qu'il existait encore une part de lumière dans son âme tourmentée. Tu as bien fait de mentir pour le salut de son âme. Et Ian a eu raison de placer sa confiance en toi.

Elle sentit une partie de la tension qui l'habitait le quitter.

— J'ai toujours pressenti qu'il y avait encore du bon en lui, malgré la cruauté, malgré la folie. Seulement, il a sorti ce couteau, et j'ai réagi d'instinct.

— Tu n'avais pas le choix. Et tu ne t'étais pas trompé, il était bon, d'une certaine manière. Margerie m'a confié ce qu'il disait dans son sommeil. Il parlait sans cesse de sa femme et de ses enfants. Malgré la raison qui l'abandonnait, il les aimait encore. Peut-être est-ce pour cela qu'il a choisi d'en finir en se jetant au-devant de ta lame. Parce qu'il avait peur de perdre cette dernière lueur de bonté. Contrairement à ce que tu penses, il a peut-être eu confiance en toi pour l'aider… à la fin.

— Attends… J'essaie de comprendre ce que tu dis. Tu… Tu penses qu'il a volontairement sorti cette arme pour que je jette ma dague et qu'il meure ?

— C'est compliqué, je te l'accorde. Après tout, tu n'es pas le seul qui soit doué pour comprendre les esprits retors des Warstone. Je crois en effet que c'est ce qu'il voulait… Sa raison vacillait, et il en était conscient. Il savait aussi que sa mère essayait de le tuer. Il a choisi d'en finir… et d'une certaine manière, tu l'y as aidé. Je crois que tu te donnes trop de responsabilités dans ce qui s'est passé hier. Après tout, si l'on suit ta logique, je suis tout aussi responsable de la blessure de Balthus car je l'ai aggravée en tombant sur lui.

Son regard s'adoucit comme s'il prenait la mesure de l'inutilité des remords qui l'avaient assailli.

— Biedeluue, je veux que tu saches qu'il y a bien une chose que je n'ai pas un instant regrettée : les mots que je t'ai dits.

Comme leurs regards s'accrochaient l'un à l'autre, Biedeluue sut sans l'ombre d'un doute qu'elle aussi l'aimait. Pourquoi, sinon, aurait-elle eu envie de lui faire confiance ? Pourquoi, sinon, serait-elle restée près de lui dans la grande salle ? Pourquoi, sinon, voulait-elle à chaque instant le voir, le toucher, l'entendre ?

Oui, c'était bien de l'amour qui les liait l'un à l'autre. Hélas, leur relation n'était pas faite que de cela. Elle comportait aussi son lot de fardeaux et d'obstacles : des légendes, des parchemins, des joyaux perdus… Sans compter que, l'un comme l'autre, ils devaient gagner chaque jour de quoi survivre.

Même s'ils parvenaient à mettre suffisamment d'économies de côté pour avoir un endroit à eux, Biedeluue ne pourrait jamais accepter de vivre comme avait vécu sa mère… À attendre passivement d'être abandonnée.

Louve ne serait pas comme son père, bien sûr. En vérité, elle n'avait que peu de souvenirs de ce dernier. Assez, néanmoins, pour savoir que Louve n'aurait jamais sa faiblesse. Il ne partirait pas. Seulement, une terre qu'il leur faudrait bêcher jour après jour, du pain qu'il faudrait cuire chaque matin… Cela lui rappelait des souvenirs trop douloureux.

— Je dois m'occuper de ma famille et, toi, tu dois tenter de déjouer les machinations des Warstone. Jusqu'où cela te mènera-t-il ?

Elle vit une lueur de vulnérabilité traverser son regard. Avec un grondement, il lança :

— Ces machinations ne me mèneront nulle part ce soir. De toute façon, je ne pense à rien d'autre qu'à un lit.

Biedeluue avait le choix : profiter encore des derniers moments qui leur étaient accordés ou bien s'écarter tout de suite. Elle n'hésita guère :

— Alors, allons-y.

Chapitre 24

— Enfin ! Te voilà réveillé !

Louve venait de pénétrer dans la chambre où reposait Balthus, le teint légèrement cireux et les yeux encore ensommeillés mais bien réveillé.

Le soleil n'était pas encore levé, et il avait à peine entendu le coup frappé à la porte par la guérisseuse venue lui annoncer la bonne nouvelle. Comme Biedeluue ne s'était pas du tout réveillée, il était sorti sans bruit de leur chambre.

— Je préférerais ne pas l'être, grommela Balthus d'une voix pâteuse.

— Eh bien, nous ne tomberons jamais d'accord sur ce point, déclara Louve en s'asseyant sur une chaise près du lit. Je vais devoir te rendre la missive que tu as écrite juste avant la chasse, celle dans laquelle tu disais à Reynold combien tu regrettais ces années perdues et le respect sincère que tu as pour lui.

Un coin de la bouche de Balthus se souleva.

— Tu ne l'as pas lue.

— Parce qu'elle était scellée ? Au contraire, cela n'a fait que piquer davantage ma curiosité.

Le sourire s'agrandit.

— Non, parce que ce n'est absolument pas ce que je disais à mon frère.

— Encore vos satanés petits jeux, grommela Louve en levant les yeux au ciel.

Cette fois, Balthus rit pour de bon avant de se mettre à tousser. Louve emplit un gobelet de vin coupé d'eau et le porta aux lèvres du jeune homme.

— La guérisseuse m'a dit qu'elle t'avait donné tout ce qu'elle pouvait contre la douleur.

Balthus haussa les épaules.

— La douleur est à peine plus forte qu'avant. Pourquoi ne puis-je pas lever le bras ? Il est attaché. Ma main n'est plus là, c'est cela ?

Il avait blêmi et il se mit à tirer sur son bras invalide.

— Arrête ! supplia Louve en le retenant. Il est attaché pour ne pas risquer que tu te blesses dans ton sommeil.

— Je suis bien réveillé à présent, alors détache-moi.

— Pourquoi ne m'as-tu pas dit à quel point la blessure était grave ? demanda Louve d'une voix chargée d'émotion et de colère contenues. Il était trop tard.

— Ce n'est certes pas la première chose que nous nous cachons l'un à l'autre, marmonna Balthus.

— Tu aurais dû voir un guérisseur !

— On dirait… que cela t'importe.

Seigneur ! Louve leva les bras au ciel, exaspéré par les Warstone et leur absence totale de sentiments humains. Devant sa réaction, Balthus se troubla et expliqua :

— J'en ai vu un chez mes parents et j'ai suivi ses recommandations. Mais il n'y en avait pas à Troyes, et la plaie s'est à nouveau aggravée.

— Ian avait une guérisseuse.

— Tu sais très bien que je ne pouvais pas demander à la voir. Pas tant que Ian…

Balthus déglutit avec difficulté avant de reprendre d'un ton voilé :

— J'ai besoin de voir. S'il te plaît.

Louve aurait voulu refuser, seulement, à la place de Balthus, il aurait eu le même besoin. Aussi défit-il le bras abîmé de son ami. Il le tint un instant entre ses mains pour expliquer :

— Le bandage est épais car c'est aussi ce bras qui a reçu

le coup de Ian. Bien que tu te sois évanoui, cette blessure-là est heureusement superficielle.

— Je ne me suis pas évanoui, se récria Balthus.

Louve voulut plaisanter mais l'émotion ne lui permit pas de trouver les bons mots. Il devait pourtant parler, car Balthus devait savoir une chose :

— C'était… J'ai dû le faire avec mon épée.

Il leva le regard, prêt à recevoir les reproches et la haine qui ne sauraient tarder. Pourtant, l'expression du jeune homme ne changea pas.

— Cesse d'être lâche et laisse-moi voir.

Le cœur lourd, Louve souleva le bras au bout duquel, malgré les bandages, on devinait clairement l'absence du membre amputé. Quand son regard revint se poser sur Balthus, celui-ci regardait vers la porte où il découvrit Biedeluue qui ne cherchait pas à cacher ses larmes.

— Je suis désolée, souffla-t-elle. Je n'aurais pas dû vous pousser aussi violemment.

— Pardon ?

— Eh bien, je me suis jetée vers vous pour vous écarter de l'attaque de Ian, et l'impact de la chute a dû aggraver votre blessure, je suis sincèrement…

Balthus, dont le regard passait de Biedeluue à Louve, l'interrompit :

— Est-ce que vous vous blâmez l'un et l'autre pour ce qui est arrivé à ma main ? articula-t-il, l'air abasourdi. Avez-vous perdu l'esprit ? Je savais qu'il faudrait l'amputer tôt ou tard et j'ai stupidement reporté ce moment ! La douleur me ralentissait. Je ne vois pas comment vous auriez pu me pousser avec plus de douceur. Vous m'avez sauvé la vie. Tous les deux.

— Quand tu seras remis, tu verras que tu ressentiras de la rage envers moi, prédit sombrement Louve.

— Tu es fou ! Quand je serai remis, je veux seulement te battre à l'entraînement !

Les mots de Balthus allégèrent quelque peu le poids qui

pesait sur son cœur. Se pouvait-il qu'il ne lui en veuille pas ? Louve répliqua avec un début de sourire :

— Non seulement je te ferai mordre la poussière, mais je te défierai aussi à la course à cheval.

Balthus lui jeta un regard outré :

— Depuis que je te connais, personne ne t'a jamais battu à la course. Tu oserais humilier un pauvre infirme ?

— Tu as peur ?

Balthus éclata de rire avant de gémir de douleur. Aussitôt, Louve se précipita pour lui redonner à boire tandis que Biedeluue posait une main sur le front du blessé.

— Vous avez encore de la fièvre, il faut vous reposer.

— Me reposer ? J'ai l'impression de n'avoir rien fait d'autre depuis… Depuis combien de temps, d'ailleurs ?

— Huit jours, répondit Louve. Parfois, tu te réveillais mais cela ne durait jamais longtemps.

Huit jours au cours desquels Biedeluue et lui étaient parvenus à une sorte d'accord tacite : plus le moment de leur séparation approchait, moins ils parlaient… et plus ils se touchaient. Elle ne lui avait pas dit qu'elle l'aimait, toutefois, il aurait pu jurer sentir cet amour dans les mots tendres qu'elle avait, dans ses caresses… Mais qu'en savait-il, au juste ? Aucune femme ne l'avait aimé et peut-être qu'elle non plus ne l'aimerait jamais.

Pouvait-il l'en blâmer ? Il n'avait pas de foyer, aucune véritable fortune personnelle. Il pouvait certes gagner davantage et acheter une terre, néanmoins, la vie de mercenaire l'entraînerait constamment loin de chez lui. Elle, en revanche, avait une famille dont elle devait s'occuper. Alors, il pouvait lui dire et lui redire combien il l'aimait parce qu'il en mourait d'envie après ce qui s'était passé dans la grande salle, il ne voulait pas pour autant qu'elle subisse la même souffrance que lui.

Avec un soupir, il se concentra sur la conversation pour tenir Balthus informé :

— Tous les soldats ont vu leur temps de garde raccourci afin qu'ils demeurent sur le qui-vive. J'ai également envoyé un message à Reynold. Il sera bientôt là, je l'espère.

— Il ne peut pas venir ici, se récria Balthus.

— Tu sais comme moi qu'il fera ce qu'il veut.

— Mais nos parents… Ils placeront des pièges partout sur la route. Savent-ils que Ian est mort ?

— Hélas oui, admit-il en baissant la tête. Le premier messager que j'avais envoyé à Reynold n'est pas revenu. Seul son cheval est reparu. Ils savent. Depuis, j'envoie régulièrement des escadrons de tes hommes pour les localiser. Je ne veux pas me laisser surprendre.

— Mes hommes ? répéta Balthus.

— La forteresse est sous ton commandement, désormais.

Balthus ferma les yeux, les traits douloureusement tirés.

— Avez-vous besoin d'un peu de tisane pour apaiser votre souffrance ? demanda doucement Biedeluue.

Il secoua la tête.

— Deux frères morts…, souffla-t-il.

Biedeluue posa la main sur son épaule, comme pour le consoler.

— Louve n'avait pas le choix, dit-elle. S'il n'avait pas lancé son poignard…

— Ne croyez pas que je vous blâme, ni l'un, ni l'autre, répéta Balthus. Je ne comprends décidément rien à votre façon de penser à tous les deux. Est-ce ainsi que fonctionne une famille normale ?

— En s'inquiétant les uns des autres et en témoignant sa loyauté et son affection ? l'interrogea Louve sans pouvoir retenir un sourire. Plutôt oui… Bienvenue de notre côté de l'humanité…

— Je ne sais pas si j'ai envie de vous y rejoindre, soupira Balthus. Tout cela a l'air… bien trop compliqué.

— C'est simplement la preuve que vous avez encore besoin de repos, dit Biedeluue.

— Après huit jours de repos, j'ai bien droit à un peu de temps pour discuter !

Devant l'expression sévère de Biedeluue, il tempéra toutefois rapidement sa fougue :

— Du moins, si vous pensez que c'est raisonnable, reprit-il avec plus de mesure.

— Un tout petit peu de temps, accorda-t-elle sévèrement.

— Vous n'auriez pas trouvé le parchemin, par hasard ? tenta-t-il pour détourner la conversation sur un sujet moins susceptible de s'attirer le regard noir de Biedeluue.

— J'ai retourné chaque pierre non scellée et chaque planche de cette forteresse. Ton frère avait quelques cachettes intéressantes mais je n'y ai trouvé aucun parchemin. Il semble de plus en plus vraisemblable que le parchemin se trouve bel et bien en possession de sa femme et de ses enfants comme il me l'a confié.

— Femme et enfants qui ne sont sans doute plus en France.

— Je vais devoir les trouver, je l'ai promis à Ian.

Balthus eut un rire triste :

— Si elle se cache, crois-tu qu'elle se laissera facilement découvrir ?

— De toute façon, il n'y a personne d'autre pour…

— C'est à moi de le faire. Pour Ian. Dès que je serai remis, je partirai. Rester allongé ici me permet difficilement de prouver ma loyauté.

— Ton frère voulait que je présente des excuses en son nom à sa femme et ses enfants. Il aurait voulu être un meilleur époux et père.

Balthus baissa les yeux pour cacher son émotion.

— Raison de plus pour que le message soit transmis par un Warstone puisque nous avons tous beaucoup à nous faire pardonner. Cela fait des années que je n'ai pas vu ma belle-sœur, mais elle pourra sans doute me reconnaître. C'est décidé, j'irai.

Ian aurait-il accepté que son frère se charge de cette mission ? Au fond de son cœur, Louve décida que oui, parce que cela aurait signifié que son frère ne l'avait pas trahi. Alors il hocha brièvement la tête, et Balthus laissa échapper un soupir d'émotion.

— As-tu besoin de quoi que ce soit d'autre ? demanda

Louve à voix basse en voyant son ami fermer les yeux, visiblement épuisé.

Balthus secoua la tête.

— Je suis heureux de te céder cette monstruosité. En vérité, j'ai toujours haï cette forteresse et je m'en débarrasserai avec plaisir.

— Attends…, commença Louve interdit, en même temps que Biedeluue poussait un hoquet de stupeur. Tu ne peux pas simplement me donner la forteresse…

— Ah, oui, c'est vrai… J'enverrai des missives aux rois de France et d'Angleterre pour les informer de ce don au nom des Warstone en échange de nombreux services rendus à notre famille. Hormis cette question administrative, la forteresse est bel et bien à toi dès ce jour.

— C'est une forteresse Warstone, se récria Louve.

Il y avait plusieurs raisons qui lui faisaient refuser d'instinct ce généreux présent. Et le fait que les parents de Balthus seraient prompts à attaquer n'était pas la principale. Il y avait surtout Biedeluue…

La voix de Balthus se fit dure :

— N'est-ce pas toi qui affirmais vouloir une propriété, la paix, une famille et toutes ces inepties ? Qui protestera, selon toi ? Reynold ? Certainement pas.

— Mais, enfin, qu'est-ce que j'en ferai ? balbutia Louve.

Balthus leva son regard sur lui sans chercher à cacher des regrets empreints d'affection.

— Tu dois accepter, Louve. Tu t'es déjà fait de mes parents des ennemis, et ces deux-là ne connaîtront jamais le moindre apaisement. Je leur dirai bien sûr ce qui s'est passé, que tu as pris la vie d'un frère pour sauver l'autre, mais tu sais comme moi que l'un d'eux demandera vengeance.

Près de lui, Biedeluue laissa échapper un petit son. Que pensait-elle de cette proposition ? S'il devenait châtelain d'une telle forteresse, un lieu suffisamment vaste pour accueillir toute sa famille, cela voulait-il dire que… ? Non ! Inutile de se faire des illusions. Il devait à tout prix discuter avec elle.

— Je dois y réfléchir, coupa Louve. Laisse-moi un peu de temps.

— Du temps pour quoi ? s'exclama Biedeluue qui semblait ne pas comprendre ses réserves.

— Je pense que vous avez besoin de parler tous les deux, intervint Balthus avec une sagesse qui ne lui était pas coutumière. Et je peine à croire que c'est moi qui viens de conseiller une conversation, ajouta-t-il avec un petit rire. Décidément, votre côté de l'humanité est bien périlleux.

Chapitre 25

— D'où viens-tu ? Tu es trempé ! s'exclama Biedeluue alors que Louve refermait la porte derrière lui.

Il dévora du regard le spectacle sensuel qu'elle offrait, assise au pied du lit, ses longs cheveux lâchés et ses courbes affriolantes à demi cachées sous sa chemise. Il était incroyablement reconnaissant que la journée soit enfin terminée et qu'il puisse la retrouver.

Après qu'ils avaient quitté le chevet de Balthus, le matin même, ils avaient retrouvé Evrart et Tess qui les attendaient dans la grande salle. Louve ne voulait pas se séparer de Biedeluue si vite, encore moins alors qu'il avait vu la peur traverser son regard quand Balthus avait fait sa folle proposition, seulement, chacun d'eux avait dû vaquer à ses tâches au plus vite, et ils ne s'étaient pas revus de tout le jour.

— J'étais à la tannerie parce que les tanneurs demandaient de nouveaux outils. Je n'y suis pas resté bien longtemps, seulement, après cela, je suis parti directement au lac.

— Au lac ! Il devait faire horriblement froid ! J'espère au moins que tu avais pris un homme avec toi, c'est assez loin hors des murs, dit-elle en passant un peigne dans ses boucles.

Elle ne lui paraissait jamais aussi belle que quand elle révélait sa nature protectrice. Cela lui réchauffait instantanément le cœur, et il adorait lorsqu'elle révélait sa férocité.

— J'y étais avec Henry, lui assura-t-il en retirant sa tunique trempée. Lui puait bien plus fort que moi parce que je lui ai ordonné d'inspecter le bâtiment.

Biedeluue leva les yeux au ciel.

— Henry ne saurait même pas par quel bout prendre une épée ! Regarde dans ce coffre, il doit y avoir du linge propre. Si tu n'en trouves pas, je ferai commander du tissu demain.

Encore des tâches et des devoirs à accomplir. Jour après jour. Seulement, aujourd'hui, tout lui avait paru différent. Balthus avait dit que la forteresse pouvait être à lui. Il avait passé la journée à y réfléchir, à peser les bénéfices et les dangers, les fardeaux et… Biedeluue, tout revenait à elle en fin de compte.

Curieux, il avait regardé les livres de compte et découvert que les coffres étaient nettement entamés. Or, il n'y avait pas la moindre information à propos de l'endroit où l'argent était parti. Ian l'avait-il envoyé à cet Anglais qu'il avait engagé pour protéger le Joyau des Rois de l'avidité de ses parents en Écosse ? Seulement, Ian avait semblé sincèrement surpris quand il avait émis cette idée. Il allait falloir découvrir ce qu'il en était.

Cela faisait autant de pistes à suivre, autant de messagers à envoyer pour mener l'enquête. Il y avait déjà tant à faire à l'intérieur de la forteresse… Mei Solis, le domaine dont il s'était occupé pendant des années était déjà grand, mais celui-ci était immense. Il lui faudrait plusieurs mois pour connaître chaque métayer.

S'il parvenait à prendre le contrôle de ce domaine, cela pourrait les aider, lui et Reynold, dans leur affrontement avec les Warstone. La lutte serait difficile, à n'en pas douter. D'autant que certains mercenaires demeuraient indisciplinés. Heureusement, certains avaient commencé à adopter un comportement plus acceptable et ne considéraient plus les serveuses comme une part de leur butin, mais beaucoup continuaient de défier son autorité.

Pourtant, rien de tout cela ne lui paraissait insurmontable…

à la condition que Biedeluue soit à ses côtés. Pourrait-elle envisager de rester ?

Ces derniers jours, il ne l'avait jamais trouvée dans les cuisines au-dessus d'une marmite. Elle était partout, occupée à réorganiser les rôles de chacun pour rendre le travail de la maisonnée plus efficace ou à former un apprenti maître queux. Matthieu, pour sa part, semblait vouloir quitter définitivement l'univers des cuisines, et on le trouvait plus souvent dans les jardins avec Margerie et le prêtre. Tous trois discutant avec animation des prochaines plantations qu'il faudrait faire.

Sans même en avoir discuté avec Biedeluue, il avait déjà vu quelques améliorations après les réajustements qu'elle avait ordonnés. Cela n'avait pas été sans heurts, ni disputes, bien entendu. Elle semblait aimer cette tâche, à vrai dire.

Pouvait-il pour autant espérer qu'elle veuille rester ? Il ne voulait pas la forcer, sous aucun prétexte. Un point positif était que Margerie semblait apprécier la vie au sein de la forteresse. Elle pourrait peut-être persuader Biedeluue… Non ! Il voulait que l'acceptation de cette solution vienne d'elle, seulement d'elle.

Chaque moment passé avec elle était tellement… naturel, tellement simple. Cela signifiait-il qu'elle partageait ses sentiments ? Ou qu'elle pourrait le faire un jour ?

Il retira ses chausses et les lança vers sa chemise. Il savait qu'elle le regardait, aussi prit-il tout son temps pour avancer, entièrement nu, vers le coffre qu'elle lui avait désigné. Il entendit son soupir avant qu'elle ne se lève brusquement du lit et le rejoigne pour s'emparer d'une de ses chemises propres et la lui mettre brusquement dans les mains.

— Nous devons parler, et je n'y arrive pas quand tu es…

L'air parfaitement innocent, il se tourna vers elle en s'assurant que la tunique qu'il tenait ne cachait rien à sa vue :

— … Quand je suis en train de me pencher au-dessus d'un coffre, suggéra-t-il.

— Arrête ! s'écria-t-elle en retenant un rire. Je sais que

ton côté sombre et tragique n'est qu'une façade et que tu préfères faire le pitre mais, parfois, tu vas vraiment trop loin.

— Si cela ne te plaît pas, explique-moi un peu pourquoi tu ris ?

Elle émit un claquement de langue et répliqua :

— Si demain tu ne trouves plus tes vêtements, ne viens pas me poser de questions.

— Oh ! mais je ferai comme toi, j'en emprunterai des trop petits pour moi. J'aime que tu me trouves trop… appétissant pour te concentrer sur la conversation.

— Ce n'était pas de mon fait, je te rappelle ! C'était Tess qui avait emprunté une robe de Bess ! Et cesse de me donner des idées, je me retiens déjà suffisamment comme ça de faire disparaître tes affaires.

— Et qu'en feras-tu ? Tu cacheras mes bottes dans les marmites ? Tu attacheras mes chemises aux chevrons ?

Comme elle poussait un petit hoquet de stupeur, il comprit qu'il avait lu dans ses pensées.

— Il va falloir te montrer particulièrement retorse si tu comptes me piéger, prévint-il.

— Tu n'aurais vraiment pas dû dire ça, menaça-t-elle en pointant le peigne dans sa direction.

— Tu es tellement injuste ! Tu oses me tenir responsable alors que c'est toi qui m'as infligé des tortures continuelles aujourd'hui. À chaque fois que je te voyais dans cette robe, je me retrouvais à l'étroit dans mes chausses…

Il ne put jamais finir sa phrase, car elle explosa :

— Dehors ! Toi et tes vêtements trempés, sortez tout de suite !

En riant, il rassembla les habits mouillés, passa sa chemise propre et ouvrit la porte. Après quelques mots échangés avec le garde en faction, il referma la porte. Quand il se tourna de nouveau vers Biedeluue, il n'y avait plus trace de sourire sur son visage, et il demanda avec une certaine appréhension :

— Alors, de quoi voulais-tu que nous parlions ?

— Balthus s'est à nouveau réveillé.

À ces mots, Louve recula pour s'adosser au mur opposé. Elle lui en fut reconnaissante. Cette conversation serait déjà assez difficile ; s'il était près d'elle, elle n'y parviendrait jamais.

— Je te remercie d'être restée jusqu'à son réveil. Je n'aurais pas pu accomplir tout ce qui a été fait ces derniers jours sans ton aide. J'avais raison à ton propos, ajouta-t-il avec un sourire d'une infinie tristesse.

La gorge serrée, elle répliqua sans parvenir à sourire :

— Tu n'as jamais raison me concernant.

— Sur ce point, si. La première fois que je t'ai vue, au milieu de tous les domestiques et de ce ridicule jeu de gobelets, au mépris de toutes responsabilités, je me suis dit que je pourrais t'utiliser dans ma mission.

— Quelle charmante idée…

— C'était l'une de mes meilleures idées, en effet, de songer à m'allier à une femme aussi incroyablement intelligente.

— Tu aimes me séduire avec tes mots, dit-elle en sachant pertinemment qu'elle avait rougi de plaisir sous le compliment.

Le visage de Louve reprit tout son sérieux quand il parla :

— Mais finalement, ce que nous avons partagé n'avait rien à voir avec les jeux et les manigances.

Biedeluue posa son peigne près d'elle et prit une brève inspiration pour articuler d'un ton faussement léger :

— Oh oui, d'ailleurs, je suis bien certaine que si nous l'avions pu, nous aurions évité nos entrevues secrètes dans la lingerie. Rien de tel que les petits jeux…

Louve ne rit pas à sa plaisanterie. Au contraire, elle le vit déglutir comme s'il souffrait. Croyait-il qu'elle ne voulait pas de lui ? C'était impossible. Il était tellement plein d'assurance, tellement séduisant, n'importe quelle femme se damnerait pour un tel homme. Hormis cette folle de Mary…

— Pourquoi as-tu dit à Balthus que tu avais besoin de temps pour réfléchir à son offre ? N'est-ce pas tout ce dont tu as toujours rêvé ?

Il garda les yeux baissés un moment avant de les relever. Ce qu'elle lut dans son regard la fit frémir.

— Que veux-tu, toi, Biedeluue ? J'ai assez dit et répété ce que je voulais. Peut-être que dans le détail, quelques petites choses ont évolué mais dans l'ensemble mon désir reste le même.

— Quel est-il ? demanda-t-elle dans un souffle.

— Ce n'est pas la question, et tu le sais. Tu voulais sauver ta sœur, et c'est fait. Alors pourquoi ai-je l'impression que, même si je te donnais tout ce dont tu dis avoir besoin - de l'argent pour ta famille, un lieu où les accueillir… - Tu persisterais à refuser mon offre ?

Une fois de plus, son regard se détourna avant de revenir sur elle, si intense qu'elle en eut mal.

— Je t'aime, Biedeluue, reprit-il, et je le dis sans honte, je ferai tout ce qui est en mon pouvoir pour te garder dans ma vie. Cependant, j'ai le pressentiment que même si je faisais l'impossible, tu ne m'accepterais toujours pas.

— T'accepter ? répéta-t-elle d'une voix brisée par l'émotion. Comment peux-tu penser une telle chose ? Je t'aime, Louve. Comment pourrais-je ne pas t'aimer ?

Il avança de quelques pas pour se tenir devant elle, géant vacillant.

— Enfin, tu me dis ces mots… Pourtant, je te sens encore hésiter. Pourquoi ?

Son cœur battait si violemment dans sa poitrine qu'elle peinait à reprendre son souffle. Pourquoi réagissait-elle ainsi ? Était-ce à cause de la tension qu'elle sentait vibrer en lui ? Ou bien était-ce sa propre nervosité ? Comme si son cœur tentait d'échapper à la douleur qu'elle avait ressentie par le passé ? Craignait-elle que lui avouer sans fard ses angoisses ne change l'opinion qu'il avait d'elle ?

À moins que son cœur ne cherche à s'échapper de sa poitrine pour rejoindre le sien, parce que, quelles que soient les souffrances du passé, il savait qu'il serait en sécurité auprès de Louve ?

Si seulement elle avait pu connaître la réponse avant…

Mais il lui faudrait révéler ses peurs enfouies sans savoir. Il était plus que temps de s'ouvrir enfin à lui.

Lentement, il vint s'asseoir près d'elle sur le lit, si près qu'elle aurait pu se blottir dans ses bras. C'est ce qu'il aurait voulu, d'ailleurs, elle le lisait dans la lueur qui avait éclairé son regard lorsqu'elle lui avait dit qu'elle l'aimait. Cependant, elle devait garder un peu de distance, sans quoi la peur l'empêcherait de parler.

— Margerie est avec Evrart, commença-t-il d'une voix apaisante. Ta mère et tes frères et sœurs, ainsi que leurs enfants sont tous les bienvenus ici, tu le sais. Tu n'aurais plus jamais à travailler dans les cuisines ni aux champs. Tu pourrais réorganiser les postes de chacun jusqu'à m'attribuer celui de valet. Je ferais n'importe quoi, je te l'ai dit…

Elle secoua la tête, la gorge nouée.

— Cet endroit est une forteresse, Louve. Comment pourrions-nous y être en sécurité ? Elle sera sans cesse attaquée.

— Il y aura toujours des complots et du danger, je ne veux pas te mentir. Je devrai…

— Non, le coupa-t-elle. Tu ne comprends pas… Je saisis parfaitement la nécessité de ces manigances, je comprends les enjeux de pouvoir et j'admets ne pas nécessairement les détester, même si je n'apprécie pas toujours les conséquences.

— Alors quoi ?

— Comment veux-tu que mes inquiétudes disparaissent ? C'est impossible ! Je m'inquiéterai toujours pour les miens.

— Je sais que nous avons des obstacles à surmonter, Biedeluue, mais cette fois je ne me laisserai pas distraire. Ta famille n'est pas le problème, alors parle-moi.

Elle échangea avec lui un regard douloureux et baissa les yeux avant de trouver le courage de se lancer enfin.

— Je crois… Oui, tout a commencé à la naissance de Margerie. Sa venue au monde a été difficile pour ma mère, et elle ne s'est jamais tout à fait remise. Elle a toujours fait de son mieux, elle nous a nourris du mieux qu'elle a pu quand il restait quelque chose après le prélèvement des taxes mais, très tôt, nous l'avons aidée… dès que nous avons pu le faire. Hélas, les difficultés se sont accumulées et mon père… J'étais tellement en colère contre lui que j'ai longtemps détesté tous les hommes. J'ai jugé avec sévérité tous les hommes parce qu'il nous avait quittés, laissant sa femme et ses cinq enfants dans la misère.

— Biedeluue, tu sais que jamais je ne…

Elle posa une main sur son bras.

— Je sais. Tu es différent. Tu n'es pas homme à partir. Je le sens à chaque fois que tu tiens mon poignet pour que je reste à ton côté.

— Si je pouvais t'avoir à chaque instant près de moi, je le ferais. Et j'aime effectivement saisir tes poignets et tes…

Cette fois, elle tapa son avant-bras.

— Ne le dis pas !

— … Mains ! J'allais dire tes mains, se récria-t-il.

Elle leva les yeux au ciel. Déjà, il avait repris son sérieux et priait :

— Raconte-moi, Biedeluue, je t'en prie.

— C'est difficile…

— Je le vois bien.

— Je suis l'aînée, alors, forcément, je devais aider plus que les autres. Cela n'a rien de particulièrement étonnant. C'est le cas dans la plupart des familles. Mes frères aidaient aux champs, Mabile prenait soin de Margerie, et je m'occupais du foyer. Ce qui n'était pas habituel, en revanche, c'était Margerie.

Louve se tourna légèrement vers elle sur le lit, et elle dut résister à l'envie de poser les lèvres sur la cicatrice sous son œil gauche.

— Voilà où nous en étions… Mon père parti, ma mère de plus en plus faible avec les années qui passaient et Margerie de plus en plus belle. Nous travaillions tous en bonne entente et puis… je ne sais plus comment cela a commencé exactement, un hiver arrivé trop tôt, ou bien la pluie trop tard. C'est là, en tout cas, que les véritables difficultés ont commencé.

Alors un voisin est venu proposer son aide. Seulement, j'ai compris que ce qu'il convoitait réellement, c'était Margerie.

— Quel âge avait-elle ?

— Huit ans, peut-être. J'avais si peur qu'il s'en prenne à elle… Alors, en échange d'un bœuf prêté pour les semences, ou de son aide à la récolte, il… il m'avait moi.

Comme elle butait sur les mots trop douloureux, il prit ses mains et les serra dans les siennes. Sans parler, sans rien demander. Elle lui fut immensément reconnaissante de sa patience, et la chaleur de ses doigts autour des siens lui fit un bien fou.

Elle avait vu la patience de cet homme, sa détermination, et elle l'aimait pour cela.

— Est-ce que… N'avais-tu pas d'autre famille pour vous soutenir ou bien des villageois de votre côté ? Je ne demande pas cela pour remettre en cause ce que tu as dû faire, Biedeluue, mais seulement parce que je déteste imaginer combien tu étais seule.

Elle libéra l'une de ses mains pour la poser par-dessus les siennes.

— Non, je n'avais pas d'autre famille et je t'ai raconté, déjà, cette fois où d'autres voisins ont enlevé Margerie, un moment seulement, pour la garder dans leurs bras. Tous, dans le village, la convoitaient et la haïssaient à la fois pour son exceptionnelle beauté.

— Elle était la plus jeune, quel âge avais-tu quand elle avait huit ans ?

— Je devais avoir treize ou quatorze ans lorsque le voisin m'a approchée la première fois pour me proposer un marché.

Elle sentit les doigts de Louve se raidir.

— Vit-il encore ?

— Louve, dit-elle d'un ton apaisant. Je ne retourne que très rarement dans notre village et je n'y reste jamais longtemps.

— Je ne veux plus que tu y retournes du tout, dit-il en serrant les mâchoires. Rien ne peut justifier ce que cet homme t'a fait ! Ce que je ressens en ce moment… Seigneur, même ce que j'imagine lui faire en pensée ne suffirait pas à te rendre justice.

— S'il te plaît, arrête. J'ai détesté cette époque. Le départ de mon père a brisé ma mère et le dur labeur a fait le reste. Depuis lors, j'ai tout fait pour éviter de travailler trop durement. Mais cela ne change rien à mon passé et aux choix que j'ai dû faire. Et je les referais. J'ai agi pour ma famille et heureusement je n'ai plus eu besoin de refaire de tels choix depuis lors.

— Je comprends mieux pourquoi tu évites autant les tâches de l'intérieur que de l'extérieur.

— Oui… J'ai travaillé tellement dur, si tu savais… Hélas, ce n'était jamais suffisant. Et les voisins, d'autres, venaient pour moi… pour elle. Je n'étais pas au village lorsqu'un noble seigneur qui le traversait l'a vue et emmenée. J'avais toujours su, bien sûr, que nous ne pourrions pas toujours la garder près de nous. Qu'un jour, elle aurait un mari, des enfants. Mon frère m'a dit que l'homme était plus âgé et paraissait bon. Quant à Margerie, elle n'en a jamais parlé. J'ai supposé qu'elle avait fait le choix de partir avec lui pour elle. Seulement, aujourd'hui, je me demande si elle ne s'est pas sacrifiée pour nous tous, comme je l'ai fait.

Comme elle retombait dans le silence, il tourna ses paumes vers le haut et traça légèrement du doigt les lignes de sa main.

— Je comprends mieux… Pas de cuisine, pas de champs, pas d'époux… Et voilà où nous en sommes.

— Avant de te rencontrer, je n'avais pas connu d'autres hommes que mon père qui nous avait abandonnés ou ces hommes du village qui profitaient de notre faiblesse. Plus tard, j'ai voyagé de village en village et j'ai bien souvent vu la même chose.

— C'est pour cela que tu as pensé que Mary devait accueillir des hommes dans son lit pour payer ses taxes, comprit-il.

Elle rougit avant d'admettre :

— Je ne poserais jamais une telle question maintenant

que je te connais. Seulement, tu m'as parlé de cette veuve, et je sais d'expérience que les hommes…

Comme elle n'achevait pas sa phrase, il répondit avec douceur :

— Je ne pense pas que les femmes qui vivaient sur le domaine où j'étais intendant ont eu à subir ce que tu as subi, Biedeluue. À vrai dire, les taxes sur le domaine de Mei Solis étaient si faibles que tout tombait en ruine. Nicholas a fini par partir pour devenir mercenaire et gagner suffisamment pour entretenir et restaurer ses possessions sans faire payer ses métayers. Certains hommes sont différents de ceux que tu as connus.

— Oui, mais pas forcément meilleurs… Les Warstone aussi sont différents.

Louve cligna les paupières, visiblement surpris par la direction qu'elle donnait à leur conversation, aussi s'expliqua-t-elle :

— Je crois qu'il est nécessaire que nous parlions aussi d'eux. Il me semble que j'ai fini par comprendre pourquoi tu persévérais à rester dans leur entourage. Il y a… du bon en eux, d'une certaine manière. Je l'ai vu dans le regard de Balthus lorsque tu t'es ému qu'il ne t'ait pas prévenu de la gravité de sa blessure. Ils n'ont jamais connu l'amour d'une famille. Je comprends donc pourquoi tu tiens à lui. J'imagine qu'il en va de même pour Reynold et, dans une certaine mesure, pour Ian. Leurs parents, en revanche…

— Biedeluue, j'adore discuter avec toi, mais est-ce que cela signifie que tu acceptes de rester ? Est-ce pour cela que tu ramènes la conversation sur eux ? Si c'est ce que tu veux, j'accepterai la forteresse en mon nom, mais je ne peux ni ne pourrai jamais te garantir que nous ne subirons pas de siège, ni que ta famille sera absolument en sécurité… Je ne peux pas laisser les Warstone s'en tirer à bon compte, pas après ce que cette femme a fait à la main de Balthus, ce qu'elle a fait de Ian…

Elle posa la main sur sa bouche pour le faire taire.

— Je pense que nous partageons tous deux une légère

tendance à la protection excessive de ceux que nous aimons. Mais il n'y a pas que cela... Si tu restes ici, ce n'est pas seulement par loyauté vis-à-vis de tes amis, n'est-ce pas ?

Louve garde le silence un instant.

— Je pensais que je voulais trouver la paix, seulement tu avais raison. Je n'ai pas cessé de poursuivre le danger et j'ai acquis un certain talent dans cet univers. Aussi, je l'admets, les enjeux sont trop élevés en l'occurrence pour que je m'extraie du jeu.

— Et je ne veux pas que tu le fasses. Je comprends tes raisons, alors je me contenterai de... te jeter plus de linge à la figure et de protéger les gens du mieux que je peux. Après tout, ce ne sera pas non plus nouveau pour moi. Je suis toujours venue à la rescousse de ma famille et je n'ai jamais réussi à garder un poste bien longtemps car je finissais par aller au-devant des ennuis. Je ne crois pas que je sois plus faite que toi pour une existence paisible, Louve... De toute façon, tu as fui pendant trop longtemps tout ce que tu voulais !

— Moi, fuir ? Biedeluue, tu es tout ce que j'ai toujours désiré et je ne veux rien d'autre que...

— Et cette forteresse ? Et ce domaine ? Et ta parfaite épouse docile ?

Il eut un sourire malicieux.

— Ce n'est certainement pas toi, en tout cas. Je ne vois vraiment pas qui va me concocter de bons petits plats assaisonnés ou s'occuper de mon potager, désormais.

— Pas moi, tu peux en être sûr ! rit-elle. Cela dit, si tu veux de moi malgré tout...

— Crois-tu que quoi que ce soit aurait pu me faire changer d'avis te concernant ? Rien de ce que tu peux dire ou faire ne m'empêchera de t'aimer.

Biedeluue sourit, le regard embué de larmes. Son cœur battait encore la chamade mais, cette fois, elle savait pourquoi : parce qu'elle avait fait le bon choix.

— J'admets que pendant un bref instant, cette crainte

a pu me traverser l'esprit… Parce que, tout simplement, je n'avais jamais partagé ce qui m'est arrivé avec quiconque.

— Tu te sens mieux, à présent ?

Le cœur empli d'une joie immense, elle hocha la tête.

— Je sais que tu n'as rien de commun avec mon père ou avec les hommes qui ont profité de ma faiblesse. Je n'ai jamais voulu d'époux, mais si c'était le cas, c'est toi que je choisirais.

Il saisit son poignet, pour lui rappeler une fois de plus qu'il serait toujours là pour la rattraper. Il paraissait aussi ému qu'elle, et Biedeluue sourit à travers ses larmes.

— Je ne parviens pas à comprendre comment je peux être aussi heureux alors que je viens d'accepter une vie pleine de rébellion, de témérité folle, de…

— N'oublie pas non plus les tortures que je vais t'infliger en portant cette robe trop petite pour moi…

Il émit un grondement guttural.

— Comment Tess a-t-elle pu penser que c'était une bonne idée ?

— Oh ! attends de voir ce qui va t'arriver quand je vais m'allier à elle. Tu regretteras que je ne me contente pas de mettre des chardons dans tes chausses…

Lorsqu'elle vit s'allumer la petite flamme caractéristique dans son regard, celle qui précédait toujours l'instant où il allait l'embrasser, elle dit très vite :

— Il se peut que je porte un enfant. J'ai toujours été prudente auparavant, mais nous n'avons absolument pas pris de précaution ensemble… Rien de certain, évidemment, cependant…

Son regard ne révéla pas la moindre inquiétude à cette annonce. Au contraire, il parut encore plus calme et solide lorsqu'il l'attira sur ses genoux.

— Cela t'inquiète ? demanda-t-il.

— Eh bien, par le passé, j'ai toujours été incroyablement soulagée de ne pas être enceinte. Pourtant, non, cela ne m'inquiète plus avec toi. Cependant, il se peut que je me trompe. Après tout, j'ai longtemps cru que je ne pouvais pas avoir d'enfant. Ne serais-tu pas déçu si c'était le cas ?

— Il y a ici bien des orphelins parce que Ian ne tenait guère en haute estime la vie de ses soldats. Ce petit rouquin que tu as défendu le jour de mon arrivée…

— Thomas.

— Thomas. Il pourrait fort bien venir agrandir notre famille. Avec toi, je ne me soucie pas de n'avoir aucun enfant, pas plus que d'en avoir dix ou douze.

— Douze !

— Eh bien, j'imagine mal comment nous ferions moins avec nos deux tempéraments protecteurs à l'excès.

— Très bien, donc nous allons vivre dans cette forteresse avec ma famille et au moins douze orphelins. Tout cela pendant que nous subirons le siège acharné des Warstone, en nous assurant que deux royaumes ne s'anéantissent pas au nom de légendes… Cela me paraît… compliqué, comme dirait Balthus. Ne pourrions-nous pas tout simplement faire notre baluchon et partir en douce ? Après tout, tu n'as pas encore donné ta réponse à Balthus. Nous pourrions tout aussi bien passer notre vie dans des auberges et laisser d'autres nous servir nos repas.

Cette proposition, déclamée d'un ton parfaitement sérieux eut raison de lui, et Louve éclata de rire.

Enfin, il la serra dans ses bras comme il brûlait de le faire depuis qu'elle lui avait avoué son amour. S'il avait été difficile pour elle de parler, il lui avait été insupportable d'entendre les mots qui décrivaient la souffrance et la solitude qu'elle avait traversées.

— Laisser tout danger derrière nous ? Mais comment vivras-tu sans navet brûlant pour t'attaquer ?

Avec un sourire aussi doux que du miel, elle pressa les lèvres dans son cou.

L'avenir ne s'annonçait pas sans difficulté. Pour l'heure,

cependant, ils pouvaient rire. Balthus allait guérir. Ian était mort, et ses parents exigeraient réparation. Quelque part, une dangereuse légende devrait être réduite au silence. Pendant ce temps, il lui faudrait à chaque instant protéger cette femme, sa famille et la grande famille qu'ils allaient construire ensemble.

Il lui frotta doucement le dos.

— Je crains que ce ne soit pas possible, de toute façon, fit-il mine de se lamenter. Lorsqu'on voyage, on a besoin de se reposer, or, il n'y a pas une seule auberge à plusieurs miles d'ici qui acceptera de nous héberger.

— Et pourquoi cela ? se révolta-t-elle en s'emparant d'un coussin comme d'une arme, prête à le lui jeter à la figure. Parce que nous rions trop ?

— Je pense que ce ne sera pas la principale raison…

— Parce que nous aurons douze enfants et que nous serons bien trop bruyants, proposa-t-elle, la mine toujours plus menaçante.

— Nous pourrions être vingt que cela ne serait toujours pas la raison.

— Quoi alors ? s'emporta-t-elle avec cette fougue qu'il aimait tant. Parce que tu n'auras pas de quoi payer pour toutes ces chambres ?

— Tu me connais mieux que cela.

— Dis-moi ! Pourquoi aucune auberge ne voudrait de nous ?

— Parce qu'elles auront bien trop peur pour leurs gobelets ! s'exclama-t-il enfin.

Sur un nouvel éclat de rire, Biedeluue laissa le coussin tomber au sol et l'embrassa avec passion.

Retrouvez prochainement, dans votre collection

Les Historiques

La rivale du Viking, de Terri Brisbin - N°918

SÉRIE : LES GUERRIERS D'ODIN - TOME 5

ÉCOSSE, AN 877

Fuir. Katla n'a qu'une idée en tête : échapper au mariage qu'on lui impose avec un homme brutal. Hélas, au château de Wik dont elle est l'héritière, elle ne peut faire confiance à personne –et surtout pas aux partisans de son père, le seigneur des lieux. Alors qu'elle se croit condamnée au malheur, Katla voit l'espoir renaître en elle. Ce viking qui vient tout juste d'être fait prisonnier dans les geôles du donjon, et dont elle est chargée de panser les blessures, pourrait-il être son allié ? Parce qu'il voue une haine farouche à sa famille, Brandt Sigurdsson n'est-il pas le seul capable de l'arracher à son existence misérable ? Si elle est tentée de le croire, Katla hésite cependant à lier son destin à cet homme aussi séduisant que dangereux…

Le retour d'un Seigneur, de Sarah Mallory - N°919

SÉRIE : PASSIONS ÉCOSSAISES - TOME 1

ÉCOSSE, XVIIIE SIÈCLE

Après dix ans passés dans la haute société anglaise et les salons huppés d'Europe, Logan Rathmore est de retour dans son Écosse natale, en pleine guerre des clans. Nouveau laird d'Ardvarrick, il a le devoir de rétablir la paix avec le clan voisin, ennemi du sien. Tandis qu'il cherche comment amadouer ses adversaires, il fait la rencontre d'Ailsa, une harpiste à la flamboyante chevelure rousse et à la voix enchanteresse. Aussitôt, la belle fait naître en lui des sentiments aussi intenses qu'interdits. En effet, une liaison avec la musicienne pourrait lui valoir les foudres de ses rivaux et compromettre la paix…

Une princesse pour trophée, de Carol Townend - N°920

Enfermée depuis toujours dans son luxueux palais de Grenade, la princesse Zorahaida n'aspire qu'à une chose : la liberté. À quoi bon vivre dans l'opulence, si c'est pour errer dans la solitude et l'ennui ? Alors qu'elle s'était presque résignée à un destin de recluse, un valeureux chevalier vient bousculer ses certitudes. Vainqueur du grand tournoi organisé dans le royaume, Jasim ibn Ismail réclame à présent sa main à son père le sultan ! Mais que se cache-t-il derrière cette demande en mariage ? Si Zorahaida veut croire à la promesse d'une vie nouvelle au côté de cet homme qui fait battre son cœur, elle redoute de n'être pour lui jamais rien d'autre qu'un trophée…

Le secret du duc de Newlyn, de Bronwyn Scott - N°921

SÉRIE : SEIGNEURS DE CORNOUAILLES - TOME 4

Londres, XIXe siècle

Vennor Penlerick mène une double vie. Duc de Newlyn le jour, il enquête la nuit sur le meurtre de ses parents. Ce secret, personne ne doit le découvrir, et surtout pas Marianne, sa meilleure amie journaliste, qui s'intéresse d'un peu trop près à l'affaire sans savoir qu'il en est l'un des protagonistes. Tandis que ses recherches le mènent à l'une des plus dangereuses organisations criminelles du pays, Vennor comprend qu'il doit redoubler de vigilance. Parce que la menace gronde dans chaque ruelle de Londres, il lui faut protéger Marianne. Et, pour cela, ne jamais lui révéler sa véritable identité...

L'enfant du Viking, d'Harper St. George - N°922

SÉRIE : LES GUERRIERS DU NORD - TOME 2

Danemark, IXe siècle

Kadlin est sous le choc quand elle reconnaît l'homme qu'on lui envoie en convalescence : il s'agit de Gunnar, son amour d'enfance, ce guerrier grand et fort, blessé au combat... À sa vue, elle sent monter en elle les émotions les plus vives. Pourtant, aujourd'hui veuve, Kadlin n'aspire qu'à une vie tranquille et n'a aucune intention de souffrir à nouveau. Car comment faire confiance à cet homme qui a disparu pendant deux ans, après avoir partagé une nuit intense avec elle ? Elle mettra tout en oeuvre pour ne plus céder à la passion et, surtout, pour que Gunnar ne devine pas son secret...

La prisonnière du Highlander, de Nicole Locke - N°923

Écosse, XIIIe siècle

Si elle veut éviter à sa famille d'être exclue de son clan, Mairead n'a pas le choix : elle doit retrouver le voleur qui a lâchement assassiné son frère, et récupérer la précieuse dague qu'il lui a dérobée. Armée de tout son courage, elle s'introduit la nuit dans l'auberge de l'assassin, le cœur battant à tout rompre. Mais rien ne se passe comme prévu... C'est un inconnu qui, sous ses yeux, met le voleur en fuite et récupère son butin. D'abord soulagée, Mairead découvre avec stupéfaction que cet homme intimidant est un Highlander d'un clan ennemi du sien. Loin de l'aider, le puissant Caird refuse alors de lui remettre la dague... et de la laisser repartir.